고지인 ❶

최지영 장편소설

고지인

① 1

arte

세상에서 가장 사랑하는
부모님과 동생에게 드립니다.

차례

프롤로그 1

 서기 1653년 여름, 파도는 그리 높지 않았다. 항해하기 매우 좋은 날이었다. 바타비아(Batavia)[1]에서 출항한 아란타[2] 상선 스페르웨르 호는 적당히 불어오는 바람을 타고 순항 중이었다. 분명 겉보기에는 그랬다. 그러나 배에 타고 있는 선원들은 혼란에 빠져 있었다. 어느 순간부터였을까. 스페르웨르 호는 저주받은 배가 되었다. 계속되는 선원들의 의문사로 인해 배를 버려야 한다는 의견들이 불거지고 있었다.

 사망자들의 시신은 괴이한 형태였다. 짐승에게 물린 것 같은 자국

---

1 자카르타의 네덜란드 식민지 시절 이름.
2 '홀랜드(Holland)'의 발음이 변형된 것. 홀랜드는 네덜란드의 영어식 이름이다.

이 목에 남아 있었고 숨을 막 거뒀음에도 밀랍처럼 핏기가 없었다. 선원들은 배 안에 늑대와 같은 짐승이 타고 있는 게 아닌가 싶어 대대적인 수색을 펼쳤지만 식자재로 쓸 가축을 제외하고 위협적인 짐승은 발견되지 않았다. 선원들 사이에서는 배가 악마의 저주를 받은 것이라는 말이 떠돌기 시작했고 배 안의 정서는 날로 흉흉해져갔다.

서기관 하멜[3]은 선원들의 의문사가 시작된 시점을 생각해보았다. 타이완 해상을 지나면서부터였다. 그러나 타이완 해상에서 있었던 일이라고는 조난당한 나선인[4] 늙은이 한 명을 구조해 태운 것뿐이었다. 볼품없이 작은 체구의 노인이 뱃일로 다져진 선원들을 해쳤다고는 볼 수 없었다.

결국 스페르웨르 호 선장은 목적지 중 하나인 왜국(倭國)을 얼마 남기지 않고 배를 버리기로 결정했다. 마침 해무를 뚫고 어렴풋하게 뭍이 보였다. 뭍이 보인다는 소식에 모든 선원들이 뱃머리로 몰려들었다. 그들의 눈빛에는 하나같이 안도와 걱정이 한데 겹쳐 있었다. 살 수 있다는 희망과 눈앞의 육지가 어떤 곳인지 알지 못하는 데서 오는 불안이었다.

---

3 네덜란드 동인도회사 소속 선박 선원으로 일행 36명과 함께 제주도에 표착했다. 1666년 억류 생활 끝에 탈출하여 1668년 귀국했다. 그해에 『하멜표류기』로 알려진 기행문을 발표했는데, 이는 한국의 지리, 풍속, 정치, 군사, 교육, 교역 등을 유럽에 소개한 최초의 문헌이다.

4 러시아인.

프롤로그 2

요한 복음서에 따르면, 서기 원년 로마 총독 빌라도에 의해 예수가 골고다 언덕의 십자가 위에 못 박히던 당시, 형벌을 집행하던 로마 병사는 예수의 죽음을 확인하기 위해 옆구리를 창으로 찔렀다고 한다. 그때 예수의 몸에서 쏟아져 내린 선혈을 온몸에 뒤집어쓴 그 병사는 영원히 풀리지 않을 여호와의 저주를 받고 말았다.

그 저주란 인간의 피를 끊임없이 갈구해야만 하는 지독한 '갈증'이었다. 주기적으로 타인을 해치고 흡혈하여 영기(靈氣)를 취하지 못하면 지옥의 형벌과 같은 갈증으로 고통받아야만 했다. 게다가 그 고통에서 헤어날 길은 결코 세상에 존재하지 않았으니 그야말로 여호와가 내린 무기한의 천형과 다름없었다.

하지만 천형과 함께 주어진 혜택도 있었다. 영원불사(永遠不死), 불상불사(不傷不死)의 운명이었다. 그런데 불사의 운명 덕분에 끔찍한 흡혈 갈증 또한 영원불멸한 것이 되고 말았다.

천형의 저주는 로마 병사 한 사람으로 멈추지 않았다. 피의 해갈을 위해 병사가 저질러야만 했던 살인은 저주의 또 다른 희생자들을 만들어냈다. 대개 목덜미를 물려 피를 빨린 피해자들 대다수는 목숨을 잃었다. 그러나 희박한 확률로 간신히 살아남은 극소수의 생존자들은 극심한 열병을 앓은 뒤 흡혈 갈증과 영원불사의 운명을 함께 물려받았다. 생존자들은 뒤이어 또 다른 희생자들을 양산해냈다. 마치 전염병과도 같았다. 저주의 질병은 급속도로 퍼져나갔고 시간이 흐를수록 흡혈인의 숫자는 빠르게 불어났다.

급기야 로마 제국의 치안은 극도의 불안과 혼돈에 빠져들었다. 제국은 흡혈인을 박멸하기 위해 팔을 걷고 나섰고, 그들을 색출하고 체포하기 위해 황제의 친위 사단이 동원됐다. 로마군에 체포된 흡혈인들은 그 즉시 현장에서 모두 목이 잘렸다. 비록 불상불사의 신체를 지닌 흡혈인이라지만 그들의 치명적인 약점은 바로 목에 있었고, 따라서 참수당하면 그들에게 주어진 영원한 삶은 그 즉시 끝장이 났다. 흥미로운 점은 당시 이들의 소탕이 로마 제국 초기의 기독교도 박해와 맞물려 이루어졌다는 사실이다. 이 대목에서 제국이 흡혈인의 박멸을 당당히 드러내놓고 공개적으로 진행하지는 못하였으리라는 것, 적어도 공식적으로는 흡혈인의 존재를 인정하지 않고 극비에 부쳤으리라는 것을 미루어 짐작할 수 있다.

자신에게 쓴 저주를 비관한 흡혈인들 일부는 자수해 목이 잘리는 편을 택했다. 그러나 흡혈인 대부분은 로마군의 소탕을 피해 제국의 변경 지역으로 달아났다. 그들은 바다 건너 지금의 영국인 브리타니아로 도망쳤고, 로마 하드리아누스 황제가 쌓은 하드리아누스 방벽(Hadrian's Wall) 너머 하일랜드, 지금의 스코틀랜드에 숨어들었다. 방벽 너머에는 로마 제국의 실효적 지배가 미치지 않기 때문이었다.

흡혈인들은 로마의 추적을 따돌리고 하일랜드에 정착한 뒤 점차 세를 불렸다. 이후 흡혈인들은 하드리아누스 방벽 이남으로 넘어온 로마군과 무력으로 맞대결하면서 흡혈귀라는 비속한 명칭 대신 영원히 죽지 않는 열혈 전사 '하일랜더'라는 이름으로 불리기 시작했다. 이들이 이른바 '고지인(高地人)'이다.

이윽고 5세기 말 서로마 제국이 멸망하고 중세 시대를 거치면서 스코틀랜드에 머물던 고지인들은 점차 유럽 전역으로 퍼져나갔다. 이들이 점진적으로 대륙을 이동하면서 자연스레 흡혈 행각이 만연해졌고, 로마 교회가 지배하던 중세 유럽 사회는 불안에 떨었다. 이들 고지인의 창궐을 더는 두고 볼 수 없었던 교황청은 로마 제국 때와 마찬가지로 고지인 소탕에 시동을 걸었다. 1118년 1월 로마 교황청 콘클라베에서 만장일치로 선출된 교황 젤라시오 2세는 프랑스 샹파뉴의 위그 드 파앵(Hugues de Payens)을 비롯한 아홉 명의 기사에게 밀명을 내려 고지인 소탕을 위한 비밀 군대를 조직하라고 지시했다. 그 군대가 이른바 '그리스도와 솔로몬 신전의 가난한 기사들', 속칭 '템플 기사단(Templer order; Knights Templers)'으로, 표면상으로는 예루살렘 순례자를 안전하게 보호하기 위해 일했지만 실은 여호와의 저주를 받아 흡혈을 일삼는 고지인들을 색출해 박멸하는 것이 주 임무였다. 이렇듯 지하 조직으로 출발한 템플 기사단은 그로부터 십 년 뒤인 1128년 트루아 교회 회의에서 기사 수도회로 공인받았고, '그리스도의 군대(MILITUM XPISTI)'라고 칭해지면서 유럽 전역에서 지원금이 쏟아지자 이를 기반으로 빠르게 세력을 키웠다.

템플 기사단의 성장과 반비례하여 고지인의 숫자는 눈에 띄게 줄어들었다. 비록 14세기 초 프랑스 필리프 4세가 이단 혐의로 템플 기사단을 해산시켰지만 로마 교황청은 정예 기사단 조직을 비밀리에 유지했으며 고지인 색출과 처형을 한시도 멈추지 않았다. 그 결과 중세 시대가 끝나는 16세기 중반쯤에 이르러서 유럽인들은 드네프르 강 주변의 동 슬라브 지역을 제외한 유럽 전역에서 고지인이 완전히 소탕되었다고 여겼다.

제주도 연쇄 살변(殺變)

배는 남쪽으로 향했다. 출항한 지 어느덧 한 달 가까이 됐다. 슬슬 제주가 보일 만했다. 바다는 제주에 가까워질수록 사나워졌다. 오수(吾睡)을 즐기던 염일규는 여인을 품는 꿈을 꾸고 있었다. 여인의 미색이 여간 수려한 게 아니었다. 여인의 희멀건 목덜미를 쓰다듬고 깊디깊은 가슴골에 손을 묻으며 이름을 묻던 차에 꿈에서 깼다. 그는 아쉬운 듯 입맛을 다시며 자리에서 일어났다. 배는 그가 잠들기 전보다 더 심하게 흔들리고 있었다. 염일규는 바지춤에 손을 넣고 가랑이를 긁적이며 갑판으로 나왔다.

포두판(鋪頭板)[5] 위에 서 있자니 바닷바람이 그의 앙어깨 자락으

5 선수갑판.

로 세차게 달려와 부딪쳤다. 미처 잠에서 온전히 깨지 못한 몸이 휘청 넘어질 듯 뒤로 흔들렸다. 그래도 푸른색 철릭[6] 자락이 바람결에 훌훌 몸에 휘감기는 맛은 그다지 싫지 않았다.

선창 침공간에서 올라온 염일규를 발견하고 떠꺼머리 몸종 녀석이 얼른 달려와 머리부터 조아렸다. 한양부터 내리 따라오며 잔수발을 들던 놈이었다.

"아직 멀었느냐?"

"곧 제주가 아닙니까요, 나리. 이제 코앞일 겝니다. 해무가 껴서 보이지 않는 건지도 모르겠습니다요."

보아하니 녀석은 제 몸이 더 달아오른 눈치였다. 사실 녀석은 홀어미가 있는 고향 땅에 이미 눈 맞춰 놓은 계집도 있다고 했다. 그 계집과 혼례를 철석같이 약속해놓았다며 오는 내내 귀가 아프도록 떠들어댔다. 제주섬까지 염일규를 무사히 바래다주면 이 배를 얼른 다시 잡아타고 뭍으로 되돌아가고 싶은 생각이 그 어느 때보다 간절할 게 뻔했다. 그래서인지 한양에서 제주까지 제법 오랜 원행[7]을 같이한 사이였지만 염일규는 녀석에게 크게 정을 주거나 기대 따위를 얹지 않았다. 그저 살다 보면 길가 돌부리처럼 발에 차이는 하잘것없는 신분 천한 치들 가운데 하나에 불과하다고 여겼다.

---

6 무관이 입던 공복(公服).
7 먼 길을 감.

염일규는 눈을 가늘게 뜨고 뱃머리의 방향을 바라봤다. 그윽한 속눈썹 아래 그의 눈빛이 바다 안개 너머 한곳에 머물렀다. 세찬 파도 사이에 시선을 파묻던 그의 시야에 희미한 아지랑이처럼 섬의 윤곽이 피어올랐다. 염일규는 뱃머리 쪽을 향해 몇 걸음 더 다가갔다. 그런 그를 몸종 녀석이 짐짓 말리는 척 굴었다.

"나리, 그만 안으로 드시지요. 파도가 사납습니다요."

"반 토막 이놈아, 사내가 저깟 파도를 무서워해 어디에 쓴단 말이냐?"

반 토막, 그건 염일규가 몸종 녀석에게 임시로 붙여놓은 이름이었다. 여섯 척이 넘는 염일규의 훌쩍한 신장에 비해 놈의 몸체는 몽땅한 게 딱 그 반 토막이기 때문이었다.

염일규는 놈의 만류에도 아랑곳 않고 호기롭게 뱃머리로 향했다. 뱃머리에 부서진 파도의 조각이 얼굴까지 튀었다. 염일규는 바지춤을 내리고 바다에 오줌을 갈겼다. 갑작스러운 염일규의 행동에 당황한 반 토막이 민망한 표정을 지으며 얼른 고개를 숙였다. 누런 오줌발이 사납게 출렁이는 파도에 제멋대로 뒤섞였다.

"짜구나."

염일규가 볼일을 마치고 자신의 물건을 툭툭 털어내며 혼잣말처럼 중얼거렸다.

"네?"

"바닷물이 짜단 말이다."

"소인, 생각이 짧습니다요. 나리가 하시는 말씀을 통 못 알아듣겠습니다요."

"이놈아, 바닷물이 짜단 말을 못 알아들었다면 생각이 짧은 게 아니라 의심이 많은 것이다. 제주에는 바람, 돌 말고도 한 가지가 또 많다지?"

눈치를 보던 몸종이 조심스레 입을 열었다.

"계집이 아니겠습니까요."

"계집? 허허, 조랑말이 많은 줄 알았더니 계집도 많다더냐?"

모르는 척 시치미를 떼는 염일규의 능청에 몸종은 대꾸할 말을 찾지 못해 고개만 깊숙이 조아렸다. 염일규는 그런 모습이 내심 흡족했다. 확실히 미관말직(微官末職)과 종5품 종사관(從事官)은 대우가 다르긴 달랐다.

"뭐, 나쁘지 않구나."

염일규는 바지춤을 추스른 손으로 반 토막의 어깨를 두드리며 지나쳤다. 그때 너울대는 파도가 뱃전에 부딪쳤고 염일규는 균형을 잃고 넘어졌다.

"아이고, 괜찮으십니까, 나리? 그러게 안으로 드시래도요."

"됐다, 이놈아. 이리 누워 있는 것도 괜찮구나."

염일규는 넘어진 김에 아예 자리를 잡고 누웠다. 당장 한바탕 소나기가 쏟아져도 이상하지 않을 만큼 흐린 하늘이었지만 그의 기분은 후련했다. 도성에서, 한양에서 멀어질수록 후련했다. 얼굴에 닿는 찬바람이, 뱃전에 튀어 날아오는 바닷물이 지금 이 순간이 꿈이 아님을 확인시켜주었다. 죽을 때까지 시체나 관리하는 신세일 거라 생각했건만 하루아침에 종5품 종사관이라는 감투를 쓰게 됐다. 갑작스러운 행운에 의심을 할 만도 했지만 천성이 낙천적인 염일규는 그저 즐거울 따름이었다. 그래, 계집이다. 제주에는 계집이 많다. 그것도 물질을 하느라 허벅지 힘 좋은 계집들이 아닌가.

본래 염일규는 명문 무관 가문 출신이었다. 만일 장형(長兄) 염일주의 일만 아니었다면 별운검(別雲劍)을 차고 임금의 근접 호위를 맡았을 타고난 무재(武才)였다.

그의 형 염일주는 인조의 장자 소현세자(昭顯世子)를 청의 심양(瀋陽)까지 수행한 호위 무관이기도 했다. 그런데 소현세자가 청에서의 볼모 생활에서 풀려나 조선 땅에 발을 딛으면서 주변 일이 고약하게 꼬이기 시작했다.

소현세자에게 씌워진 누명은 잠도역위(潛圖易位)[8]였다. 인조의 총비(寵妃)[9] 소용(昭容)[10] 조씨가 소현세자가 청의 힘을 빌려 금상의 보위(寶位)를 빼앗으려 한다며 모함을 했고, 소현세자는 인조의 의심을 받고 병석에 누운 지 나흘 만에 급사했다. 이후 인조는 적자 계승의 전례를 등지고 소현세자의 원손(元孫) 대신 자신의 둘째 아들 봉

---

8 몰래 임금을 바꾸려 도모함.
9 임금의 총애를 받는 여자.
10 후궁에게 내리던 정3품 내명부의 품계.

림대군(鳳林大君)을 세자로 책봉하였다. 뿐만 아니라 소현세자빈 강씨가 어선(御膳)[11]에 독을 넣었다는 무고를 핑계 삼아 강빈(姜嬪)과 어린 아들들을 차례로 사사(賜死)[12]했으며 세자의 측근이라 여긴 인사들은 모두 죽이거나 조정에서 퇴출시켰다.

세자 일족의 호위 무관이던 염일규의 장형 염일주 역시 숙청의 칼날을 피할 수 없었다. 가문은 하루아침에 풍비박산되었다. 그나마 세자 위(位)를 이은 봉림대군의 간청으로 어린 염일규만이 다행히 목숨을 건질 수 있었다. 이후 인조를 이어 즉위한 효종은 장성한 염일규에게 한양 시구문(屍軀門)[13] 밖 치안과 경비를 맡아 보는 말단 군관 벼슬을 내려 호구지책(糊口之策) 삼도록 배려했다.

냉혈 군주 인조가 죽고 효종이 등극했지만, 억울하게 목숨을 잃은 소현세자와 강빈의 신원(伸冤)[14]과 복권은 여전히 난망했다. 변함없이 조정을 지배했던 것은 반청 기치를 내세운 서인 세력이었다. 서인들은 심양에서 겪은 팔 년간의 볼모 생활의 설욕을 줄기차게 주장하는 서른한 살 젊은 임금의 의지부터 꺾어놓고자 했다. 또한 형 소현세자와 조카 이회(李檜)[15] 대신 보위에 올랐다는 죄책감과 부채 의식에 시달리는 효종의 미적지근함도 몹시 마뜩지 않아

11 임금에게 진공하는 음식.
12 죽일 죄인에게 임금이 독약을 내려 스스로 죽게 하는 것.
13 시체를 내가는 문인 '수구문'.
14 가슴에 맺힌 원한을 풀어버림.
15 소현세자와 강빈의 아들.

했다. 특히 즉위 초부터 줄곧 소현세자와 강빈의 신원과 복권을 하려는 뜻을 공공연히 내비치는 태도는 더욱 그랬다.

서민들의 반대가 심할수록 효종은 비운에 절명한 형과 형수의 신원과 복권에 매달렸다. 그러나 조정을 그득 채운 서인들의 힘에 밀려 좀처럼 뜻을 펴기 어려워 번번이 좌절했다. 섣부른 움직임은 애꿎은 피바람만 부를 뿐이었다.

황해감사 김홍욱(金弘郁)의 상소 사건은 그러한 군약신강(君弱臣强)의 상황을 극명하게 드러내는 일단이었다. 김홍욱은 효종 즉위 이후 수년째 계속된 가뭄과 흉년이 강빈의 원한 때문이라며 강빈 옥사(獄死)의 재조사와 신원을 호소하는 상소를 올렸다.

효종은 상소에 동조했으나 조정은 발칵 뒤집혔다. 효종의 개인적인 죄책감이야 어찌 됐든 강빈의 이름을 거론하는 것조차 금기와 다름없던 때였다. 강빈을 언급하는 것은 금상의 정통성을 부정하는 행위라며 삼사(三司)[16]를 비롯한 모두가 일제히 들고일어났다.

사실 강빈의 죽음을 재조사하여 무고로 밝혀진다면 큰 혼란이 일 것은 너무도 자명했다. 효종의 왕위는 종통(宗統)[17] 문제에 부딪힐 게 뻔했고, 어딘가 생존해 있을 소현세자의 셋째 아들 이회를 찾아 임금 자리를 넘겨줘야만 할 것이었다. 더불어 대대적인 환국(換局)이 발생하고 인조 대에 벌어졌던 피의 향연에 대해 누군가 그 대가를

---

16 조선 시대 언론을 담당한 사헌부, 사간원, 홍문관.
17 종가 맏아들의 혈통.

치러야 했다. 그런데 책임져야 할 누군가가 작금의 조정을 휘어잡고 있는 권세가들이니 강빈의 이름을 들고 나온 김홍욱이 극심한 옥고를 치르다 장살(杖殺)[18]로 숨을 거두는 것은 예정된 수순이었다. 그 엄한 불똥이 염일규에게까지 튀지 않은 것만도 천만다행이었다.

"쳇, 저승길만 재촉할 걸 몰랐나? 우리 형님만 모자란 줄 알았더니만 그런 작자가 또 있었구먼!"

물론 소현세자를 끝까지 따르다 절명한 형이기에 가슴 깊은 곳엔 효종 정권에 대한 서운함이 전혀 없다고 할 수는 없었다. 그러나 효종의 세상을 뒤집어엎고 가문과 죽은 형 몫까지 복수하겠다는 역심(逆心)은 낱알만큼도 품지 않았다. 아니, 그럴 만한 그릇도 위인도 못 되었다. 이미 죽은 자의 복수를 해서 무엇에 쓴단 말인가. 황해감사씩이나 되는 정치 거물도 상소 한 장에 추풍낙엽처럼 나가떨어지는 판국에 그런 허황한 꿈은 꾸어 대체 무슨 소용이란 말인가.

그는 죽은 장형 염일주의 행동을 이해하지 못했고 또 이해하고 싶지도 않았다. 어딘가 유폐되어 있을 소현의 막내아들을 찾아 조선의 그릇된 종통을 바로잡겠다니, 터무니없고 황당한 발버둥일 뿐이었다. 인조가 이미 소현의 세 아들 가운데 둘을 죽였는데 막내아들이라고 지금껏 살아 있을 리 만무하지 않은가. 그런데도 소현세자의 막내아들이 팔도 어딘가에 살아 숨 쉴 것이라는 풍문은 끊임

---

[18] 형벌로 매를 쳐서 죽임.

없이 떠돌았다. 그리고 그 어린아이를 찾아내 금상인 효종을 밀어 내고 조선의 종통을 바로 세우겠다는 무리들이 계속 나타나 망나니 의 칼춤 앞에 연이어 머리통을 들이밀었다. 제 목숨을 개 밥그릇처 럼 여기는 어리석은 종자들이 꽤나 적지 않다 싶었다. 글을 배우고 익혔다지만 세상 돌아가는 모양새를 똑바로 보지 못하는 청맹과니 들이었고 염일규의 장형 역시 그들 가운데 하나였다.

역모를 꾀하다 죽음을 자초하는 짓 따위는 장형 하나로 족했다. 염일규는 이후 반역의 기운이 일말이라도 서린 무리라면 일체의 인 연을 끊었다. 비록 매일같이 시구문을 통과하는 시체 수를 세거나 도성 후미진 곳곳을 돌며 얼어 죽고 굶어 죽은 사체를 모아 태우는 따위의 천한 일을 했지만, 그래도 역적으로 몰려 목 잘려 죽는 것 보다는 나았다.

염일규의 하루는 광통교(廣通橋), 수표교(水標橋) 등 개천가 부근부 터 살피는 것으로 시작됐다. 구석구석 몰래 내버려진 시체들을 찾 아내면 부근의 비렁뱅이들로 하여금 달구지에 실어 시구문 밖에 나 가 시체를 태우는 게 일의 대부분이었다. 그렇다 보니 높은 양반들 과 마주쳐 그들 눈 밖에 날 일이란 하등 없었다. 또한 따박따박 떨 어지는 녹봉 덕에 끼니 거를 걱정도 없었다. 하루 일과가 끝난 뒤에 는 좋아하는 술과 마음껏 벗할 수 있었으며 흥이 제법 오르면 틈틈 이 익힌 대금을 누구 눈치 살필 것 없이 맘껏 불어 젖힐 수 있었으 니 이만큼 편하고 넉넉한 생활도 없다 싶었다.

그래도 시체들을 태우고 해거름쯤 돌아올 때면 아무래도 헛헛한 게 사내의 심정이었다. 그때마다 그립고 고픈 건 따뜻한 여인네의 품, 그래서 하루가 멀다 하고 근처의 색주가를 찾았다. 몸 파는 계집들의 푹신한 젖무덤에 얼굴을 묻으며 그는 여태껏 숨이 붙어 있다는 사실을 거듭 확인하곤 했다. 그러나 진정으로 마음을 묻고 기댈 만한 상대로는 품지 않았다. 마찬가지로 그와 상대하는 계집들도 몸뚱이로는 그를 안아주되 가슴으로 품으려 들지는 않았다. 그저 쇳천 푼깨나 털어낼 만한, 허우대 멀쩡한 뜨내기로 취급할 뿐이었다. 아무리 몸을 파는 은근짜 년들이라지만 정신머리가 한 치라도 제대로 박힌 구석이 남아 있다면 매일같이 술독에 빠져 사는 망나니 사내를 지아비 삼아 따를 리는 만무했다.

　염일규는 개의치 않았다. 지금처럼 숨이 붙어 있고, 또 마음 취할 술값과 몸뚱이 취할 계집값이 있는 인생이라면 분탕할지언정 자신에게 과분하다고 늘 자신에게 일렀다. 어쩌면 색주가를 전전하고 유녀(遊女)들 치마폭에 코를 묻고 사는 건 형의 불운한 죽음 탓인지도 몰랐다. 소현세자, 강빈과 그 아들들에 이어 형 염일주까지, 죽음의 냄새가 피는 곳에서는 되도록 멀어질수록 좋았다. 차라리 시구문을 지나는 숨 끊어진 시체들을 가까이하는 편이 안전했다. 시구문 군관은 기실 벼슬이라 부르기도 민망한 미관에 불과했고, 일이라곤 시체를 모아 태우는 변변치 않은 말직이었지만 그 벼슬자리나마 하사한 임금에게 염일규는 눈물겹게 고마운 마음뿐이었다.

그러던 어느 날 덜컥 난데없이 종5품 종사관 감투가 그의 정수리에 꽂히듯 떨어진 것이다. 제주도에서 발생한 연쇄 살변 때문이었다. 연쇄 살변이란 몇 달 전 하멜 등 홍모이(紅毛夷)[19] 무리들이 제주섬에 표착한 뒤 갑자기 꼬리를 물고 발생한 일련의 의문사 사건을 말했다. 사건이 미궁에 빠지자 제주목사는 수사 지원을 요청하는 장계를 한양으로 올려 보냈고, 장계를 접수한 조정은 포청 종사관을 급파해 철저히 규명해야 한다는 데까지 빠른 의견 일치를 보았다. 그런데 보낼 만한 적임자를 찾는 과정에서 발이 걸렸다. 신료들의 주장이 각자 분분했고 의논은 지지부진했다. 게다가 후보가 될 법한 자들은 너나할 것 없이 바다 건너 제주섬 오지(娛地)에 이르는 험한 원행(遠行)을 내켜하지 않았다. 또 대부분 세력가에 끈을 대고 있는 자들이라 누군가를 콕 집어내 억지로 등을 떠밀 수도 없었다. 그 위에 각 당파의 이해까지 더해져 제주에 파견할 종사관 선발은 복마전(伏魔殿)[20]에 빠져버렸다. 이때 우연히도 후보 명단에 염일규의 이름자가 끼어들었다.

일개 시구문 말단 군관의 이름을 중대한 연쇄 살변의 수사 적임자라며 임금 앞에 덜컥 내놓다니 아무리 짚어봐도 참으로 어처구니가 없었다. 신하들은 염일규가 미관말직이나마 시구문 관리로서 매

---

19 명나라 사람들은 네덜란드인들을 모발이 붉다고 하여 홍모번 혹은 홍모이라 불렀다.
20 마귀가 숨어 있는 집이나 굴.

일같이 사체를 눈으로 살피고 불에 태우고 했으니 제주에서 발생한 괴이한 흉사(凶事)를 파헤칠 안목이 없지 않을 터라는 억지스럽고 궁색한 근거를 임금 앞에 우물대며 갖다 붙였다. 다른 대안을 찾지 못한 효종은 결국 마지못해 윤허할 수 밖에 없었다.

어명을 받는 과정 또한 한가지로 볼썽사나웠다. 염일규가 받은 여장을 한 형편없는 꼬락서니로 한성부 옥사에 막 수감되려던 찰나 벼슬을 제수받은 것이다. 사실 전날 밤 염일규는 술에 만취해 색주가에서 난장판을 벌이다 의관(衣冠)을 찢어먹었다. 그래서 별수 없이 어울리던 계집의 속치마를 빌려 입고 새벽녘 저잣거리로 나섰는데 하필이면 한성부 풍기 단속에 재수 없이 걸려들었고 옥사로 질질 끌려오던 중 다행히 염일규의 행방을 수소문하던 승정원 관리의 눈에 운 좋게 띈 것이었다. 눈곱도 떼지 못한 곤한 행색으로 난데없이 종5품 벼락 감투를 상투 위에 얹게 됐다.

염일규는 화들짝 놀랐다. 목숨을 위태롭게 하거나 팔자 사나워지는 일만 아니라면 대수롭지 않은 그였지만 이번만큼은 무슨 연유인지 살펴야 했다. 그래서 서경(署經)[21] 삼아 부랴부랴 생전 그의 장형 염일주와 친분이 깊던 어영대장(御營大將)[22] 이완부터 찾아갔다. 오래도록 발길이 없었던 염일규가 갑자기 불쑥 찾아왔는데도 이완은 담담했다. 그리고 이완은 현재 제주에서 괴이한 연쇄 살변이 연잇

---

21 지방관이 부임할 때 높은 벼슬아치들에게 고별하던 일.
22 어영청의 종2품 으뜸 벼슬.

고 있으며 이를 수사할 적임자를 물색하던 중 매일같이 시신을 상대해온 그를 마땅한 인물로 선발하게 되었다는 저간의 사정을 차분하고 친절하게 들려주었다.

이완이 들려준 내용은 충분히 납득이 갈 만큼 흡족하지는 못했다. 그러나 염일규는 일단 제주에 가야 한다는 사실을 자못 흔연히 받아들였다. 도성에서도 멀고 먼 오지이니 역도의 가제(家弟)라며 누군가의 감시나 견제를 받을 일은 한층 덜할 터였다. 더군다나 한낱 시구문 따위를 맡던 자신에게 임금이나 조정이 큰 기대를 걸고 있을 턱도 없다 싶었다. 하긴 종5품씩이나 되는 무거운 벼슬을 얹을 만한 양반네들 가운데 도대체 누가 제주행을 선뜻 자처하겠는가. 궁여지책으로 적임자를 찾다 자신이 얻어걸린 게 틀림없었다. 그러니 그저 적당히 수사를 진행하는 척하다 미적미적 미해결로 종지부 찍으면 될 일이었다. 그렇게 생각하니 어깨가 가뿐했다.

또한 제주 갯가 계집을 얼른 맛보고 싶다는 사내의 욕정도 불끈 솟아올랐다. 자고로 제주섬은 바람, 돌과 함께 '물질로 허벅지 힘이 제법 센' 계집들이 넘치도록 널려 있다는 세간의 풍설이 있지 않은가. 하루빨리 그 '맛난' 계집들을 몸뚱이로 직접 겪어보고픈 마음에 심장이 둥둥 고동쳤다.

아무튼 날벼락 맞듯 종5품 무관 벼슬을 제수받은 염일규는 서둘러 행장을 챙겨 그날로 도성 문을 나섰다.

제주섬까지는 거의 한 달이 넘게 걸렸다. 뱃멀미가 없지는 않았으나, 얼어 죽은 시체나 물에 빠져 죽어 퉁퉁 분 흉한 시신들과 마주하던 일상과는 비교할 바가 못 되었으니 염일규에게는 참으로 반가운 외유(外遊)와 다름없었다.

긴 항해 끝에 이윽고 배에 탄 사람들이 부산해졌다. 지긋지긋한 해무 사이로 나루터가 보였다. 염일규도 몸을 일으켰다.

나루터에는 제주목사 이효영(李孝英)이 염일규를 마중 나와 있었다. 이효영은 괴이한 사건으로 골머리를 심하게 앓은 탓인지 갓 마흔이 넘은 나이임에도 온통 백발이었다. 그는 육지에서 온 종사관을 마치 기다렸던 오랜 친구를 보듯 무척이나 반갑게 맞았다. 짧은 상견례가 끝난 뒤 그는 배에서 내리는 염일규에게 숨 돌릴 틈조차 주지 않고 사안의 본론부터 꺼냈다.

"종사관을 뵈니 이제야 숨통이 좀 트이는구려. 본 사건의 희생자들 대부분은 홍모이들에게 직간접적으로 노출됐던 이들이외다."

이렇듯 다짜고짜 일 이야기부터 꺼내는 목사의 태도에 오는 내내 제주섬 계집들을 안을 생각으로만 머릿속이 가득하던 염일규는 무척이나 당황했다. 목사는 살변으로 희생된 끔찍한 사체들 이야기만 해댔다.

뒤이어 제주목사 집무실에서 이어진 회의는 더욱 아찔하고 곤혹스러웠다. 제주목사를 비롯한 제주목(牧)²³ 아전들은 조정에서 온 종사관에게 향후 수사 계획을 다그치듯 이것저것 물어대기 시작

---

23 큰 고을에 두었던 지방 행정 단위.

했다. 염일규는 아무런 준비도 못했으니 대답이 궁했다. 적당히 맞장구치면서 질문의 화살을 눈치껏 요리조리 피해가는 수밖에 다른 도리가 없었다. 첫날부터 밑천이 드러나선 안 됐기에 아슬아슬한 긴장감에 뒤늦은 뱃멀미까지 느껴졌다. 수세를 뒤집기 위해 짐짓 엄숙한 표정을 지으며 이번엔 염일규가 으름장을 놓듯 역공했다.

"우선 희생자들의 사인부터 확인해야겠습니다. 검시 기록을 확인할 수 있겠습니까?"

"응당 그래야겠지요. 한데 그게 좀 난감하게 됐소이다."

말꼬리를 흐리며 대답하는 제주목사의 얼굴이 문득 어두워졌다. 수심에 찬 표정 탓에 나이가 더 들어 보였다.

"한데 공교롭게도 본 살변의 첫 희생자가 오작(仵作)[24]입니다."

석상처럼 입을 굳게 다문 제주목사를 대신해 곁에 있던 젊은 아전이 대답을 이었다.

"어찌 오작이? 희생자의 시체는 어디에 있다는 겐가? 내 직접 보도록 하겠다."

"워낙 시일이 흘러 매장했습니다."

제주목 형방[25]의 설명에 염일규는 뭔가 일이 꼬여간다는 실망스러운 예감이 들었다. 제주섬에 도착하기 전만 해도 어느 정도 기대가 있었다. 사건 발생 후 시일도 제법 경과했으니 수사할 시간도 충

---

24 시체를 주워 맞추는 일을 하던 하속.
25 각 지방 관아에 속해 형전(刑典)에 관한 일을 맡아보던 부서.

분했을 테고, 십 수 명이 목숨을 잃은 연쇄 살변이니만큼 제주목의 초동 수사에 어느 정도 진척이 있었을 줄 알았다. 그래서 느긋하게 뱃놀이하듯 바다를 건넜고 섬에 도착하자마자 거나하게 회포부터 풀 작정이었다. 그러므로 이같이 다급해 뵈는 제주목사의 태도는 영 반갑지가 않았다. 게다가 제주목 관아의 모든 눈이 염일규의 뒤통수에 모이고 있었다. 한양 조정에서 보낸 '유능한 수사관'을 기대하는 초롱초롱한 시선들 앞에서 술과 계집 이야기는 입 밖에 꺼낼 수조차 없었다.

잔뜩 기대했던 제주섬 계집의 몸뚱이는커녕 첫날부터 썩어 문드러진 시체부터 코앞에 두고 상대할 판이었다. 이미 매장되어 썩어가는 시신들을 다시 파내는 일도 탐탁지 않았다. 버려진 시체를 모아 태우는 팔자에서 운 좋게 벗어나나 싶었는데 아예 시체의 배를 갈라 들여다보는 파시(破屍)마저 무릅써야 하는 처지로 굴러 떨어진 것이다.

파시 또한 좀처럼 쉽지 않았다. 유족들의 반대가 예상보다 거셌다. 애당초 벼슬아치들의 수사에 별 기대가 없었던 유족들은 파시니 뭐니 하며 어렵사리 가라앉은 슬픔을 재차 들쑤시자 거칠게 항의했다. 게다가 뭍사람을 배척하는 섬 특유의 분위기까지 더해 염일규 홀로는 유족을 설득하는 게 불가능했다. 이런 까닭에 수사 진도는 한 발짝도 앞으로 나아가지 못한 채 시간만 흘러갔다.

염일규는 오히려 이 같은 장애들의 출현에 내심 쾌재를 불렀다. 그는 본래 살변 수사 따위에는 아무런 사명감이나 책임감이 없었다. 수사가 지지부진하다 하여 한번 모가지에 걸린 감투가 당장 거두어질 리도 없으니 적당히 시간만 끌다 사람들 뇌리에서 잊힐 때를 기다리면 되었다. 아무리 괴이한 살인이라고는 하지만 어차피 끝이 없는 살인이 있을 리 없지 않은가. 분명 모든 건 시간과 세월이 해결해줄 것이다. 돌아보면 세월과 벗하며 숨죽이며 살다 보니 종5품 벼슬 같은 뜻밖의 행운도 제 발로 찾아오지 않았던가.

조정에서 이번 사건을 완벽히 해결하리라 믿고 자신을 보냈을리 만무했다. 악귀의 소행이든 산짐승의 짓거리든 뭐든지 좋았다. 대충 수사하는 시늉만 한두 달 보여주면 그뿐이었다. 그러다가 슬며시 한양으로 발을 빼면 누구도 뭐랄 사람 없다 싶었다.

그나저나 뭍으로 돌아가기 전에 훗날 서운하지 않을 만큼 꼭 해놓아야 할 일은 따로 있었다. 엉덩이가 큰 갯가 계집은 어릴 적부터 물질을 들어가는 탓에 허벅지니 장딴지 근력이 뭍 여자와는 확연히 다르다느니, 그래서 잠자리에서 조이는 맛이 사뭇 고소하다느니 하는 풍문에 귀가 솔깃한 터였다. 산해진미 못지않다는 갯가 계집 생각에 가슴이 풍선처럼 부풀었다. 그러나 이러한 속생각은 제주목에 속한 어느 젊은 관비(官婢) 때문에 잠시 멈춰둬야 했다.

"나리, 억지로 파시를 밀어붙이니 유족들의 반발이 극심한 것이옵니다. 그리하여서는 해결되지 않사옵니다."

"어허, 아리, 네가 나설 자리가 아니다."

제주목사가 아리라 부른 계집은 관비인 주제에 사뭇 당돌했다.

목사의 집무실에서 차를 나누기 위해 불려와 앉은 염일규가 이런저런 핑계를 대며 살변 수사를 그만둘 뜻을 비치자 곁에서 잠자코 차 시중을 들던 관비가 끼어든 것이다.

그녀는 자그마한 체구에 단아하고 고운 자태였고 기껏해야 열여덟이나 열아홉 정도로 보였다. 관비의 돌연한 무례에 당황한 제주목사가 얼른 아리를 밖으로 물렸다. 밖으로 물러가는 걸음걸이도 다른 관비들과는 달리 천하거나 가볍지 않아 눈길을 끌었다. 방문이 닫히자 곧바로 염일규가 물었다.

"누굽니까?"

"이곳 관비라오. 제 아비가 의원인 덕에 제법 총기를 내려 받은 아이이긴 하나⋯."

아리는 의원의 첩비(妾婢)가 낳은 얼녀라고 했다. 덧붙여 목사는 그녀가 의원인 제 아비의 의술을 어릴 적 어깨너머로 익혀 살금살금 사용할 정도로 총명하다고 칭찬했다.

관비라. 염일규는 빠르게 머리를 굴렸다. 수사에 큰 도움이야 될 리 없겠으나 저 정도 미색의 젊은 계집이라면 제주에 있는 동안 심심파적으로 옆에 두어도 좋겠다는 생각이 들었다.

"소관, 아직 이곳 풍토를 몰라 아리를 데리고 다니면 도움이 될 것 같습니다. 어떻겠습니까?"

"종사관께서 그러고 싶다면야 문제될 건 없소만."

"그럼, 소관 그리하겠습니다. 의술을 익혔다면 오작도 없는 판국에 없는 것보다야 낫지 않겠습니까?"

"그렇다면야 종사관 뜻대로 하시오."

염일규의 청을 흔쾌히 수락한 제주목사는 곧바로 아리를 방 안으로 다시 불러들인 후 당부했다.

"도성에서 오신 종사관 나리이시다. 네 비록 관비의 몸이나 품행을 단정히 하여 모셔야 할 것이다."

"네."

아리는 다소곳이 고개를 숙이며 답했다. 촛불이 일렁이니 곱고 가늘게 팬 인중 아래 입술이 더욱 붉고 탐스러워 보였다.

밤늦게 제주목사의 집무실에서 나온 염일규는 아리를 이끌고 자신의 숙소로 향했다. 하속들에게 아리의 거처는 그의 숙소 가까이에 마련토록 지시했다. 사실 당장이라도 잠자리로 불러들여 수청을 들게 하고픈 마음이 굴뚝같았으나 첫날이니만큼 일단은 주위 이목을 의식해 미뤄두기로 했다. 목사의 허락까지 떨어졌으니 당당히 지근하게[26] 두고 언제든 희롱하고 재미를 볼 수 있는 계집이 아닌가. 서둘 필요가 없었다.

다음 날 아침, 아침상을 들여온 아리에게 염일규가 물었다.

"자, 이제 네가 생각하는 방법을 한번 일러보거라."

염일규의 느닷없는 하문에 아리는 잠시 머뭇했다. 그러고는 생선 가시를 바르느라 상 위로 내리깐 시선을 그대로 둔 채 차분한 어조

---

26 더할 수 없이 가깝다.

로 물음에 답했다.

"예로부터 섬사람들은 본시 뭍사람에게 쉽사리 마음을 내주지 않는 법입니다."

"그래서?"

"쉰네가 마을로 안내할 테니 나리께서는 그저 곁에서 지켜보기만 하십시오."

아리는 일단 마을부터 내려가자는 의견을 냈다.

"심중에 무슨 궁리라도 따로 마련한 게냐?"

"뾰족한 궁리는 없사오나, 그들 마음을 여는 것부터 먼저 시작함이 옳지 않겠습니까?"

아리가 염일규의 소매를 잡아 이끈 곳은 제주섬 안에 몇 안 되는 조그만 주가(酒家)였다. 살변으로 외동딸을 잃은 주모는 종사관의 등장에 고개를 조아렸으나 반기지 않는 눈치였다. 아리가 주모에게 염일규에 대해 설명했다. 주모는 아리와 대화하며 곁눈으로 염일규를 살폈다. 눈빛에는 불신이 가득했다. 그녀의 딸은 하멜 등 홍모이들에게 밥을 해다 주는 일을 하다 변을 당했다고 했다. 주모는 무덤에서 딸의 시신을 파내는 데 완강하게 반대했다.

"내 쉽지 않을 줄 알았다. 그러니 무리해 애쓸 필요는 없다."

잠자코 지켜보던 염일규가 지친 나머지 그만 설득을 포기하고 발길을 돌리려 하자 아리가 뛰어들듯 그의 앞을 막아섰다.

"나리, 시간을 더 주십시오."

"도로(徒勞)[27]일 뿐, 덧없는 짓이다."

아리는 도리질하는 염일규를 다짜고짜 주가 툇마루 앞으로 끌듯이 데리고 갔다. 그러고는 넋 잃은 표정으로 퍼질러 앉아 있는 주모의 손을 맞잡도록 했다.

"대체 무슨 꿍꿍인 게야?"

당황한 염일규가 손을 뿌리쳤다.

"하나뿐인 소중한 딸을 잃은 불쌍한 어미입니다. 사랑하는 딸의 무덤을 다시 파헤쳐 꺼내자는데 쉽게 고개 끄덕일 어미가 세상천지에 어디 있겠습니까?"

염일규가 영문을 몰라 따지자 아리가 답답한지 들릴 듯 말 듯한 숨을 쉬고 입술이 귓가에 닿을 만큼 가까이 속삭였다.

"그래서 어쩌려는 셈인데?"

"나리의 진심을 이 불쌍한 어미에게 전할 것입니다. 자, 놓았던 손을 다시 잡으십시오."

아리는 반강제로 염일규의 소매를 끌어 그가 주모의 손을 다시 잡도록 했다. 이번에는 주모의 눈을 똑바로 쳐다보며 말했다.

"어려운 결정인 거 알아요. 하지만 공분이 한은 풀어야 할 거 아니에요. 우리 나리께서 한을 반드시 풀어주실 테니, 이번 한 번만 믿어봐요. 어때요?"

"벼슬아치를 믿으라고?"

---

27 헛되이 수고함.

주모가 고개를 가로저으며 다시금 버텼다.

"관아에서 홍모이들한테 밥을 해다 주라고 시킨 탓에 다 이리된 거야. 한데 나보고 관아 벼슬아치를 믿고 도우라니, 어림 반 푼어치도 없다. 퉤!"

주모가 내뱉은 가래침이 염일규의 발등에 보기 좋게 튀었다.

"종사관 나리는 달라요."

"엄청스레 다르겠지. 뭍에서 온 벼슬아치는 더 악질이라더만."

"저희 나리는 다르다니까요."

아리가 힘주어 변명을 잇자 주모의 시선이 염일규의 얼굴에 꽂혔다. 그 눈빛은 마치 네깟 벼슬아치 놈이 불의에 가족을 잃은 깊은 슬픔을 조금이라도 이해할 수 있겠느냐며 엄하게 추궁하고 있었다.

그러나 혈육을 잃은 슬픔을 염일규가 어찌 모를 리 있을까. 하루 아침에 역모가 발각 나 그의 형이 자살하고 부모가 거열(車裂)[28]에 처해져 죽임을 당했다. 자신 역시 죽을 누란지위(累卵之危)[29]에서 가까스로 목숨을 건지지 않았던가. 불현듯 죽은 형의 얼굴이 스쳐 지나갔다. 형은 비록 궁지에 몰려 자진(自進)[30]을 택했으나 차마 부모에게 받은 몸을 훼손할 수 없다며 칼을 쓰는 대신 이른 새벽에 목을 맸다. 그리고 대들보에 매달려 싸늘히 식어가는 형의 시신을 그날

---

28 사람의 팔과 다리를 각각 수레에 묶고 반대 방향으로 끌어서 찢어 죽이는 형벌.
29 알을 쌓아 놓은 듯한 위태로움이란 뜻으로 몹시 아슬아슬한 위기.
30 자살.

제일 처음 목도한 이는 어린 염일규였다.

염일규는 저도 모르게 눈시울이 뜨거워지며 눈물이 주룩 흘렀다. 그리고 들킬까 싶어 저 먼 바닷가로 이내 시선을 돌렸다. 그러나 그런 변화를 놓칠 아리가 아니었다.

"보세요, 저희 나리 안색을요. 나리께서도 공분이의 죽음을 슬퍼하고 계시잖아요."

"설마 그럴라고."

"정말이라니까요. 한번 보세요, 아주머니."

과연 염일규의 얼굴엔 채 마르지 않은 눈물 자국이 남아 있었다. 희미한 물기지만 이를 본 주모의 눈빛이 흔들리기 시작했다. 생전 처음 보는 벼슬아치가, 그것도 먼 한양에서 내려온 높으신 종사관 나리께서 딸 공분이의 죽음을 슬퍼해 흘려주는 눈물이라고 여기는 듯했다. 단단히 닫혔던 주모의 마음은 일순간 열릴 것처럼 심하게 동요했고 아리는 그 틈을 놓치지 않았다. 주모의 곁에 바짝 당겨 앉은 아리는 한층 간절히 부탁했다.

"살변이 아직도 계속되고 있어요. 공분이처럼 억울한 죽음을 당하는 사람이 없도록 해야 합니다. 그러니 공분 어미가 나리를 제발 도와주세요."

"흑흑, 그날 밤 내가 갔어야 했어. 우리 공분이가 아니라 늙어빠진 이년이 홍모이 그 오랑캐 놈들에게 갔어야 했는데."

주모는 딸의 마지막 가는 모습이 다시 떠올랐는지 한바탕 눈물을 쏟아내기 시작했다. 그러고는 한참 통곡하다가 진이 다해 쌕쌕 가는 숨소리를 내며 울음을 멈췄다. 이어 때가 껴 새까매진 옷고름으로 눈물범벅이 된 얼굴을 쓰윽 훔쳐내고는 염일규 앞에 무릎을 꿇은 뒤 머리를 조아렸다.

"나리, 우리 공분이 생전 말썽 한번 피운 적 없는 착한 아이입니다. 부디 딸년의 억울한 한을 나리께서 꼭 풀어주셔요."

"어려운 결정 고맙소."

대답은 했지만 염일규는 마음이 착잡했다. 사연 있는 시신을 마주할 일에 솔직히 언짢고 불편했다. 분명 시구문 밖에 내다 태우는 사체들과는 느낌이 사뭇 다르리라.

비록 사정사정 끝에 주모의 허락을 간신히 얻어내긴 했으나 막상 시신을 파낸다고 생각하니 수사관 입장에서도 난감한 게 한두 가지가 아니었다. 제일 큰 문제는 부패였다. 시일은 지날 대로 지났고 계절은 봄을 지나 초여름을 향하고 있었다. 흙 아래 해골만 남았을 시신을 다시 꺼내서 어떤 단서를 찾는단 말인가. 아리가 주모를 일으켜 달래는 동안 염일규는 주막을 빠져나왔다.

이튿날 염일규는 관노들을 이끌고 공분이의 묘를 찾았다.

"파거라."

염일규는 삽을 든 채 주춤거리는 관노들에게 큰소리로 명했다. 습한 땅이라 흙이 쉽게 떠졌다. 이리 습윤한 땅에 묻힌 시체가 온

전할 리 없었다. 이미 백골화되어 뼈와 체모만 남았을 가능성이 높았다. 관노들의 삽질은 반 시진(時辰)도 채 되지 않아 끝났다. 시신을 감싼 멍석이 흙 사이로 모습을 드러냈다. 관노들은 멍석째 들어 평평한 곳에 조심스레 내려놓았다.

"펴라."

그러자 관노들이 겁을 집어먹고 머뭇거렸다. 우두머리인 수노(首奴)조차 난처한 기색으로 염일규를 쳐다보며 안절부절못했다. 보다 못한 아리가 앞으로 나서더니 주저 없이 멍석을 걷어냈다. 꽁꽁 감춰져 있던 공분이의 시신이 햇볕 아래 드러났다.

시신의 몰골은 예상보다 흉했다. 그런데 신기하게도 시신은 전혀 부패하지 않았고 건조시킨 삼처럼 바짝 말라 있었다. 몸에서 습기만 빠져나간 온전한 미라였다.

"의윕니다. 수맥이 흐르는 자리라 습윤할 듯했는데…."

시신을 이리저리 살피던 아리가 희생자의 목 언저리를 가리켰다.

"이빨에 물린 자국입니다, 나리."

이빨이라. 염일규는 아리 곁으로 다가가 허리를 굽혀 시신의 목 주위를 살폈다. 무명천처럼 허연빛인 다른 부분의 살갗과 달리 목 언저리는 멍이 든 것처럼 푸른 가지색이었다. 푸른빛의 중심에는 두 개의 구멍이 뻥 뚫려 있었다. 짐승의 날카로운 송곳니에 물린 자국 같았다.

염일규가 차면(遮面)³¹ 아래로 코끝을 감싸 쥐었다. 시신의 겉은 멀쩡했지만 내장이 썩으며 뿜어내는 악취 탓이었다. 게다가 냄새를 맡고 떼로 달려드는 파리들의 극성까지 더해 더는 관찰하기가 곤란했다. 그런데 어느 사이엔가 가슴 깊은 곳에서 뭔가가 스멀스멀 기어올랐다. 호기심이었다.

공분의 시신에 남은 자국은 그가 이전에는 본 적 없는 야릇한 상흔(傷痕)이었다. 호환(虎患)³²을 당한 사체를 한두 번 어깨너머 엿본 일은 있었다. 그러나 이와는 달랐다. 기왕 시작한 파시, 염일규는 괴이한 상흔을 좀 더 면밀히 궁구해보기로 마음먹었다. 고약한 냄새에도 불구하고 자세를 낮추고 시신의 곳곳을 살피던 염일규가 물었다.

"들짐승이 물어뜯은 흔적일까?"

"짐승이라면 목만 물어뜯었겠습니까?"

아리의 대답에 수긍하듯 염일규가 잠자코 고개를 끄덕였다. 시신은 목덜미에 난 두 개의 구멍 외에는 어떤 상흔도 없었다. 만일 들짐승의 짓이라면 신체 여타 부위에도 놈의 이빨 자국이 어지럽게 산재했을 터였다. 더군다나 사람을 물어 죽일 정도의 짐승이란 제주섬에는 없었다. 있다 해도 고작 늑대 정도일 테고, 그것도 덩치 큰 몇 놈이 떼로 덤벼야 가능할 일이었다. 억지 양보해서 놈들의 소행이라 치더라도 놈들 송곳니에 물려 생긴 상흔이라 보기에는 그

---

31 얼굴을 가리는 일 또는 그런 물건.
32 호랑이에게 당하는 화(禍).

간격이 매우 좁았다. 늑대보다는 주둥이가 작은 무언가가 한 짓이 틀림없었다. 그렇다면 소행을 저지른 놈은 무엇이란 말인가.

생각을 거듭할수록 괴이한 일이었다. 호기심이 샘물처럼 더욱 솟았다. 단 한 번도 본 적 없는 기괴한 상흔. 시구문을 드나들며 수많은 시체를 본 그였으나 이 같은 경우는 처음이었다.

"참으로 괴이하구나. 물기라고는 한 점도 남김없이 빠져나간 모양새며 이 상흔이며…."

문득 아리가 시신 목덜미에 난 구멍 안으로 은 젓가락을 쑥 집어넣었다. 아마도 상처의 깊이를 재려는 모양이었다.

"나리, 뚫린 깊이가 채 한 치도 미치지 못하옵니다."

"그래서?"

"그렇다면 필시 짐승의 송곳니가 낸 자국은 아닌 듯하여…."

이을 말에 자신이 없는지 아리가 말끝을 흐렸다.

염일규는 잠시 궁리에 빠졌다. 일단 동행한 화공을 시켜 시신의 모양새와 상흔의 위치를 자세히 그림으로 그리도록 명한 뒤 현장에서 철수했다. 관노들로 하여금 공분이의 시신을 다시 잘 묻고 제사까지 정중히 치러주라고 당부하는 것도 잊지 않았다.

그날 밤 숙소로 돌아온 염일규는 아리를 불러 마주 앉았다.

"내 직접 홍모이들을 만나봐야겠다. 아리 너는 홍모이들의 말을 아느냐?"

공분이가 죽던 날 밤, 그녀가 홍모이들에게 밥을 갖다 주고 오는 길이었다면 그들을 먼저 심문하여 사건의 앞뒤 정황부터 들어야 할 듯싶었다. 그러나 아리는 고개를 가로저었다.

"송구합니다. 천한 관비 따위가 어찌 먼 나라 양이(洋夷)의 말을 배워 익혔겠습니까?"

"허어, 난감한 일이로고."

"하나 간단한 소통은 가능한 자가 있을 것입니다."

"글쎄다. 저들 말을 제대로 알지 못하고서 어찌 심문을 옳게 할 수 있겠느냐?"

문득 염일규의 뇌리에 박연(벨테브레이, Jan J.Weltevree)[33]의 이름이 떠올랐다. 박연은 이곳 제주섬까지 내려와 홍모이의 표착 경위와 내력을 취조해간 적이 있었다. 그런데 제주목 아전들의 말로는 박연은 도성으로 되돌아간 뒤 감감 무소식이라고 했다. 하지만 다른 방법이 없었다. 우선 장계를 올려 박연을 이곳 제주섬으로 다시 파견해달라 조정에 청해보기로 했다.

다음 날 일찍 염일규는 조정에 올릴 장계를 상의하고자 제주목사를 찾았다. 수사 성과를 잔뜩 기대하던 목사는 염일규가 난관과 어려움을 설명하며 박연 재파견을 청하는 장계 건을 꺼내자 실망으로 미간을 좁히며 난색을 표했다.

"조정에서 어렵사리 종사관까지 보냈는데 이번에 또 박연까지

---

[33] 조선에 귀화한 네덜란드 사람으로 한국 이름은 박연(朴淵)이다. 1627년 일본으로 항해 도중 풍랑을 만나 배가 난파되었고, 서울로 압송된 후 조선 여자와 결혼해 귀화했다.

다시 보낼지 난 잘 모르겠소."

"홍모이들의 증언을 자세히 들어야만 수사를 실효 있게 진척시킬 수 있습니다."

"군이 한양에 요청해야 한다면 종사관 명의로 청해보는 것이 어떻소?"

장계에서 자기 이름은 내려달라는 눈치였다. 슬그머니 발 빼려는 목사의 반응에 염일규는 짜증이 일고 빈정이 상했다.

'젠장, 이러려고 제주까지 온 게 아닌데….'

제주섬에 도착한 이래 모든 상황은 일찍이 자신이 기대하고 예상한 것과 너무나 다르게 흐르고 있었다. 좋아하는 술도 넉넉할 만큼 가까이하지 못했고 그 좋다는 제주 계집도 맛보지 못했다. 어쩌다 보니 주변 분위기에 동해 살변 사건을 수사하고 있을 뿐이었다. 주모 딸 공분이의 괴이쩍은 시신에 호기심이 살짝 동했고, 그래서 기왕 맡은 살변 수사를 팔 걷고 한번 나서보자 했는데 정작 제주목사는 조정의 눈치나 보며 딴청이라니…. 보아하니 조정의 수사 부진 추궁으로부터 여차하면 도망갈 구실부터 찾는 기미였다.

차라리 모두 집어치울까 싶은 생각이 울컥 올라올 무렵 문득 어제 목격했던 공분이의 기이한 시신이 눈앞을 스쳤다. 대체 무엇의 소행일까. 수사를 때려치우더라도 그것만은 밝히고 싶었다.

"좋습니다. 한양에 올리는 장계는 소관의 단독으로 처리하지요."

"그래주면 뭐, 고맙겠소만."

"대신 목사께 드릴 청이 더 있습니다."

"무엇이든 말해보오. 내 도울 수 있는 것이라면야 어찌 마다하겠소이까?"

"장계에 대한 조정의 답이 올 때까지 소관, 여타 희생자들의 시신도 모두 파내 살펴봐야 할 듯합니다. 그러자면 아리의 도움이 필요합니다."

이어 수사에 아리의 손이 필요한 까닭과 검시 과정에서 그녀의 의학 지식이 필요한 이유를 조목조목 설명했다. 잠자코 듣던 제주목사가 갑자기 너털웃음을 터트렸다. 방금 전까지 먹구름같이 미간을 찌푸리던 것과는 전혀 다른, 몹시 사람 좋은 표정이었다.

"내 일찍이 아리는 종사관에게 허락하지 않았소? 그 아이는 언제까지든 종사관 마음대로 쓰시오."

구차할 만큼 길었던 염일규의 설명에 비해 무척이나 선선한 허락이었다.

"설사 객고(客苦)를 푸느라 잠동무 삼더라도 내 아무 말 않을 거요. 여하튼 그 계집은 염 종사 편하신 대로 부리시오."

제주목사는 나직이 속삭이며 한쪽 눈까지 찡긋 감아 보였다. 보아하니 염일규가 아리를 품고 싶은 욕정에 괜한 검시 핑계를 대는 것이라 여기는 것 같았다. 게다가 제주목사는 비릿한 웃음과 함께 묻지 않은 설명까지 보탰다.

"아리는 내 손조차 타지 않은 깨끗한 계집이오. 실은 차일피일

미루다 그리됐지만…"

"…."

"이제 와보니 종사관이 머리 올릴 임자였는가 보오, 허허허."

숫처녀일 수도 있으니 한껏 재미 보라는 권유였다.

'숫처녀라….'

솔직히 말해 학수고대하던 차에 얼씨구나 반길 일이었다. 그런데 무슨 조화일까. 염일규의 귀에 목사의 농지거리가 그다지 탐탁지 않았다.

실상 아리의 수청 받기를 권유하는 목사의 태도는 대놓고 탓할 일이 못 됐다. 그럴 만도 한 것이 지방 관아에 소속된 관비는 중앙에서 파견되어 내려온 관료의 성욕을 해소하는 성비(性婢)의 역할도 맡는 것이 상례였다. 특히나 제주섬 같은 오지는 더욱 그러했다. 혈혈단신 부임하는 관료의 잠자리 불편을 살피고 외로움을 달래는 일은 오롯이 앳되고 젊은 관비들의 몫이었다. 그러므로 목사의 제안은 전혀 무리한 바가 아니었으며 오히려 이편에서 먼저 요구하더라도 하등 이상할 게 없었다.

'하지만 대체 이 기분은 뭐란 말인가.'

목사의 집무실에서 물러 나오면서도, 또 숙소로 돌아오는 동안에도 내내 그는 가슴 한구석이 갑갑했다. 천한 계집종 옷고름 한번 푸는 게 뭐 그리 대단한 일이라고. 헛웃음이 연신 샜다.

첫 단추부터 잘못 꿴 탓이었다. 돌아보면 제주섬에 처음 내리던 날, 나루까지 마중 나온 제주목사와 아전들 앞에서 점잖은 체하는 게 아니었다. 하지만 그때는 어쩔 수 없었다. 종5품 종사관 감투가 주는 압박감 때문이었다. 첫인상을 그렇게 꾸며내고 나니 이후로도 점잖은 척, 고고한 척하는 품행을 계속해야 했다.

하지만 본시 그는 한양 동대문 밖 싸구려 기방을 풀 방구리에 쥐 드나들듯하며 이년 저년 수많은 계집들 기둥서방 노릇을 마다 않던 그였다. 애 밴 기생 년들 입덧 받아준 일만도 십 수 번 넘는 한량 중 한량에, 달거리도 개의치 않고 치마를 걷어내던 호색한 중 단연 호색한이다. 그런 그가 제주목사가 깔아주는 멍석을 마다하고 관비의 수청을 망설이다니 해가 서쪽에서 뜨고도 남을 일이었다.

사람 본성이란 쉽게 바뀌지 않는 법, 바닷가를 지나칠라치면 물질 나온 해녀의 날것 그대로의 몸에 흘끗흘끗 시선이 돌아가곤 했다. 그러나 그때마다 곁을 따르는 아리의 눈치가 보였다. 다른 계집과 아낙들 몸태엔 대놓고 탐을 보이면서도 마음먹으면 언제든 품을 수 있는 아리에게는 정작 끈적한 눈길 한번 주지 못했다. 또 어떤 때에는 속내를 들킬까 싶어 눈 마주치는 일을 피하기조차 했다. 하물며 숙소에 아리를 불러들여 잠 시중을 들게 하는 건 꿈조차 품지 못했다. 정말 이상한 일이었다. 한양에 있을 때는 입담만으로도 어느 콧대 높은 년이든 마음껏 치마끈을 풀어냈던 그였는데 아리 앞에만 서면 꼼짝할 수가 없었다.

아리와의 잠자리는 상상만으로도 낯이 뜨거웠다. 재미는 다른 관비와 보더라도 아리는 피하고 싶었다. 그저 저고리 위로 봉곳하게 솟은 젖가슴 태를 간간이 훔쳐보는 것만으로 족했다.

이런 속내를 알 리 없는 아리는 늘 같은 모습으로 염일규를 대했다. 달라진 것은 목사의 공식 허락이 이미 떨어진 터라 염일규의 곁을 지키는 데 관아의 누구의 눈치도 살필 까닭이 없어졌다는 점이었다. 염일규의 제주 생활에서 아리가 차지하는 비중은 날로 커져갔다. 수사를 돕는 조수 역할뿐 아니라, 끼니를 차려내는 찬모, 의복을 세탁하고 수선하는 침선비(針線婢) 역할까지 아리는 기꺼이 도맡았다. 그러면서도 다른 관비들과는 몸가짐이 천양지차였다. 매시 행실을 반가 아녀자 이상으로 단정히 하려 애썼다.

그 탓으로 인해 주위와 동료들로부터 비아냥 또는 손가락질을 받아야 했지만 아리는 하등 개의치 않았다. 염일규는 그녀의 그런 모습이 싫지 않았다. 학을 연상시키는 고고한 몸가짐, 그에 더해 타고난 명민함은 그녀만의 독특한 매력이었다.

함께 지내는 시간이 늘어나면서 두 사람 사이에는 감정 변화가 일어났다. 그리고 그것은 염일규 쪽이 먼저였다. 문득문득 아리를 제 것으로 가지고 싶다는 욕심이 일어나곤 했다. 차라리 단순한 욕정에 불과했다면 당장이라도 방으로 불러들여 살을 섞었을 터였다. 하나 원하는 건 아리의 몸이 아닌 마음이었다. 아리의 마음을 훔치고 자기만의 것으로 취하고 싶었다.

하지만 그러는 동안 그가 놓치고 있는 게 있었다. 애틋한 연심은 그만의 것이 아니라는 사실이었다. 아리 역시 마찬가지였다. 겉으로는 한결같이 평온한 표정을 지어 보였지만 그녀 역시 안으로는 속을 바짝바짝 태우고 있었다.

염일규가 제주에 도착하던 첫날, 아리는 한양의 여느 관리들이 그러했던 것처럼 그 또한 자신이나 혹은 여타 관비를 그의 침소로 불러들일 줄 알았다. 당일 밤 뭍에서 온 관리의 객고를 풀어주는 것은 관습이었으니까. 특히나 이번엔 제주목사가 살변 수사에 심히 애를 끓인 만큼 종사관의 환심을 크게 사고자, 애지중지 아껴두었던 아리를 수청 상대로 뽑아 넣을 공산이 컸다. 때문에 종사관의 침소로 호명할 때 아리는 그저 차례가 온 것뿐이라고 생각했다.

그런데 걱정했던 것과 달리 종사관은 살변에 관해서만 하문할 뿐 지저분한 농지거리 하나 없이 용무가 끝난 뒤 곧바로 순순히 아리를 돌려보냈다. 그래서 아리는 첫날 보인 종사관의 태도에 의아해하면서도 호감을 느꼈다. 이후 그를 도와 살변 수사를 진행하는 과정에서 호감은 점차 연정으로 바뀌어갔다.

하지만 상대는 한양 훈련도감(訓鍊都監)의 종5품 관리, 제주섬에 묶인 한낱 관비 따위가 감히 마음에 품을 사내가 아니었다. 자칫 경솔하게 굴었다가는 명석말이 꼴이 될 수도 있었다. 그저 그가 불편하지 않도록 곁을 지키며 정성스레 수발드는 것으로 족해야 했다. 아울러 괜한 말이 일어 그에게 폐가 가지 않도록 매사 언행을 단속해야 했다.

공교롭게도 아리가 몸가짐을 단속할수록 상대는 애가 더욱 끓고 타들어만 갔다. 물론 속내는 아리 또한 다르지 않았다. 하지만 이들 남녀가 연심을 어찌할 방도는 그 어디에도 없었다. 신분의 벽에 가로막혀 서로 모르게 눈으로만 애틋함을 건네는 것만이 그들이 할 수 있는 전부였다.

무덤에서 파낸 세 번째 시신의 검시를 마치고 돌아오던 길이었다. 길은 한라산 중턱까지 길고 험한 숲 속으로 이어졌다. 곳곳이 가팔라 말에서 내려 말을 끌고 걷는 일이 다반사였다. 숨이 몹시 가빴고 온몸은 흙과 땀으로 범벅이었다. 너무 지쳐 서로에게 건네는 말을 줄이고 묵묵히 걷기만 했다. 어느 사이엔가 문득 개울물 흐르는 청아한 소리가 들렸다.

"물소리구나!"

"그러네요, 나리."

"맞다, 오는 길에 계곡이 있었지, 아마?"

"그러고 보니 바로 앞이 얼음골입니다."

얼마 후 과연 아리의 말대로 눈앞에 너럭바위가 장관인 계곡이 모습을 드러냈다. 정으로 쳐 깎아낸 듯한 계곡 사이로 허연 물거품을 품어대는 거친 물줄기가 시원스레 흘러내리고 있었다. 보기만 해도 온몸에 엉킨 땀이 씻겨나가는 것 같아 상쾌했다. 계곡물을 눈앞에 마주하자 염일규는 그동안 지켜오던 체면이고 뭐고 깡그리 날려버리고 싶었다. 무심결에 곁에 아리가 지켜보고 있다는 사실도 깜빡 잊고 입고 있던 두루마기를 훌훌 벗어던지고는 물속으로 풍덩 뛰어들었다.

"나리!"

뼛속까지 시린 냉기가 순식간에 몸 전체를 덮쳐왔다. 물속에 몸을 담근 채 팔을 휘휘 내젓자 세찬 물결이 덤비듯 부딪쳐왔고, 그 기세에 흙이고 땀이고 죄 떨어져나갔다. 아리가 물가 가까이 다가서며 걱정스레 물었다.

"나리, 괜찮으십니까? 물결이 자못 거셉니다."

염일규는 문득 장난기가 일었다. 물 가운데 깊은 곳까지 헤엄쳐 간 뒤 갑자기 허우적댔다.

"나리!"

화들짝 놀란 아리가 물 안으로 풍덩 뛰어들었다. 그러고는 물살을 가르며 빠르게 다가왔다. 염일규의 연기에 그가 물에 빠진 줄로 꼼짝없이 속은 탓이었다. 아리가 코앞까지 다가오자 염일규는 비로소 허우적대던 동작을 멈췄다. 물속에서 몸을 일으켜 세우자 수심은 겨우 허리에 차는 정도였다.

"놀랐느냐?"

"나리! 정말 짓궂으십니다."

물에 함빡 젖은 아리가 원망스러운 눈빛을 지어 보였다.

"미안하구나, 내 갑자기 철없이 장난기가 발동해서."

"그래도 목숨을 가지고 장난치는 사람이 세상천지에 어디 있습니까?"

사소한 장난이라 여겼는데 뜻밖에도 아리는 눈물까지 글썽거리며 울먹거렸다. 제 딴엔 많이도 놀란 모양이었다.

"다시는 그러지 않으마. 그래도 잘됐지 않느냐?"

"네?"

"내가 이러지 않았던들 아리 네가 이 시원한 물맛을 봤겠느냐."

그러나 아리는 대답 대신 고개를 가로젓고는 이내 물 밖으로 걸어 나가려 했다.

"이왕 젖은 터 굳이 물 밖에 나갈 까닭이 있느냐? 차라리 흙과 땀을 씻어내는 게 어떠하냐?"

"…"

아리는 자못 망설이는 눈치였다.

"예는 너와 나 둘뿐이다. 달조차 구름에 들어갔으니 세상 이목일랑 신경 쓸 연유가 무엇이 있느냐?"

그제야 염일규의 말이 소용이 있었는지 아리는 돌아 걷던 걸음을 멈췄다. 그러고는 아주 물 밖으로 나가지는 않은 채 무릎 정도 물이 차는 곳에서 젖은 옷자락의 물기를 쥐어짰다.

"저래서야 어디, 쯧쯧."

첨벙첨벙 다가간 염일규가 아리의 손목을 잡아채 수심 깊은 곳으로 끌고 갔다. 아리도 그리 싫지는 않은지 별말 없이 순순히 끌려왔다. 물이 허리까지 차는 곳에 이르자 염일규가 그제야 아리의 손을 놓아주며 말했다.

"여기서 깨끗이 씻어라. 나는 멀리 가 있을 테니 아무 걱정 말고."

그곳에 아리를 남겨두고 염일규가 계곡물 한가운데 섬처럼 박힌 큰 바위 뒤로 돌아 헤엄쳐 갈 무렵이었다.

"아악! 나리!"

느닷없이 아리의 새된 비명 소리가 계곡을 무섭게 울렸다. 염일규의 시선에서 좀 더 떨어지고자 수심 깊숙한 방향으로 살금살금 이동하다 물이끼 낀 바위에 발을 잘못 디딘 탓이었다. 아리의 몸은 순식간에 물속으로 미끄러져 들어갔다. 수심이 아주 깊지는 않았지만 한번 물을 먹어 당황한 탓에 아리는 중심을 잃고 마냥 허우적대기만 했다. 그러는 동안 그녀의 몸은 세찬 물살에 쓸려 점점 더 깊은 곳으로 빨려 들어갔다.

염일규는 비명 소리가 난 곳을 빠르게 더듬어 살폈다. 사위(四圍)가 어두워 잘 보이지 않았다.

"아리야!"

"나리!"

물 먹은 듯한 비명이 들린 곳을 향해 냅다 헤엄쳤다. 아리는 이미 물살이 가장 거센 지점까지 떠밀려간 상황이었다. 그녀의 얼굴이 수면 위아래로 오르락내리락하길 반복하며 꺼져가는 반딧불처럼 흐릿한 달빛 아래 힘없이 명멸(明滅)했다. 염일규는 젖 먹던 힘까지 모두 짜내 빠르게 헤엄쳤지만 이미 급류에 휩쓸린 아리와의 거리는 좀처럼 좁혀지지 않았다. 아리는 물을 잔뜩 먹어 정신을 잃기 시작한 듯했다. 더는 염일규의 이름을 부르지도 못하고 본류(本流)로 낙엽처럼 두둥실 멀어져만 갔다.

'어찌 저리 헤엄을 못 친단 말인가?'

제주섬 계집인 아리가 저 정도로 헤엄을 못 칠 것이라고는 전혀 예상치 못했다. 그러나 따질 겨를이 없었다. 염일규 자신도 급류에 몸을 맡긴 채 정신없이 팔다리를 내저었다.

수 시진 같은 몇 분이 흘렀다. 염일규는 정신을 잃고 떠내려가는 아리의 옷자락을 가까스로 잡아챌 수 있었다. 마침 저 앞의 너럭바위 사이에 걸린 고목 기둥이 보였다. 물결에 휩쓸려 이대로 고목 기둥에 부딪친다면 상당한 충격이 있겠지만 그것 말고는 아리를 안은 채로 급류에서 벗어날 다른 방법은 없어 보였다. 일단 판단이 서자 한쪽 팔로는 아리를 가슴팍에 꽉 끌어안고 다른 팔로는 고목 기둥이 있는 방향을 향해 사력을 다해 물을 갈랐다.

"윽!"

고목에 막 이를 즈음 염일규는 아리를 두 팔로 감싸 안았다. 그러고는 고목 기둥에 등을 돌려 부딪쳤다. 워낙 빠른 속도로 떠내려온 데다 아리를 안은 무게까지 더해 충돌로 인한 충격은 상당했다. 고목 기둥을 부여잡고 너럭바위 위로 아리부터 밀어올렸다. 그녀의 몸은 물먹은 솜처럼 제법 무거웠다. 안간힘을 다해 물 밖으로 아리를 밀어내고 나자 정작 자신이 바위 위로 올라설 힘이 바닥났다.

"으샤!"

그래도 마지막 남은 힘을 짜내 자신도 너럭바위 위로 올라갔다. 올라서기 위해 고목 기둥을 발로 힘껏 굴렀더니, 바위 틈새에 걸렸던 기둥이 물결에 실려 저 아래 어둠속으로 빠르게 떠내려갔다. 만일 저 고목 기둥이 없었다면 대신 그들이 하염없이 떠내려갔으리라. 그런 생각이 들자 순간 모골이 송연하고 기분이 아찔해졌다.

너럭바위에 올라앉아 비로소 안도의 한숨을 돌릴 수 있게 되자 그제야 고목 기둥과 부딪혔던 등 주위가 쑤시고 욱신거렸다. 그러나 자신의 상처보다 아리 쪽을 먼저 살펴야 했다.

아리는 너럭바위 위에 죽은 듯이 누워 가는 숨소리만 가까스로 내고 있었다. 그때 문득 구름을 벗어난 달이 물에 흠뻑 젖은 아리의 몸을 환히 밝혔다. 노루처럼 긴 목과 봉긋한 가슴 위로 달빛이 거침없이 미끄러졌다. 물에 젖어 안으로 쑥 말려 들어간 옷자락 사이로 유약을 바른 듯 희고 고운 살결이 스스럼없이 드러났다.

"이런, 한심한지고!"

염일규는 아주 짧은 동안이나마 철없는 정념에 휩싸였던 자기 자신을 엄하게 책망했다. 혹 뇌리에 남아 있을지도 모를 욕정의 지저분한 찌꺼기들을 깊은 심호흡으로 말끔히 씻어냈다. 그런 뒤 염일규는 가늘게 미동하는 아리의 가슴을 두 손으로 힘껏 내리눌렀다.

연거푸 몇 번을 그리 하고는 이어 핏기 없는 입술을 열고 숨을 불어넣었다. 그러길 얼마쯤 반복했을까. 마침내 아리의 속눈썹이 파르르 떨렸다.

"아리야, 정신이 드느냐. 어서 나를 보아라!"

염일규의 다급한 물음에 아리가 울컥하며 삼켰던 물을 서너 차례 토해냈다.

"나리⋯."

눈을 떠 염일규의 얼굴을 확인한 아리는 이내 안심하는 표정을 지어 보였다. 그러고는 대체 어찌 된 일인지 물으려는 듯 작은 입술을 힘없이 달싹거렸다.

"더는 말하지 않아도 된다. 심호흡부터 하거라."

그제야 염일규는 아리의 양어깨를 붙잡은 손바닥을 통해 그녀의 몸이 얼음장처럼 차갑다는 사실을 깨달았다.

"몸이 너무 차구나. 어서 불 지필 곳을 찾아야겠다."

염일규가 아리에게 등을 보이며 업히라는 시늉을 했다. 하지만 아리는 주저했다.

"업히지 않고 뭐하느냐! 더 어두워지기 전에 야숙할 곳을 찾아야 하느니."

"그렇지만 나리, 어찌 저 같은 천한 계집이⋯."

"쓸데없는 고집 부리지 말거라. 네 지금 사시나무처럼 떨고 있지 않느냐?"

염일규의 지적처럼 아리는 한기를 못 이겨 몸을 부들부들 떠는 중이었다. 아리는 더 이상 거절하지 못했다. 그리고 그의 등에 업히자 따스한 체온이 전해져왔다. 눈이 스르르 절로 감겼다.

염일규는 바람이 들고 나지 않는 어느 절벽 아래 작은 동굴처럼 움푹 들어간 곳에 아리를 내려놓았다. 불을 피워야 했으나 마땅한 부싯돌이 없었다. 마른 나뭇가지와 죽은 이파리들을 주워 모아 한참을 비비고 나서야 불을 얻을 수 있었다. 불길이 제법 일어나자 두 사람은 각자 몸을 웅크린 채 나란히 앉았다. 낙엽 타는 연기가 매운지 아리가 콜록거리며 기침을 해댔다. 염일규가 넌지시 물었다.

"섬 계집이 어찌 그리 헤엄을 못 치더냐?"

"전 섬 계집이 아닙니다. 제 고향은 이곳이 아니라 뭍이랍니다, 나리."

"뭍이라니?"

"예, 아비가 지은 대죄로 인하여 이곳에 발이 묶였을 뿐…."

의외의 대답이었다.

일전에 제주목사 이효영이 아리가 의원의 첩비(妾婢)가 낳은 얼녀라 했던 말이 문득 뇌리를 스쳤다. 사연을 더 캐묻고 싶었지만 아리는 쓸쓸한 표정을 지으며 시선을 피했다. 눈물까지 슬쩍 비치는 걸로 봐선 무척이나 떠올리기 싫은 과거임이 틀림없었다.

한동안 아리는 아무 말이 없었다. 그저 길고 가는 목을 꾸부정하게 구부리고는 땅바닥에 낙서하듯 마른 나뭇가지를 무의미하게 그어대기만 했다. 그러는 사이 염일규가 조용히 뒤로 다가가 그런 아리의 등을 품에 힘껏 끌어안았다. 아리가 움찔했다.

"가만있거라."

염일규의 나직한 목소리에 어깨를 작게 비틀어 빼던 아리의 저항이 차츰 수그러들었다. 그러더니 아리는 눈을 내리깐 차분하고 조심스러운 얼굴로 물었다.

"하나 나리, 혹 이년을 천한 계집이라 여겨 함부로 하시는 건가요?"

의외의 질문에 당황한 염일규가 얼른 아리의 등에서 팔을 거뒀다.

"설사 그렇다 한들 나리께는 일절 원망도 품지 않을 것입니다."

"나를 그리 보았더냐?"

"…관리의 수청을 드는 일도 마땅히 제가 해야 할 일이지요."

아리의 눈에서 그렁그렁한 눈물이 방울져 떨어졌다. 염일규는 마땅히 대꾸할 말이 떠오르지 않았다. 자칫 서툰 위로로 오히려 상처를 줄까 봐 두렵기만 했다.

"무슨 말을 그리 서운하게 하느냐? 그런 것이 아니다."

"아니면 무엇입니까?"

"정녕 모르겠느냐?"

아리가 고개를 들어 염일규를 쳐다보았다.

"송구하오나 이년은 모르겠습니다. 나리."

"내 눈을 보거라."

다시금 아리가 염일규의 눈을 한참 동안 응시했다. 어느새 그런 염일규의 눈에도 물기가 가득 차올랐다. 지금 이 순간 염일규에게 아리는 더 이상 제주목 관아에 딸린 천한 관비가 아니었다. 품에 깊숙이 안고 오롯이 지켜주고픈 사랑하는 여인일 뿐이었다.

"이제 보이느냐? 이제 알겠느냐?"

아리가 작게 고개를 끄덕였다. 그러고는 자신을 던지듯 먼저 염일규를 부둥켜안았다.

"나리!"

"아리야?"

"아무 말씀 마셔요, 나리."

아리는 염일규의 품 안으로 더욱 깊이 파고들었고 그녀의 뺨이 염일규의 뺨 가까이에 닿았다. 그러자 아리의 눈물이 염일규의 뺨을 타고 흘렀다.

"더는 떨지 말거라. 더는 울지도 말고. 내 너를 반드시 지켜줄 것이니."

"나리!"

자그마한 어깨를 들썩이던 아리가 마침내 크게 울음을 터트렸다.

"울지 말래도 그런다."

염일규의 만류에도 아리의 흐느낌은 멈추지 않았다. 염일규가 진심으로 자신을 사랑한다는 사실을 확인했기에 더욱 서럽고 아렸다. 염일규의 사랑을 얻은 것은 분명 기뻤지만 아리는 장차 그가 온전히 그녀의 것이 될 수 없음을 너무도 잘 알고 있었다. 두 사람의 사랑은 서로 마음을 확인하는 것으로 끝일 뿐, 딱 거기까지일 수 밖에 없었다.

그날 밤 아리는 염일규의 몸을 받아들였다. 그리고 내내 서러이 흐느꼈다. 아리는 국법에 따라 제주섬에 못처럼 콱 박혀버린 몸이었고, 반면 염일규는 언젠가 한양으로 돌아가야 할 사람이었다. 그들의 앞에는 넘어설 수도 깨부술 수도 없는 현실이 철옹성처럼 단단히 버티고 서 있었다. 처음부터 이별의 숙명을 안고 시작하는 사랑은 두 사람 모두에게 참담한 비극으로 끝날 게 불 보듯 뻔했다.

염일규는 품 안의 아리가 여전히 눈물을 멈추지 못하고 서럽게 우는 까닭을 헤아리지 못했다. 그는 모든 걸 너무 쉽게 생각하고 있었다. 앞으로 어떤 비극이 닥쳐올지 전혀 가늠하지 못했다.

비익조(比翼鳥)

염일규와 아리의 관계는 급진전했다. 항상 서로를 간절히 원했고 그때마다 품에 안았다. 보고 뒤돌아서면 곧 다시 보고 싶어지는, 그야말로 정인(情人)이었다.

변한 것은 그뿐만이 아니었다. 염일규는 자신의 됨됨이가 전과는 아주 딴판이 되어가고 있음에 깜짝 놀라고 있었다. 도성 내외의 색주가 계집들을 부둥켜안고 살던 지난 시절과는 내적으로 뭔가 많이 변해 있었다. 그때는 아무리 많은 계집을 품에 안고 뒹굴어도 도무지 외로움이 해갈되지 않고 마음 구석구석이 늘 허전했는데 지금은 달랐다.

아리와 함께하는 지금은 가슴 벅찰 정도로 항상 충만했다. 다른 계집 생각 따위라고는 끼어들 틈이 없었다. 아리의 미색이 이곳에 선 출중한 편이라지만 사실 한양의 내로라하는 기방이라면 아리 정도의 용모를 갖춘 계집은 얼마든지 있었다. 게다가 잠자리 기술까지 치자면 그들이 월등 나을 터였다.

'그런데 내가 왜 이러는 걸까? 아리에 대해선 왜 이토록 다르게 느끼는 것일까?'

픔.

갑자기 웃음이 터졌다. 그런 까닭 따위를 한갓지게 궁리하고 있다니 스스로도 너무 어이가 없고 기가 막혔다.

그러나 이런 모든 변화에도 불구하고, 두 사람의 사랑은 밖으로 당당히 드러내기 어려운 것이었다. 연애 행각이 뭇사람들 눈에 띄기라도 하면 두 사람 모두 곤란할 수 있었다. 때문에 남들에게 들킬세라 조심하고 또 조심했다. 하지만 소문나는 것은 시간문제였다. 염일규는 뭍에서 온 관리였고, 섬 사람들에게 이방인의 일거수일투족은 늘 화젯거리가 되기 마련이었다.

그러던 어느 날 염일규는 도성에 올린 장계에 관련한 소식이 있지 않을까 싶어 제주목사를 찾았다. 목사 이효영은 마침 장흥에서 보낸 청태전(靑苔錢)[34]을 차로 우려내 관아 아전들과 나눠 마시는 중이었다. 그런데 담 밖으로 염일규와 아리를 두고 찧는 듣기 민망한 입방아가 새어 염일규의 귀에 들렸다. 결국 염일규의 예고 없는 등

---

34 장흥을 비롯한 남해안 지방을 중심으로 존재했던 발효차.

장에 좌중은 심히 당황하는 기색이었고, 제주목사는 곤란한 상황을 수습하고자 얼른 염일규의 팔을 밖으로 잡아끌었다.

"종사관이 아리 그 아이를 뒷방 애기[35]로 챙기려 한다는 소문이 관아 안팎에 파다하더이다. 그래서 내 결코 그럴 리 없다 하던 중이 었다오. 뒷방 애기라니 당치 않은 소리 아니오, 아니 그렇소?"

제주목사가 너털웃음을 터트리며 염일규의 등을 툭툭 쳤다. 목사는 사내의 허리 아래 일에 관해서 만큼은 무척이나 너그러운 호인이라는 평이 자자했다. 그래서 아리의 일을 알면서도 눈감아주려는 눈치였다. 그래도 목사는 짐짓 정색하며 당부를 보탰다.

"하나 조심하시오. 아기를 잉태하거나 하면 아주 골치 아파지니까. 그땐 나도 도와줄 수가 없소이다."

염일규는 목사의 당부를 그때 심각하게 받아들이지 않았다. 아리와의 관계를 적정선에서 멈추라는 가벼운 경고 정도로만 여겼다.

그날 이후 염일규와 아리의 염문은 제주목 관아를 중심으로 그 반경을 차츰 넓혀나갔다. 그리고 제주목사가 당부를 보탰던 까닭이 무엇인지는 그로부터 시간이 한참을 더 지나고 나서야 그 실체가 분명하게 드러났다.

몇 주 뒤 제주목 관아에서 큰 사건이 벌어졌다. 아란타 홍모이들 가운데 한 놈이 옥을 부수고 도망한 것이다.

---

35 특별히 사랑하는 기생.

탈옥 소식을 전해 들은 염일규는 서둘러 관아로 달려갔다. 그런데 몹시 분주할 것이라는 예상과 달리 관아의 분위기는 사뭇 차분했다. 제주목사 역시 느긋한 얼굴이었다.

"제깟 놈이 달아나봤자 어디까지 가겠소. 이곳은 제주요. 그 자체로 옥인 셈이지. 오늘 안으로 곧 잡아들일 것이오."

목사의 말은 반쯤 사실이었다. 나루터 검문검색만 강화하면 날개 달린 새가 아니고서야 제주섬에서 빠져나갈 방도는 없었다.

그런 때문인지 홍모이들을 가둬두었던 옥은 허술하기 짝이 없었다. 옥이라고는 하나 허름한 집 몇 채를 개조해 칸살 막이를 세워 만든 허름한 곳이었다. 게다가 긴장감이라고는 눈을 씻고 찾아봐도 없는 늙은 군졸 한 명이 입구와 담장을 번갈아 지켜 섰으니 마음만 먹는다면 탈옥은 누워서 떡 먹기보다 쉬워 보였고 차라리 탈옥하지 않고 얌전히 옥 안에 있는 죄수들이 오히려 미련해 보일 정도였다. 위에서 말했다시피 옥리(獄吏)[36]의 경계가 이토록 허술한 까닭은 그곳이 제주도이기 때문이었다. 설사 옥에서 도망하더라도 배를 구하지 않고는 섬을 벗어날 길이 없었다. 그야말로 섬 전체가 사방이 꽉 막힌 감옥과 다름없기 때문이다.

아무리 그렇다 하더라도 홍모이 놈이 귀신같이 사라진 사건은 결코 작은 일이 아니었다. 서둘러 잡아들인 뒤 한양 조정에 사안에 대한 보고를 올려야 했다. 그런데 도망한 홍모이 놈이 그날 늦은 오후

---

36 감옥에서 죄수를 감시하던 구실아치.

쯤까지도 나루터에 모습을 보이지 않는다는 소식이 전해지고, 놈이 한라산 너머 섬 반대편으로 튀었을지도 모른다는 예상이 흘러나왔다. 그렇다면 추포에 꽤 시일이 걸릴 거라는 데에 관아 아전들의 중론이 모이자 제주목사의 얼굴에서 차츰 여유가 사라졌다.

"그런데 탈옥한 놈은 어떤 자입니까?"

곁에서 지켜보던 염일규가 마냥 모른 체할 수만은 없어 제주목사에게 물었다. 목사는 곤혹한 표정 위로 마른세수를 연거푸 해댔다.

"이고르란 늙은 놈일세. 홍모이들 사이에서 의원 노릇하던 수염 텁수룩하던 나선인이지."

"나선인이라니요? 홍모이들은 아란타인들이 아니었습니까?"

"아니네. 이고르는 홍모이들이 왜를 향해 배를 몰고 가던 중 우연히 태운 늙은이라 하더군. 안 그래도 홍모이들을 죄다 한양으로 압송하라 명이 떨어진 터에 한 놈이 도망치다니 상황이 참 고약하게 되어 버렸구먼."

아무리 감시가 허술한 옥이라지만 늙은이 혼자서 탈옥을 감행하다니. 왜 다른 젊은 동료들과 함께 탈옥하지 않았을까. 그리고 나루터를 통하지 않고 섬에서 벗어날 방도를 따로 마련했다는 것일까. 그렇다면 그 방도는 무어란 말인가. 아무튼 앞뒤 모든 상황이 선뜻 이해가 가지 않는 것 투성이였다.

아무튼 이곳이 섬이니만큼 이고르를 잡아들이는 거야 언제가 됐든 잡아들일 터였지만 홍모이들을 한양으로 압송해야 하는 날짜가 코앞으로 닥친 게 문제였다. 홍모이들 가운데 한 명을 누락한 채 올려 보냈다가는 엄한 문책을 피하기 어려울 게 명백했다.

한편 공교로운 경사도 있었다. 이고르의 탈옥 이후 제주도 전역에서 연잇던 살변이 감쪽같이 그친 것이다. 목덜미를 물려 죽는 희생자가 더는 발생하지 않았고 흉흉하던 민심도 서서히 안정되어 갔다.

일주일쯤 지난 뒤 훈련도감에서 감결(甘結)[37]이 떨어졌다. 하멜 일행의 한양 압송 임무를 종사관인 그에게 맡긴다는 내용이었다. 이는 살변 수사를 미결로 남기겠다는 뜻이기도 했다.

그날 밤 제주목사는 자신의 처소로 염일규를 은밀히 불러들였다. 안 그래도 백발에 가깝던 목사의 머리카락은 사태해결의 해법을 찾던 그 며칠 새에 아예 산신령처럼 허옇게 세어 있었다. 염일규가 마주 좌정하자 목사는 느닷없이 주안상부터 들이도록 했고, 한참 동안이나 염일규의 노고를 침이 마르도록 치하했다. 그러더니 이윽고 슬그머니 본론을 꺼냈다.

"듣자니 연쇄 살변을 일으킨 흉수가 탈옥한 이고르 놈일 거란 얘기가 파다하오. 염 종사관은 어찌 생각하시오?"

"가능성이 없진 않지요. 그 뒤로 살변이 거짓말처럼 그쳤으니 말입니다. 한데…."

"계속 말해보오."

---

37 상급 관서에서 하급 관서로 내리는 문서 명령.

"피해자들의 시신에는 공통적으로 짐승의 것으로 보이는 이빨에 의한 상흔이 남아 있었습니다. 그런데 이고르란 자는 한낱 늙은이 아닙니까? 살변이 그친 시기와 그자의 탈옥 시기가 겹친다고는 하나, 그것만으로 속단하기는 이르다 생각합니다."

염일규가 선뜻 동의하지 않고 판단을 미루자 목사는 주안상 아래로 슬며시 돈궤를 밀어넣었다. 그리고 나직이 속삭였다.

"염 종사관, 나 좀 도와줘야겠소. 이고르 그놈, 죽은 걸로 합시다."

"죽다니요?"

"생각해보시오. 어차피 지금 상황에서 범인을 찾아내기는 이미 물 건너간 일 아니오?"

"그래서요? 소관은 목사 영감께서 무슨 말씀을 하시는지 잘…."

"쯧쯧, 이런 꽉 막힌 친구 같으니라고! 내 이야기를 한번 잘 들어보시오. 그러니 도망한 이고르 그놈에게 연쇄 살변 흉수라는 죄를 씌우고 염 종사관이 이를 밝혀낸 것으로 하자는 것이오. 이미 이고르 놈을 살변의 흉수로 보고 있는 게 이곳 민심 아니오?"

실제로 혈기 왕성한 사내들은 살변에 희생된 혈족의 원수를 갚겠다며 섬 안 어딘가에 숨어 있을 이고르의 족적을 찾아 무리 지어 섬 전체를 뒤지고 있었다.

"게다가 흉수에 원한을 품은 이곳 제주도 백성이 어디 한둘이오? 그러니 놈이 탈옥하다가 백성들에게 몰매 맞아 죽은 걸로 덮자는 말이외다."

　"하면 목사 영감의 말씀은….."

　"허허, 이제 감이 잡히시오? 한양으로 보내는 홍모이들 머릿수는 맞춰야 하지 않겠소. 그중 한 놈이 내뺀 것을 위에서 알기라도 해보시오. 내 입장이 뭐가 되겠소이까?"

　제주목사의 말은 연쇄 살변과 이고르의 탈옥, 골치 아픈 두 사건을 하나로 묶어 해치우자는 계산이었다. 하멜 일행 인원수에서 하나가 빠진 까닭을 희생자 유족들에게 집단 폭행을 당해 수장(水葬)당한 것으로 이야기를 꾸미고 입을 맞추자는 제안으로서, 만일 이 자리에서 염일규가 동의해준다면 아마 일련의 사태는 제주목사의 궁리대로 물 흐르듯 넘어갈 게 뻔했다. 염일규가 즉답을 피하며 망설이는 기미를 보이자 목사는 몸이 더욱 달아올라 강하게 채근했다.

　"머뭇거릴 것이 뭐 있소? 그런 놈에게 원한을 품은 제주 백성들이 몰매를 때려 죽인 것으로 하면 만사형통이 아니오? 염 종사관은 본 수사를 완수한 셈이고, 또 내 입장에서는 압송되는 하멜 일행 중 한 명이 빠진 이유가 해명도 되고 말이오."

　따지고 보자면 염일규 입장에서도 그리 손해 보는 일이 아니었다. 아니, 오히려 이문이 남는 거래였다. 이실직고해서 이고르의 탈옥을 조정에 보고해봐야 떨어질 것은 엄한 추궁과 질책밖에 없었다. 뿐만 아니라 도망친 홍모이를 잡아내라고 닦달할 것은 불 보듯 뻔한 일이다. 따라서 목사의 제안은 이모저모로 훨씬 나았다. 일단 결심이 서자 그때까지 바위처럼 굳어 있던 염일규의 입술이 비로소 움직였다.

"필시 소관도 목사 영감께 곧 긴히 청할 일이 있을 것 같습니다."

"그렇소? 대체 무엇이오? 당장 털어놔보시구려."

"아닙니다. 천천히 말씀 올리겠습니다."

공손하게 대작하면서도 염일규의 한 손은 주안상 밑 돈궤로 향했다.

근 열 달간의 억류 끝에 하멜 일행은 비로소 제주섬을 벗어나게 됐다. 하지만 그들은 여전히 속박된 처지였고 다만 그 장소가 이국의 섬에서 이국의 수도로 바뀌는 것뿐이었다. 장차 그곳이 어떤 곳일지, 과연 어떤 일을 겪게 될지는 알 길이 없었다. 답답한 섬에서 벗어난다는 시원함보다 더 깊은 곳으로 끌려간다는 초조와 불안이 납덩이처럼 어깨를 내리눌렀다.

하멜 일행은 조선 본토가 아닌 본래 목적지였던 일본 나가사키로의 송환을 원했다. 그러나 조선은 이들 불청객들을 그냥 놓아 보내줄 수가 없었다. 그들은 한양의 훈련도감으로 가서 서양의 대포 기술을 조선의 임금 앞에 선보여야 했다. 서양의 선진 총포 지식은 효종의 북벌(北伐) 정책에 절실히 필요한 군사적 지원이었다.

이런 까닭에 무리의 대표로 나선 하멜이 염일규를 만나 수차 일본행을 호소했던 시도는 전혀 소용이 없었다. 그들의 거취는 일개 종사관 따위가 결정할 사안을 훨씬 벗어나 있었다. 또 염일규로서도 그저 돌아가는 상황을 하멜 일행에게 일러주고 부드럽게 그들을 타일러 돌려보내는 수밖에 없었다.

하멜 일행이 눈물을 뿌리며 읍소할 때마다 염일규는 남달리 가슴이 쓰렸다. 가족들과 생이별한 채 만리타향에서 기약 없는 삶을 살게 될 그들의 고달픈 모습 위로 문득 자신의 과거사가 겹쳐졌기 때문이었다.

멸문지화로 한순간 나락으로 떨어졌던 지난날의 아픈 기억은 여전히 염일규의 뒤통수를 후려갈기고 있었다. 지난날 매일같이 색주가를 떠돌던 것도, 파락호처럼 끝도 없이 방황한 것도 모두 고통스러운 과거에서 도망치고자 했던 나름의 몸부림이었다. 그만큼 염일규는 세상을 먼저 등진 부모와 형제들을 그리워했고 그들과의 지난 추억을 사랑했다. 그래서 하멜 일행에게 자연스레 동병상련을 느꼈으며 누구보다도 유독 하멜 일행의 처지를 동정했다.

"참으로 딱한 사람들입니다."

어깨가 축 처져 관아 문턱을 나서는 하멜 일행의 뒷모습을 물끄러미 바라보며 아리가 나직한 목소리로 말했다.

"너도 그리 보느냐?"

"태어난 고향으로 돌아가고픈 건 사람이나 짐승이나 매일반입니다. 그 지극한 원(願)을 들어주지 못하니 참으로 안된 일이지 않습니까? 더군다나 언제 돌아갈 수 있다고 기약조차 할 수 없으니 더욱 안쓰럽고요."

아리의 대답에 염일규가 조용히 고개를 아래위로 끄덕였다.

"하나 어명을 받은 처지로서 내 어찌 사사로운 감정으로 저들의 청을 들어줄 수 있겠느냐."

"알고 있습니다. 하여 나리의 심기 또한 편치 않으신 것도요."

염일규가 이번엔 고개를 가로저었다. 그러고는 잠시 앞에 마주선 아리의 커다란 눈망울을 뚫어져라 쳐다보았다.

"아닙니까? 혹여 이년이 잘못 짚었습니까?"

의아해진 아리가 큰 눈을 더욱 동그랗게 뜨며 물었다. 그러자 염일규가 힘들게 내뱉었다.

"아리야, 내 심려는 저들에게 있지 않구나."

"무슨 말씀이시온지…."

"내 걱정은 바로 너에게 있다."

염일규는 하멜 일행의 압송 책임을 맡아 곧 제주섬을 떠나야만 했다. 문제는 아리였다. 아리는 제주목의 관비로서 천적(賤籍)[38]에 매여 있는 몸이라 국법으로 제주섬에서 한 발짝도 벗어날 수 없는 신분이다. 만일 무단으로 섬을 빠져나갔다가는 교형(絞刑)[39]을 면치 못할 터였다. 따라서 어쩔 수 없이 아리는 이곳 섬에 남겨두고 가야 했다.

---

38 천민들의 신분을 등록해놓은 명부.
39 교수형.

이 같은 결론에 닿자 염일규는 마음이 몹시 저렸다. 사랑하는 여인의 손을 잡고 섬을 함께 빠져나가고픈 마음이야 당연히 굴뚝같았지만 뭍 가는 뱃전에 공공연히 아리를 오르게 할 자신이 없었다. 자칫 경솔하거나 어쭙잖게 굴었다간 아리의 신상에 엉뚱한 화가 미칠 것이었다. 그 고민으로 염일규는 근 며칠간 숙소에 꼼짝 않고 틀어박혔다. 전전긍긍하며 궁리를 거듭해도 마땅한 수가 떠오르지 않았다.

곧 닥쳐올 이별이 힘들기는 아리도 마찬가지였다. 더구나 아리는 염일규보다 훨씬 일찍부터 헤어짐을 직감하고 남모르게 고통받아 왔다. 사실 아리는 염일규가 사랑을 고백하며 자신을 처음 품에 안던 순간부터 이별을 각오했었다. 그러나 미리 상별(相別)을 겁내 염일규가 주는 사랑을 피하거나 마다하지는 않았다. 한 점 주저함 없이 한껏 염일규를 사랑하고 마음속에 안았다. 하지만 그토록 사랑하다가도 때가 다다르면 그 사내를 떠나보내야 한다는 것, 가슴 깊이 품은 정인일지라도 언젠가는 저 바다 너머 자유로이 놓아주어야 한다는 것, 그것은 섬 여인네들의 숙명이었고 아리 역시 예외가 될 수는 없었다. 그리도 굳게 마음먹었건만 막상 정인과의 생이별이 목전에 이르고 엄연한 현실로 다가오자 감당치 못할 고통이 아리의 가냘픈 두 어깨 위로 엄습했다. 심장이 갈래갈래 찢겨나가는 듯 엄청난 통증이 무시로 몰려들었다. 그래도 떠나보낼 염일규의 앞에서만큼은 강건한 척 애를 쓰며 버텨보려 했다. 염일규 역시 많이 힘들

텐데 자신마저 힘에 부친 약한 모습을 보이면 그것은 염일규에게 무거운 짐을 보태는 어리석고 한심한 짓이나 다름없다고 생각했다.

하지만 출항을 사흘 앞둔 새벽녘, 아리의 의지는 마침내 무너져 버렸다. 부엌에서 밥을 짓다 흘리기 시작한 눈물이 내내 멈추지 않았다. 처음엔 땔감이 뿜어내는 따가운 연기 때문인 줄로만 알았는데 그게 아니었다. 이후 종일토록 아리는 멍한 얼굴로 모든 일에서 손을 놓은 채 눈물만 찍어댔다.

아이러니하게도 이별이 현실로 차갑게 닥쳐올수록 서로를 향한 걱정은 오히려 더욱 뜨겁게 불타올랐다. 그들은 전보다 더 간절히 상대를 원했고 단속(斷續) 없이 서로를 부둥켜안았다. 하늘 아래 그 무엇도 결코 그들을 갈라놓지 못하도록, 그래서 영원히 서로 떨어지지 않을 듯이 둘은 한 몸이 되기를 원했다. 그들은 새벽닭이 울 때까지 그렇게 하얗게 밤을 지새웠다.

다음 날 염일규는 전에 받았던 돈궤를 챙겨 제주목사를 찾았다. 아리의 천적을 벗겨줄 것을 간곡히 청했다. 아리를 데리고 뭍으로 나가려면 천적을 벗기는 게 우선이었다. 그런 다음에 양인(良人)으로 속량(贖良)[40]하는 방법뿐이었다.

제주목사는 난처한 얼굴을 해 보였다. 물론 예상했던 거절이었다. 처음부터 쉬우리라 생각하지도 않았다. 제주목사는 아리의

---

[40] 노비 신분에서 벗어나 양인이 되는 제도.

속량은 자신의 권한 밖의 일이라며 밀어냈다. 조선 관아의 모든 관노비는 형조의 장례원(掌隸院)[41]에서 관장한다는 핑계였다. 그러나 제주목사가 난색을 표하는 데는 다른 이유가 더 있었다.

"염 종사관, 내 단도직입적으로 묻겠소. 혹여 계집의 천적을 벗기면 첩으로 들일 작정이오?"

"첩이 아닙니다. 정처(正妻)로 맞이할 것입니다."

"역시 내 염려가 맞는 모양이구먼. 그러면 더더욱 아니 될 일이오."

혀를 끌끌 차는 제주목사의 얼굴이 일전에 홍모이들의 한양 압송 명을 받았을 때보다도 더 일그러졌다.

"아직 그 계집이 사실을 모두 토설(吐說)치 않나 보오?"

"무엇을 말입니까? 소관이 알아야 할 게 따로 있다는 말씀이십니까?"

"염 종사관, 장형의 존함이 염일주 아니시오?"

"그걸 어찌?"

"내 조정에 수사관 파견을 요청한 게 수차례였건만 번번이 거절 당했소. 하긴 귀양살이가 아니고서야 쉬이 올 곳은 아니…. 해서 염 종사관이 왔을 때 궁금하더이다. 어떤 분이실까. 도대체 무슨 생각으로 이곳 제주섬에 선뜻 오셨을까. 그래서 미리 좀 알아보았다오. 염 종사관이 어떤 분이신지."

"그래서요?"

---

[41] 공노비와 사노비 문서의 관리와 노비 소송을 맡아보던 관아.

"놀랍게도 종사관의 장형께서 소현세자 저하의 호위 무관이셨더 구면."

"맞습니다. 혹여 지금 소관의 가문이 지었던 죄를 다시 들춰내려 는 건 아니시겠지요?"

"천만에, 그럴 리가 있소."

"그렇다면 제 장형의 일과 아리의 속량이 무슨 상관이란 말입니 까?"

염일규의 질문에 제주목사는 턱수염을 쓸어내리며 잠시 주춤했 따. 그리고 깊은 한숨을 서너 차례 내쉬며 한동안 침묵했다. 염일규 는 짐짓 뜸을 들이는 목사의 행동에서 다음에 나올 말이 결코 가볍 지 않음을 직감했다.

"그 계집의 아비가 누구인 줄 아시오?"

"의원이라고 들었습니다만."

"그냥 의원이 아니오. 어의였소. 게다가 그자는 소현세자 저하를 시해한 내의(內醫)42였소. 이제 감이 잡히시오?"

시해라니. 아리의 생부가 소현세자 독살 혐의를 받은 궁중 침의 (鍼醫) 이형익(李馨益)이었다니. 상상조차 못했던 일이었다. 등골이 오싹했다.

---

42 조선 시대 내의원에 속한 의관.

아리의 부친 이형익은 번침술(燔鍼術)[43]로 소문이 자자한 의원이었다. 번침술이란 침을 불에 달구어 사용하는 비법을 말하는데, 효과가 너무 탁월해서 명성이 인조의 애첩 조소용(趙昭容)[44]의 귀에까지 들어갔고, 마침내 그녀의 주선하에 내의원(內醫院) 명부에도 이름을 올렸다. 이후 그는 인조의 명을 받아 소현세자의 주치의로 병간호를 맡았는데 공교롭게도 세자가 나흘 만에 급서(急逝)하고 말았다. 거기다 사인(死因)으로 독살이 의심되면서 세자 시해의 흉수로 몰려버렸다. 사헌부와 사간원이 극형을 주장하며 그를 탄핵하고 나섰으나 다행히 조소용의 변호로 목숨만은 건질 수 있었고 대신 함경도 경원에 유배되었다. 이때 식솔들은 관노비가 되어 전국 방방곡곡으로 흩어졌는데, 그 가운데 하나가 아리였다.

세자의 급서 사건은 마치 사전에 계획된 것처럼 조용히, 그리고 신속히 마무리되었다. 하지만 소현세자를 따르던 사람들은 이형익의 처벌 수위에 불만이 많았고 유배형으로 마무리된 것을 납득하지 못했다. 그래서 그들은 세자의 복수를 다짐하며 때를 기다렸다.

몇 해 뒤 장렬왕후(莊烈王后) 조 씨의 병세를 살피라는 어명을 받아 이형익이 유배에서 풀려났을 때, 이들은 복수의 호기라고 생각했다. 결국 이형익은 끝내 입궐할 수 없었다. 상경하던 도중에 자객의 칼에 살해당한 까닭이었다.

---

43 침을 불에 빨갛게 달군 후 꽂았다가 빨리 뽑아내는 치료 방법.
44 인조의 후궁으로 숙원에서 출발하여 종1품 귀인의 첩지를 받았던 악명 높은 여인.

"보자면 아리는 역적의 딸이외다. 반면 장형께서는 아리의 아비가 시해한 세자 전하를 따르다 끝내 돌아가셨소. 한데 종사관과 아리가 내외로 묶이다니, 과연 가당키나 하겠소?"

"…."

"백번 양보하여 정처(正妻)가 아닌 비첩(婢妾)으로 들인다고 칩시다. 저승에 계신 장형 낯을 장차 어찌 뵈려 그러시오?"

제주목사의 다그침에 염일규는 적당한 말을 고르지 못했다. 그의 말대로 형 염일주는 숨을 거두는 마지막 순간까지 소현세자를 생각하고 그리워했다. 문득 영영 떠올리지 않으려 애썼던 죽은 형의 삶이 뇌리에 두서없이 떠올랐다.

소현세자의 호위 무관이었던 형은 살아 숨 쉬는 동안 단 두 가지 일에만 오롯이 매달렸다. 하나는 의문에 싸인 세자 저하의 사인을 만천하에 명명백백 밝혀내는 일, 다른 하나는 은근슬쩍 봉림대군이 채간 옥좌를 되찾아 세자 저하의 친자를 올바로 앉히는 일이었다.

형은 이를 위해 심양에서 친분을 쌓았던 예친왕(睿親王) 도르곤(多爾袞)[45]을 비롯, 영향력 있는 청의 조정 고관들과도 은밀히 교류를 이어갔다. 하지만 형의 꿈은 중도에 무너지고 말았다. 청을 드나들던 만상(灣商)[46] 무리에 조정의 세작(細作)[47]이 섞여 있어 형의 공작

---

45 베이징으로 천도하였으며 중국 전 영토를 무력으로 평정한 청나라 초기의 황족.
46 17세기 말 이후 대청(對淸) 무역을 한 의주 지역 상인.
47 간첩.

활동이 발각된 것이다. 형은 의금부로 압송되기 직전에 동지들의 안전을 위해 자결을 택해야만 했다.

형의 죽음으로 임금을 바꾸려던 거사는 무위(無爲)에 그쳤다. 그런데 역모 사건의 뒤처리가 묘했다. 관련자를 추가 색출하기 위한 확대 수사라든가 유족 또는 주변인을 상대로 여죄를 밝히는 추궁 따위가 전혀 뒤따르지 않았다. 그저 당사자의 자결로 슬그머니 마무리 지어졌다. 조정에서 논란이 전혀 없지는 않았으나 어느 순간 사그라졌고 이후 사법 관청 그 어디서도 형의 일을 다시 들추어 문제 삼는 곳은 없었다.

이는 청의 눈치를 살펴야 했던 당시 조선의 정치 상황 때문이었다. 청의 고위급 인사들까지 관련된 사안이었지만 조선은 사건의 배후를 캐고 따질 만한 국력이 되지 못했다. 결국 조정은 불쾌감을 안으로 꾹 삼킨 채 유야무야 넘어갈 수밖에 없었다. 하지만 이 사건은 이후 염일규의 장래를 막는 큰 장애물이 되었다.

대답을 두고 한참을 망설이던 염일규가 어렵게 입을 뗐다.

"말씀은 잘 알겠습니다. 한데 아리 그 아이에게 책임을 물을 일은 아니지 않습니까?"

"허어, 염 종사관!"

염일규의 태도는 꿋꿋했다. 이미 아리와 깊은 사랑에 풍덩 빠져 버린 그의 결심을 되돌리기는 어려웠다.

"몹시 딱하고 불쌍한 아이입니다."

염일규가 고를 수 있는 말은 단지 이것뿐이었다. 따지고 보면 그녀 역시 자신과 마찬가지로 어지러운 정치의 희생자였다. 만일 지금 자신이 거두지 않는다면 아리는 평생을 역적의 딸이란 오명 아래 비참한 관비의 삶을 살아야만 했다. 그렇게 생각하니 아리를 향한 마음이 그 어느 때보다 애틋해졌다.

"뜻이 정 그러하고 고집 꺾을 생각이 없다면 더는 말리지 않겠소. 하나 관비로서 섬 밖으로 나가는 것은 국법으로 금지되어 있음을 명심하시오."

제주목사는 그만 지쳐 설득을 포기했는지 염일규한테서 시선을 거둬들였다. 대신 섬 밖으로 관비를 빼내는 행위는 국법으로 엄히 금하고 있다는 사실을 재차 강조함으로써 슬그머니 발을 뺐다.

"목사 영감! 소관은 지난번 영감의 은밀한 청을 들어드리지 않았습니까?"

마치 상놈들의 흥정 같아 그다지 내키진 않았지만 면이 상하더라도 다른 도리가 없었다. 이고르의 탈옥 건이라면 제주목사로서도 마냥 모른 체할 수 없는 일이리라. 정색하며 다그치는 염일규에게 약점을 찔리고 만 제주목사는 허옇게 샌 수염을 연신 쓸어내리며 끙, 작은 신음을 내뱉었다.

염일규가 협박이나 다름없는 수까지 꺼내 아리의 금령(禁令)을 풀려는 데는 다른 중요한 이유가 더 있었다. 아리의 뱃속에서 염일규의 아이가 자라고 있던 때문이었다.

대체 세상 어느 사내가 자신의 씨를 품은 여인을 섬에 홀로 내팽개쳐 두고 저 혼자 훌쩍 떠날 수 있단 말인가. 그러나 관비를 사내들의 정액 받이 정도로만 여기는 제주목사 앞에서만큼은 아리의 임신 사실을 입에 올리고 싶지 않았다.

아무튼 제주목사와의 지루한 밀고 당기기는 밤늦도록 이어졌다. 그러나 두 사람은 어떤 결론도 내지 못했다.

"나리, 오늘 목사 영감과 이야기는 잘 되셨습니까?"

장시간의 힘든 수 싸움에 탈진해 돌아온 염일규를 아리가 숙소에서 반갑게 맞았다.

"그래, 모든 것이 잘 돼가고 있으니 넌 걱정 말거라. 곧 희소식을 가져오마."

염일규는 애써 밝은 표정을 지어 보이며 아리를 안심시키려 했다. 하지만 어지러운 속내를 끝내 숨기지 못했고, 이를 눈치챈 아리의 얼굴에는 어둡고 짙은 그림자가 드리웠다.

"떠나시는 날이 이틀 뒤이던가요?"

잠자코 밤참을 시중들던 아리가 한참 만에 입을 뗐다. 그러더니 벽 한편의 2단짜리 농(籠)에서 뭔가를 꺼내왔다. 곱게 바느질한 솜옷 저고리였다.

"가시는 동안 뱃전에 부는 갯바람이 제법 찰 것입니다. 안에 받쳐 입으세요."

"남녘 바람이 차면 얼마나 차겠느냐?"

"하오면 한양은 제주섬보다는 많이 추울 테니 가셔서라도…."

아리가 말을 막 마치려는데 갑자기 염일규가 그런 그녀를 덥석 끌어안았다.

"너도 함께 갈 것이다."

"나리?"

"그리만 알고 떠날 채비를 서두르도록 하여라."

느닷없는 통보에 아리는 선뜻 대답이 나오지 않았다.

"어찌 대답이 없느냐?"

"나리, 설마 쉰네를 데려가겠다는 말씀은 아니시겠지요?"

"아니, 난 널 데려갈 것이다. 반드시 배에 태울 것이야."

"아니 됩니다. 그건 천부당만부당, 결코 아니 될 말씀입니다."

아리가 고개를 가로저으며 염일규의 품에서 몸을 비틀어 빼냈다. 그러자 염일규는 아리의 양어깨를 힘주어 움켜쥐고 제 앞에 똑바로 앉혔다.

"나리…."

"나더러 너를 두고 떠나란 말이냐? 넌 정녕 그리해도 좋단 말이더냐?"

"…."

"아리 넌 이별을 견뎌낼 수 있을지 몰라도 나는 아니다. 너 없이는 자신이 없단 말이다."

"하오면 어찌하시려고요?"

아리는 짧게 반문했다. 그 짤막한 물음에는 많은 질문이 담겨 있었다. 국법으로 섬에 매인 자신의 금령은 어찌할 것이며 관비인 신분은 어찌할 것인가. 자신을 데리고 섬을 몰래 빠져나갔다가 자칫일이 잘못되면 그땐 또 어찌할 것인가. 관비를 훔친 죄를 뒤집어쓰고 앞으로 인생 전체가 나락으로 추락할 수도 있건만 과연 그리되어도 좋단 말인가. 천한 섬 계집 하나로 인해 정녕 모든 것을 잃어도 괜찮단 말인가.

"모두 내 손에 맡겨 두어라. 마땅하고 좋은 방도를 찾을 것이니."

"나리!"

"쉿! 아리 넌 아무 염려 말고 나를 따라 배에 오르기만 하면 되느니라. 알겠느냐? 장차 태어날 우리 아기를 생각해서라도 마음 단단히 먹고, 응?"

"제주섬에서 나갈 방도야 어찌한다손 치더라도 혹여 천한 년으로 인해 나리의 창창한 앞길이 막힐까 봐 쇤네 몹시 두렵습니다."

미간을 좁히며 걱정하는 아리의 물음에 염일규가 가느다랗게 웃음을 흘렸다.

"창창한 앞길이라. 내 앞길이 막혀야 얼마나 더 막힌다고?"

"나리."

"아리야, 비익조(比翼鳥)라고 들어 본 적이 있느냐?"

"아니요."

아리가 호기심에 눈을 동그랗게 떴다.

"비익조는 눈과 날개가 하나뿐인 새란다. 해서 암수 둘이 꼭 맞게 짝을 짓지 못하면 앞을 보지도 하늘을 날지도 못한다는구나."

"…."

"아리 넌 이제 내 다른 한쪽 눈과 날개가 되었으니, 만일 네가 곁에 없다면 난 보지도 날지도 못할 것만 같구나."

"…."

아리는 머뭇거렸다. 털어놓을 말이 있으나 차마 그러지 못하는 눈치였다. 그게 뭘까. 염일규가 눈으로 물었지만 아리는 시선을 피한 채 묵묵부답이었다.

"아리야."

"용서하십시오. 이년은 종사관 나리께서 그리 여기실 자격이 없는 계집입니다. 한데도 주제넘게 분에 넘치는 사랑을 받았습니다."

가까스로 입을 뗀 아리가 별안간 흐느끼기 시작했다.

"자격이 없다니?"

"진작 올려야 했던 말씀, 뒤늦게야 아뢰는 이 못된 년을 엄히 벌하여 주십시오, 나리."

"대체 네 무슨 말을 하려는 게야?"

아리가 눈물이 그렁한 눈으로 염일규를 쳐다봤다. 그리고 목이 메는지 숨을 몇 번 안으로 삼켰다.

"관비는 관아의 물품과도 같지요. 계집 몸뚱이의 주된 쓰임새가 과연 무엇이겠습니까? 밥 짓고 바느질하는 단지 그것뿐이었겠습니까? 쇤네 역시 관리들의 객고를 풀어주던 천한 년입니다, 나리.”

“설마 그럴 리가…. 목사 영감의 말로는 아리 너만큼은….”

“영감께서 뭐라고 이르셨는지는 모르겠사오나, 기실 이년은 목사 영감의 희롱 역시 수없이….”

“뭐라?”

염일규는 차마 말을 잇지 못했다. 제주목사가 아리의 출도(出島)를 기어이 눈감지 못하고 그토록 완강히 반대했던 까닭이 저절로 짚였다.

“그만해라! 더는 듣고 싶지 않구나.”

“쇤네는 요망하게도 반가부녀의 시늉을 내며 나리의 눈을 어지럽혔습니다. 저 같이 천한 년이 어찌 나리를 지아비로 맞는 꿈을 꾸겠습니까? 이년 따위는 깨끗이 잊으십시오. 아니면 섬에 그냥 남겨두시고 오실 때마다 몸종으로 삼으십시오. 그러신대도 이년은 아무 원망 없을 것입니다.”

“그만하래도!”

듣다 못한 염일규가 버럭 큰소리를 질렀다. 그러고는 아리를 끌어당겨 부서지도록 품에 안았다.

“네가 무슨 말을 하든 난 이미 결심을 굳혔다. 아리 너는 물론이거니와 장차 태어날 아이 역시 제주섬 관노로 평생 묶여 살도록 놓아둘 수는 없는 일 아니냐? 내 반드시 너를 데리고 이 섬을 빠져나갈 것이다.”

"나리…."

"아무 말 말거라. 네 아픈 과거는 바다를 건너며 파도에 모두 깨끗이 씻길 것이니."

아리가 다시 흐느껴 울기 시작했다. 아까보다 훨씬 더 굵은 눈물 방울들이 펑펑 쏟아져 내렸다. 염일규는 엄지를 들어 아리의 뺨을 가르는 눈물 줄기를 조심스레 닦아주었다. 그런 뒤 그녀 입술에 자신의 입술을 부드럽게 포갰다. 아리는 스르르 눈을 감았다. 그의 가슴팍이 그날 밤따라 더욱 깊게 느껴졌다.

습격(襲擊)

여느 때처럼 평온한 아침이었다. 그러나 염일규에게는 비장한 날이었다. 하멜 일행을 뭍으로 압송하는 날이기 때문이었다. 그런데 눈뜨기 무섭게 갑자기 엄청난 복통이 찾아들었고, 염일규의 병통 소식을 들은 제주목사가 약제까지 지어 들고는 병문안을 왔다.

"어찌 된 일이시오?"

"간밤에 마신 찬물에 곽란(癨亂)[48]이 온 듯합니다. 복통이야 시간이 지나면 차차 나아지겠으나 뱃멀미가 걱정입니다."

식은땀을 뻘뻘 흘리며 염일규가 힘겹게 답했다.

"허어, 그렇다고 압송을 미룰 수도 없는 일이고. 염 종사관은 뭍

---

[48] 음식이 체하여 토하고 설사하는 급성 위장병.

출신이라 뱃멀미가 그리 가볍지가 않을 터인데."

"지난 오는 길에도 감당치 못했었지요. 해서 말인데 소관이 뭍에 닿을 때까지만이라도 의녀 한 명만 붙여주시면 어떻겠습니까?"

"혹 아리를 말하는 것이오?"

제주목사는 눈치가 빨랐다. 그리고 너무 빤히 보이는 속셈이었다. 다급해진 염일규가 보전하던 자리를 박차고 일어나 무릎까지 꿇으며 간청했다.

"영감께서 염려하시는 바 잘 알고 있습니다. 하나 심려 놓으십시오. 지난번이야 미욱한 소관이 어리석어 쓸데없이 고집을 부렸지만 설마 관리 된 자로서 감히 국법을 범하기야 하겠습니까? 전라도 땅에 닿자마자 돌아가는 배편에 태워 곧바로 돌려보낼 터이니 다른 심려 마시고 아리를 소관에게 붙여주십시오."

"글쎄, 꼭 아리 그 계집이어야만 하오?"

"소관의 병통을 돌볼 의녀가 아리 외에는 없지 않습니까?"

제주목사는 허연 수염을 쓸어내리며 잠시 고민하는 듯했다.

"영감, 소관과 영감은 이미 한 배를 탄 처지가 아닙니까?"

순간 제주목사의 얼굴이 돌처럼 딱딱하게 굳었다. 이고르의 탈옥은 그만큼 목사의 아킬레스건이었다.

"어쩌시겠습니까?"

"좋소이다. 그간 노고도 많았는데 내가 염 종사관의 편의를 보아주도록 하겠소. 하나 절대 다른 생각을 품어서는 아니 되오. 국법을 어겼다간 염 종사관도 아리도 모두 무사하기 어려울 것이니."

"고맙습니다, 목사 영감."

염일규는 서둘러 숙소를 정리한 뒤 나루터가 있는 포구로 향했다. 목사의 허락이 떨어진 아리 역시 짐 보따리를 부여안고 종종걸음으로 염일규의 뒤를 따랐다. 배웅 차 포구에 나온 제주목사는 석별의 정을 거듭 표하며 뱃머리까지 함께 올랐다.

"다시 말하지만, 아리 저 아인 제주 관아의 보물이라오. 그래서라도 꼭 돌려주셔야 하오."

제주목사가 아리를 흘끗 돌아보며 던지듯 말을 꺼냈다.

"네?"

"엉큼한 친구가 시치미를 딱 떼기는! 아니, 여태 저 아이를 즐겨 놓고도 그 진가를 모른단 말이오? 염 종사관도 사내라면 저년의 진짜 재주가 뭔지는 잘 알 텐데, 아니 그렇소?"

"소관은 대체 그게 무슨 말씀인지 도통….."

"몸집 자그마한 계집이 장딴지 힘은 그 어쩌나 센지, 고 년 사타구니가 이무기 놈 조이는 것 저리 가라잖소?"

제주목사는 저속한 표현까지 서슴지 않으며 염일규의 속을 뒤집어놓았다. 벌써 멀미가 이는지 속이 마구 울렁거렸다. 그러나 불쾌감을 드러내 다 된 일을 망쳐선 안 됐다. 분노가 치밀더라도 당장은 참아야 했다. 일부러 도발하려는 속셈이 뻔히 보이는데 덫에 걸려드는 건 그야말로 어리석은 짓이었다.

"하니 아리와 같은 천한 년 따위를 내자로 삼겠다, 그런 허황한 꿈일랑은 아예 집어치우시오. 털끝만치라도 그런 생각을 했다면 이곳 제주섬에 썩 내려놓고 가든지."

"……"

"아무리 멸문지화를 입었다지만 그래도 가문의 이름에 먹칠하는 짓이 될 수 있어요."

"알겠습니다. 소관 유념합지요. 그리고 아리는 반드시 돌려보낼 것입니다."

"정말 믿어도 되겠소?"

"물론입니다, 목사 영감."

"하면 그대만 믿겠소이다. 그럼 한양 가는 길, 종사관께선 부디 보중하시오."

"고맙습니다. 소관, 목사 영감께서 베풀어주신 그간의 호의, 결코 잊지 못할 것입니다."

염일규가 한껏 고개를 깊이 숙여 치례하자 제주목사는 전에 없이 활짝 웃어 보였다. 염일규의 공손한 태도와 선선한 대답에 전혀 수상한 낌새라고는 눈치채지 못했다. 외려 목사는 아리를 돌려보내겠다는 염일규의 마지막 확답을 얻어내 무척이나 만족한 것 같았다. 그뿐만 아니라 그간 골칫거리로 여겼던 홍모이 무리를 떼어낸다는 사실에도 마냥 홀가분해 하며 흡족한 표정을 내내 감추지 못하고 있었다.

이모저모로 함박웃음을 내내 얼굴에서 지우지 못하던 제주목사는 이윽고 배 떠날 시간에 이르자 장도(長途)에 행운을 빌며 염일규의 등을 툭툭 가볍게 두드려 주었다. 그러고는 수행하던 제주목 아전들과 함께 서둘러 배에서 내렸다.

마침내 염일규와 아리, 그리고 하멜 일행을 실은 배는 제주 포구를 나섰다. 파도가 높지 않은 화창한 날씨였고 뱃머리에 부는 바람도 상쾌했다.

하지만 염일규의 속내는 잔뜩 흐렸다. 당장 다음 일이 걱정이었다. 닷새 뒤면 전라도 곡성에 배가 닿을 터였지만, 뭍에 이른 이후의 계획은 미처 세워놓지 못했다. 어쨌거나 분명한 건 무슨 일이 있더라도 아리를 다시 제주섬으로 돌려보낼 수는 없다는 사실이었다.

염일규는 품에서 대금을 꺼내 입술에 댔다. 어지러운 마음을 어떻게든 달래 보고픈 마음에서였다. 구슬픈 대금 가락이 뱃전에 부딪치는 파도 소리에 섞였다. 대금 연주에 이끌려오듯 어느새 아리가 등 뒤로 다가왔다.

"제주섬을 떠나는 날이 이년 생전엔 결코 없을 줄로 알았습니다."

본토가 있는 북녘을 향하는 염일규와 달리 아리는 반대편 선미(船尾) 쪽으로 시선을 돌리며 말했다. 그편에는 제주섬 해안이 시야에서 멀어지며 차츰차츰 흐릿해져 가고 있었다. 아리는 작아져가는 섬 모양을 한참 바라보며 눈가를 촉촉이 적셨다. 가슴이 매우 벅찬 모양이었다. 설혹 되돌아오게 될지라도 당장은 후련한 표정 같았다.

"이토록 빠져나오기 힘든 제주섬인데, 나리, 이고르란 양이가 어찌해서 섬에서 도망했는지 참으로 괴이합니다."

염일규가 대답을 위해 대금에서 입술을 뗐다.

"글쎄다. 섬을 빠져나갔는지 아닌지 아직은 알 수 없구나."

"아직 섬에서 발견하지 못한 걸 보면…."

"허허, 놈에 관련한 의문이 어디 그것뿐이더냐? 놈이 정녕 연쇄 살변의 흉수라면, 어찌하여 짐승 이빨 자국을 남기며 살변을 저질렀는지, 또 시신 모양새는 어찌하여 그리 흉한지, 모든 게 아무리 궁리해도 정말 이상하고 모를 일들뿐 아니더냐?"

"그렇기는 하지만…."

"부끄럽지만 내 능력으로는 도무지 답은커녕 실마리조차 찾을 수가 없구나."

이어 자연스럽게 아리와의 화제는 연쇄 살변에 머물렀다. 마침 교대로 갑판에 올라와 바람을 쐬던 하멜이 둘의 대화를 엿듣고 끼어들었다.

"저희가 배를 버려야만 했던 까닭도 그와 같았습니다."

이미 열 달이 넘도록 조선 땅에 머물고 있는 하멜은 서툰 대로 더듬더듬 조선말을 할 줄 알았다.

"배를 버려야만 했다니? 그게 무슨 말이냐?"

"실은 풍랑으로 인한 난파가 아니었습니다. 저희는 몹쓸 악령이 씐 배를 버리고 가까스로 탈출했던 겁니다."

하멜은 애초 자신들이 제주도에 표착하게 된 사정을 솔직하게 털어놓기 시작했다. 하멜의 입에서는 그간 듣지 못했던 진실들이 쏟아져 나왔다. 동인도 회사가 있는 자바 섬의 바타비아 출항에서 시작된 하멜의 이야기는 좀처럼 믿기 힘든 내용이었다.

"알고 계시겠지만 저희 배는 상선입니다. 교역을 위해 타이완을 거쳐 일본을 향해 가고 있었지요. 그런데 일본 해역을 목전에 두고 선원들이 하나둘 죽어나가기 시작했습니다. 딱히 이유를 찾을 수 없는 죽음이었습죠. 게다가 죽은 자들의 몰골은 종사관 나리께서 제주섬에서 목격하신 희생자 시체와 크게 다르지 않았습니다."

"그렇다면 죽은 선원들의 시체도 핏기 한 점 없는 백짓장 같았단 말이냐?"

"네, 그렇습니다. 저희는 배에 악령이 들러붙었다고 여길 수밖에 없었습니다. 해서 어쩔 수 없이 배를 버리게 됐지요."

"그러니까 풍랑을 만난 게 아니었단 말이구나?"

"말씀드린 대로 풍랑은 핑계였습니다. 가뜩이나 생김새가 달라 갖은 의심을 사는 와중에 악령 이야기까지 털어놓았다고 해보십시오. 저희가 목숨이나 부지하겠습니까? 뒷날 차분히 돌이켜보니 모든 사달은 그 불청객 놈을 태운 뒤로 벌어졌더군요."

"불청객? 혹 도망친 이고르를 말함이냐?"

"맞습니다, 나리."

염일규의 질문에 하멜은 잠시도 머뭇하지 않고 곧 고개를 끄덕여 긍정했다.

"이고르가 불청객이라면 그놈은 애초 너희 홍모이 패가 아니었다는 말처럼 들리는구나."

"그놈은 저희 아란타인이 아니라 나선인입니다. 조난을 당해 바다에 표류 중이던 놈을 저희가 구해냈을 뿐이죠. 한데 놈을 배에 태운 이튿날부터 멀쩡하던 선원들이 갑자기 죽어 나가는 겁니다. 하지만 나이 많은 늙은이인 데다 체격도 왜소하여 이고르가 범인이라고는 누구도 의심하지 않았습니다. 아예 그런 생각조차 못 했죠."

"그래도 수상한 낌새가 조금은 있었을 텐데?"

"천만에요. 한번 생각해보십시오, 나리. 키 작고 비쩍 마른 노인이 거구의 억센 뱃사람을 상대로, 그것도 한 명도 아니고 여럿을 해치웠다고 과연 누가 상상이나 할 수 있겠습니까?"

하멜은 그때의 끔찍했던 기억이 눈앞에 다시 생생히 떠오르는지 말하는 중간마다 몇 차례 심하게 몸서리를 쳤다. 그리고 이야기를 마칠 때쯤 돼서는 되돌리기 쉽지 않을 만큼 얼굴이 몹시 파랗게 질려 있었다. 그런 하멜을 안심시키듯 염일규가 그의 어깨를 부드럽게 짚었다.

"어쨌든 이고르 놈은 제주섬을 빠져나가지는 못했을 것이다. 빠져나가려 했다면 바다에 뛰어들었다가 익사했을 수도 있고."

"제발 그랬으면 좋겠네요, 퉤!"

하멜이 분개한 표정으로 제주 쪽 바다를 향해 거칠게 침을 내뱉었다.

"그런데 나리, 이고르 그놈이 진짜 고기밥이 됐을까요?"

"섬에서 놈의 흔적이 일체 사라졌다니 그래야 마땅하겠지. 여전히 놈이 섬 안에 살아 돌아다닌다면 그것도 큰 문제 아니겠느냐?"

하멜의 물음에 그렇게 대답은 했으나 사실 염일규의 관심은 사라진 이고르의 행방 따위에 있지 않았다. 머릿속은 오로지 아리를 돌려보내지 않을 궁리뿐이었다.

제주를 떠난 지 닷새 되던 날 압송선은 하동과 구례를 거쳐 섬진강의 곡성 포구에 도착했다. 그곳부터는 한양까지 도보로 이동해야 했다. 그들이 타고 온 배는 이틀을 쉬었다가 제주목 군졸들을 태우고 제주로 다시 돌아갈 계획이었다. 제주목사와의 약조를 지키자면 아리 역시 그 배편에 태워 돌려보내야 했다.

때문에 염일규는 이틀 안에 아리를 돌려보내지 않고 뭍에 남겨둘 구실을 찾아야 했다. 도착한 첫날부터 도무지 잠을 이룰 수 없었다. 임시 군영에 마련된 숙소에 몸을 뉘었지만 뒤척이기를 수십 번 반복하다 결국 잠들기를 포기했다.

시원한 강바람에 머리를 식힐 겸 군영을 나섰다. 달 없는 밤인 탓에 하늘에는 평소보다 별이 많았다. 걸음이 어느덧 군영 주변을 제법 벗어나자 숙소 불빛이 시야에서 사그라졌다. 그러자 아까보다 훨씬 많은 별들이 밤하늘을 가득 메우며 머리 위로 쏟아져 내렸다. 하늘 북녘엔 북두칠성이 가지런히 줄을 맞춰 빛났고 그보다 더 위쪽에는 유독 밝게 빛나는 북극성이 있었다. 북극성은 일곱 별과 마치 내외하듯 새초롬하게 일부러 거리를 두는 듯했다. 염일규는 문득 북극성의 별빛이 아리의 눈빛과 많이 닮았다는 생각이 들었다. 아리는 늘 그를 얌전하고 차분한 눈빛으로 쳐다보곤 했었다. 소란스럽거나 시끄러웠던 적은 거의 없었으며 항상 침착하고 조용했다. 심지어 슬픔에 잠겼을 때조차 그랬다.

배가 제주섬을 떠나 바다를 건너는 동안에도 아리는 내내 침착한 눈빛을 잃지 않았다. 뭍에 닿으면 사랑하는 이와 영영 헤어질 수도 있다는 불안감에 심신이 지치고 흔들릴 만한데도 항상 차분하고 평온한 기색이었다. 오히려 초조함을 감추지 못한 편은 염일규였다. 하지만 목석이 아닌 이상 아리 역시 속내는 염일규만큼이나 심란하고 바짝바짝 타들어갔으리라. 이 밤이 지나면 그들에게 허락된 시간은 채 이틀도 남지 않은 셈이다. 무슨 수라도 서둘러 내야만 했다.

너무 골똘히 생각에 빠져있다 보니 염일규는 누군가 뒤따르는 발소리를 듣지 못했다. 지척에서 인기척을 느끼고 수상한 낌새를 알아챘을 때는 이미 늦은 뒤였다. 칠흑같은 어둠속에서 무언가가 괴성을 내지르며 염일규를 덮쳤고 목덜미를 물었다.

날카롭고 긴 송곳니가 빠르고 깊숙하게 파고드는 것이 느껴졌다. 찌릿한 통증이 삽시간에 등줄기를 타고 온몸으로 퍼졌다. 하지만 그대로 당할 염일규가 아니었다. 시구문 시체 따위나 살피며 긴 세월을 허송했다지만 본시 명문 무관 가문에서 나고 자란 무재 아니던가. 긴박한 경황 중에도 염일규는 빠르게 몸을 휘돌린 뒤 손날로 목에 붙은 놈을 가격해 떨쳐냈다. 의외에 반격에 놀란 상대는 데구루루 몸을 굴려 염일규한테서 일단 거리를 벌렸다. 염일규가 허리춤에서 검을 뽑아 들어 그쪽을 향해 겨누자 어둠에 감춰졌던 놈의 형체가 별빛 아래 희미하게 드러났다. 목덜미를 문 놈은 제주섬에서 감쪽같이 자취를 감췄던 양이(洋夷) 이고르였다.

"네 이놈! 과연 이고르 네놈 짓이었구나."

이고르를 알아본 염일규가 일갈했다. 그러나 놈은 염일규의 호통에 전혀 주눅이 드는 기색이 없었다. 비릿하게 웃어 보이며 혀를 길게 뽑아 제 입가에 묻은 피를 날름거리며 핥았다. 그러면서도 재차 덤벼들 기세로 염일규의 빈틈을 찬찬히 살피는 눈치였다.

놈의 공격을 기다리느니 차라리 이쪽에서 선제공격을 가하는 편이 나을 성싶었다. 염일규는 칼자루를 힘주어 꼬아 쥐었다. 그리고 단숨에 땅을 박차고 공중으로 솟구치며 놈을 향해 칼끝을 찔러 들어갔다. 하지만 놈은 염일규의 일격 따위는 아무것도 아니라는 듯 가볍게 몸을 슬쩍 틀어 피해냈다. 그리고 다시금 괴기한 소리를 내지르며 거칠게 달려들었다.

놈은 무기를 들지 않은 맨손이었지만 손톱이 짐승의 발톱처럼 길고 날카로웠다. 만일 칼을 빠르게 가로로 휘둘러 놈의 반격을 막지 못했다면 놈의 손톱에 염일규는 하마터면 얼굴이 갈래갈래 찢길 뻔했다.

공격과 방어, 그리고 반격, 염일규의 도신(刀身)과 놈의 손톱이 연거푸 부딪쳤다. 그럴 때마다 마치 금속끼리 부딪히는 듯한 쇳소리가 울렸고 빛이 튀었다. 놈은 사람이 아니었다. 그렇다고 짐승도 아니었다. 날카롭게 벼른 길고 단단한 손톱, 빠른 몸놀림, 게다가 인간의 완력이라고 할 수 없는 괴력, 합에 합을 더할수록 염일규의 뇌리에는 공포가 엄습했다. 게다가 이미 목에 큰 상처를 입은지라 힘이 차츰 부쳐갔다.

반면 놈은 싸움이 길어질수록 점점 더 기세가 오르는 듯했다. 이제껏 막아내거나 피하기만 하던 칼날을 두 손아귀로 덥석 움켜쥐었다. 그러고는 상대를 한껏 뒤로 밀어붙였다. 땅을 디딘 염일규의 두 발이 놈의 힘을 버티지 못하고 뒤로 죽 미끄러졌다. 염일규는 놈의 손아귀로부터 칼날을 비틀어 빼기 위해 칼자루를 쥔 손으로 남은 힘을 모두 끌어올렸다. 그렇게 해서라도 놈의 손바닥을 아예 베어낼 심산이었다. 그런데 분명 흘러야 할 피가 놈의 손에서 보이지 않았다. 베어지기는커녕 피 한 방울 나지 않았다.

도리어 출혈은 염일규의 문제였다. 물린 목에서 흐른 피가 철럭의 옷깃을 흥건히 적셔갔다. 그럴수록 놈은 입맛을 다시며 더욱 죄어왔다. 놈의 눈빛은 싸움을 하는 사람의 것이라기보다 먹이를 노리는 포식자의 것이었다. 체력이 버틸 수 있는 한계점을 넘어서자 염일규는 정신이 빠르게 몽롱해져 갔다. 움직임 역시 처음보다 상당히 둔해졌다. 더 이상 버티는 것은 무리였다. 아니, 불가능했다. 곧 몇 합 안에 꼼짝없이 당하고 말 것 같았다. 끔찍한 괴물의 먹잇감이 되는 건 도저히 피할 수 없어 보였다.

"와아!"

바로 그때였다. 커다란 함성과 함께 군영 쪽에서 일렁이는 불빛들이 물밀듯 쏟아져 들었다. 횃불을 든 군교(軍校)[49]와 휘하 군병들이었다.

깊은 밤 정적을 깨며 한바탕 난장을 벌인 염일규와 이고르의 소란 때문이었다. 그들이 벌인 요란스러운 싸움은 당연히 군영 주변을 순찰하던 군사들의 주의를 잡아끌 수밖에 없었다. 그래서 예사롭지 않은 대결을 목격한 경계병들이 곧바로 나머지 부대원들을 깨워 군영 밖으로 출동한 것이었다.

갑자기 등장한 의외의 변수에 이고르는 몹시 당황해 하는 기색이었다. 하지만 물러나는 대신 염일규에게 가할 마지막 치명타를 서둘렀다. 군사들이 당도하기 전에 기진맥진한 상대의 숨통을 완전히 끊어놓으려는 생각 같았다.

---

[49] 각 군영과 지방 관아의 군무에 종사하던 낮은 벼슬아치.

그러나 상황은 놈이 생각하는 대로 흘러가지 않았다. 금세라도 쓰러질 것만 같던 염일규가 무릎에 힘을 주며 다시 일어섰기 때문이었다. 군사들의 지원이 곧 닥치리라는 기대에 바닥난 기력을 다시 짜냈고 놓아가던 정신도 재차 꽉 부여잡았다. 무엇보다 아리를 남겨두고 이렇게 허망하게 죽을 수는 없었다. 이를 악물고 마지막 순간까지 버텨보기로 했다. 조금만 더, 아주 조금 더 버티면 됐다.

"커억!"

이고르는 괴성을 내지르며 공중으로 높이 날아오른 뒤 방향을 틀어 곧장 몸을 아래로 내리꽂았다. 그러고는 염일규의 목젖을 향해 양팔을 크게 휘둘렀다. 이번 한 방으로 승부를 마무리 짓고 말겠다는 회심의 일격이었다. 만일 아까의 둔한 움직임 정도로 반응했다면 염일규는 그 즉시 끝장이 났을 것이다. 놈의 손톱에 경동맥이 싹둑 잘리고 목뼈마저 으스러지고 말았을 게 분명했다.

쉬이익.

난데없이 바람 가르는 소리가 들렸다. 곧바로 이고르의 비명이 터졌다. 편전(片箭)이었다. 달려오던 군병들 가운데 궁사 하나가 재빨리 아기살을 재어 이고르를 향해 날렸고 놈의 오른쪽 눈에 명중시킨 것이다. 그 충격에 놈의 몸이 염일규한테서 열 보(步) 이상 튕겨 굴렀다.

"종사관 나리, 괜찮으십니까?"

멀리서 군병들이 염일규의 안위를 걱정하며 외쳐 물었다.

"정말 고마우이."

덕분에 위기를 모면한 염일규 또한 답례로서 목청 높여 사의를 표했다. 그러는 사이 이고르는 넘어진 몸을 천천히 일으켜 세운 뒤 자세를 바로잡았다. 그리고 신음을 낮게 뱉어내며 제 눈에 박힌 화살을 쑥 뽑아냈다. 화살촉 끝에 눈알이 대롱대롱 매달려 나왔다.

"그쯤 하면 됐으니 이제 그만 썩 물러가지 못할까?"

칼을 다시 겨누며 염일규가 꾸짖듯이 호통을 쳤다. 그러나 놈은 듣는 둥 마는 둥 화살촉에 매달린 제 눈알만 물끄러미 쳐다보고 있었다.

어느새 군사들의 횃불이 스무 보 앞까지 다가왔다. 결국, 놈은 염일규를 포기하는 수밖에 없었다. 그런데 갑자기 놈이 이상한 행동을 했다. 화살촉에서 눈알을 떼어내더니만 제 낯의 빈 눈구덩이 안으로 다시 쑥 박아 넣는 것이다. 그러고는 놓친 먹잇감 보듯 분한 얼굴로 바라보더니 곧 어둠속으로 몸을 날려 빠르게 사라졌다.

도망치는 이고르의 뒷모습에 염일규는 온몸의 긴장이 한순간에 풀려버렸다. 눈앞이 아득해지고 오금에서 힘이 빠졌다. 무너지듯 그 자리에 털썩 주저앉아 버렸다. 저절로 눈꺼풀이 닫혔다. 이내 군병들의 발소리와 웅성거림이 귓가를 가득 메우고 수많은 횃불이 주위를 환하게 밝힐 즈음 까무룩 정신을 잃었다.

이고르에게 물린 상처는 매우 깊고 출혈도 심했다. 염일규는 극심한 고열에 시달렸고 당장이라도 숨이 끊길 것만 같았다. 그러나 그는 살아남았다. 아리의 극진한 간병 덕분인지 죽음은 그를 비껴 지나갔다.

염일규의 열병 덕분에 하멜 일행의 압송 일정은 뒤로 미뤄졌다. 제주목 군졸을 비롯한 아리의 제주행 역시 자연스럽게 연기되었다.

자그마치 열흘하고도 하루가 더 지나고서야 염일규는 병석에서 간신히 일어날 수 있었다. 그리고 의식을 차리자마자 하멜 등 홍모이의 압송이 늦어진 사유를 적은 장계를 조정에 올려 보냈다. 아울러 전라 절제사에게 자신을 대신해 압송을 맡아줄 군관을 따로 파견해달라고 요청했다. 이고르가 섬을 벗어나 본토인 곡성 일대에 나타난 이상 제주섬에서와 같은 연쇄 살변이 발생할 가능성은 매우 높았다. 물론 아리의 사안도 급한 일이긴 했다. 그렇다고 살인귀의 존재를 알면서도 그냥 모른 척 지나칠 수는 없었다. 더구나 염일규는 놈과 죽음 직전까지 겨뤄본 경험이 있었다. 놈이 예상보다 훨씬 위험한 괴물이란 사실을 몸으로 깨닫고 있었다. 그렇기에 다른 누구에게 놈의 추포를 떠맡길 수는 없다고 생각했다.

무엇보다 기력 회복이 우선이었다. 상처가 대충 아물고 펄펄 끓던 열기도 많이 가셨지만 몸이 주는 느낌은 예전과 많이 달랐다. 이유 없이 입술이 마르고 때때로 숨이 가빴다. 그러나 염일규는 그저 열병의 후유증으로만 가볍게 여겼고 오직 이고르를 추적하는 데 온 정신을 집중했다.

염일규는 군영의 정예병을 이끌고 놈의 흔적을 찾아 곡성 인근의

산과 들, 마을을 샅샅이 수색했다. 그러는 동안 걱정했던 대로 이고르의 연쇄 살인 행각이 꼬리를 물고 일어나기 시작했다. 도처에서 놈에게 피를 빨려 죽은 희생자가 발생했지만 현장에 도착하고 보면 놈의 행방이 늘 묘연했다. 남긴 단서가 그다지 없었고, 또 희생자들의 시신이 일정한 동선을 벗어나 중구난방 산재해 다음 행적을 종잡기가 좀처럼 쉽지 않았다.

희생자 수가 무려 스무 명을 넘어서자 상황은 더 악화됐다. 기괴한 소문이 돌면서 민심은 걷잡을 수 없을 정도로 동요했다. 한 명한 명 희생자 수가 늘어날수록 염일규가 느끼는 압박감은 배로 부풀어 갔다. 하루속히 이고르를 잡아 처치해야 한다는 조바심에 시달려 밥도 잠도 걸렀다.

무시로 입안이 바짝바짝 타고 말랐다. 그때마다 냉수를 사발째 들이켰지만 한번 일어난 갈증은 쉬이 사라지는 법이 없었다. 갈증은 계속 밀려들었고 참기 어려울 정도로 염일규를 괴롭혔다.

갈증의 원인은 모호했다. 이고르로 인한 걱정과 초조함 때문인지 아니면 지난번 부상으로 인한 열병의 후유증 때문인지 판단이 어려웠고 의견도 분분했다. 진중(陣中)[50]의 의원은 부상 당시 너무 많은 피를 흘린 탓이라고 했고 아리는 이고르의 추포에 지나치게 매달려 심려가 너무 깊은 탓이라고 했다.

염일규를 괴롭힌 것은 갈증 말고도 더 있었다. 수색 기간이 길어

---

50 군대나 부대의 안.

질수록 차츰 강도를 더해가며 다가오는 불길한 육감이 바로 그것이었다. 쫓는 자와 쫓기는 자가 자칫 뒤바뀔 수도 있다는 막연한 불안감, 어쩌면 쫓는 쪽은 염일규 자신이 아닌 이고르일 수 있으며 또한 사냥감이 되어 쫓기는 쪽이 오히려 자신일 수도 있다는 기분 나쁜 생각이 늘 머릿속을 떠나지 않았다. 그도 그럴 것이 놈에게 당한 희생자들의 시신은 곡성과 담양, 구례와 화순 등 전라도 남부 지역 일대에서만 국한되어 발견되고 있었다. 이는 놈이 쫓기고 있다는 사실을 분명 알면서도 충청도 또는 경상도 방면으로 멀리 달아나지 않고 일부러 수색대 주위를 빙빙 돌고 있다는 방증이었다. 놈이 왜 그러는 걸까. 대체 무엇을 원하는 걸까. 표면상 놈을 찾고 쫓는 쪽은 염일규였지만 놈은 가까운 어딘가에 몸을 감추고 염일규의 행동거지를 사냥감 다루듯 낱낱이 지켜보며 적당한 때를 노리고 있는지도 몰랐다.

마침내 염일규는 자신의 예감을 확인해보기로 마음먹었다. 스스로를 미끼로 삼아야만 이고르 그놈이 나타날 것 같았다. 그래서 은밀히 부관을 불러 무언가를 명한 뒤 지쳐 곯아떨어진 군사들과 아리를 막사에 남겨두고 홀로 밤길을 밟아 나섰다.

진영에서 멀어질수록 절로 신경이 곤두섰다. 만일 다시금 놈이 급습한다면 과연 얼마나 버텨낼 수 있을까. 걷는 내내 오만 생각들이 오락가락하며 마음을 어지럽혔다. 이윽고 진영에서 한참이나 떨어진 갈대 군락지까지 이르렀다. 갈대 사이로 간간이 부는 바람이 그의 목덜미를 가볍게 스치며 지나갔다. 촉각을 너무 예민하게 세운 탓인지 바람인 줄 뻔히 알면서도 그때마다 머리카락이 쭈뼛 서는 것 같았다.

육감대로 과연 이고르 그놈이 눈앞에 모습을 드러낼 것인가. 그렇더라도 염일규의 계산으로는 단 일각(一刻)[51]만 버티면 됐다. 목적지가 이곳 갈대밭이라고 부관에게 이미 일러둔 터였고 혹 이고르가 나타나면 곧바로 꽃살을 하늘로 쏘아 올려 놈의 출현을 진영에 알릴 작정이었다. 그러면 진영에서 대기하던 궁사들이 신속히 출동해 놈에게 독화살 세례를 퍼부어 단숨에 쓰러트리는 것이 이날의 계책이었다.

밤바람에 흔들리는 갈대 소리는 제법 크고 우렁찼다. 그 탓에 기척을 놓친 것일까. 어느새 등 뒤 가까이 접근해 잔뜩 웅크리고 있던 이고르가 돌연 산처럼 몸을 일으키며 염일규를 덮치고 들었다.

"헉!"

다행히 칼자루에 손을 얹고 있던 터라 발도(拔刀)가 무척 빨랐다. 등을 향해 뛰어든 놈 쪽으로 잽싸게 몸을 회전하며 공격을 쳐냈다. 가까스로 첫 합은 마쳤지만 놈은 숨 쉴 틈 주지 않고 계속 몰아쳤다. 지난번의 물러남을 만회하려는지 이번엔 일말의 여지조차 주지 않고 치명적인 살수(殺手)를 연속해 퍼부었다. 놈은 이전과 마찬가지로 무기가 없었다. 대신 손과 손톱이 무쇠로 벼린 검처럼 단단

---

51 15분.

하고 날카로웠다. 몇 수 주고받지 않았는데 이내 염일규 쪽이 다시
밀리기 시작했다.

'젠장!'

놈의 공세는 예상보다 몹시 거셌다. 일전에 싸웠을 때보다 공격
이 더 거칠었고 힘도 막강했다. 칼이 놈의 손과 부딪칠 때마다 칼자
루를 쥔 손목이 아프도록 저릿했다. 이대로라면 일각, 아니 반각(半
刻)조차 장담하기 어려웠다. 서둘러 꽃살을 쏘아 올려야 하는데 활
을 꺼내고 시위에 살을 잴 틈이 없었다.

염일규는 후회가 밀려왔다. 놈의 능력을 오판하고 안일한 계획을
세운 자신을 책망했다. 동시에 의문 또한 떠올랐다. 놈이 재차 자신
을 공격하는 이유가 과연 무얼까. 왜 수색대의 추격으로부터 도망하
지 않는 걸까. 마을 주민 같은 쉬운 상대들을 두고 하필 무관인 자신
에게 집착하는 걸까. 아무리 궁리해도 답이 쉽게 나오지 않았다.

아뿔싸, 그런 궁리 탓에 아주 잠시 집중력이 흩어졌다. 게다가 놈
은 그 찰나의 기회를 놓치지 않았다. 이고르는 순식간에 염일규 손
에 있던 칼을 제 손아귀로 빼앗아갔다.

"이런 말도 안 되는 낭패가!"

정말 어처구니없는 일이었다. 염일규의 탄식에 놈이 히죽 비웃어
보였다. 그러고는 윙윙 바람 소리가 일도록 이리저리 검을 휘두르
며 칼 쓰는 시늉을 해 보였다. 왕년에 칼을 좀 다뤄본 솜씨라는 것
을 염일규 앞에 나름 뽐내고 싶은 모양이었다. 이제 염일규는 빼앗

긴 자신의 칼에 도리어 제 목이 날아갈 처지에 몰렸다.

그런데 염일규가 뒤늦게야 발견한 게 있었다. 어느새 멀쩡해져 나타난 이고르의 오른쪽 눈이었다. 분명 지난번 싸움에서 편전에 맞아 안구가 뽑혔건만 지금은 아무 일 없었던 것처럼 싹 나아 있었다. 저건 대체 또 어떤 괴이한 사술(邪術)이란 말인가.

하지만 지금은 그따위에 마음 쓸 상황이 아니었다. 칼 부리던 시늉을 갑자기 멈춘 이고르가 이제 서서히 염일규 쪽으로 거리를 좁혀오고 있었기 때문이었다. 승부는 이미 결론 났다는 자만 때문일까. 놈은 결코 서두르지 않았다. 고양이가 잡은 쥐를 죽이기 전까지 한동안 가지고 노는 것처럼 놈도 염일규를 그렇게 다룰 심산 같았다.

뒷걸음치던 염일규가 등에 걸었던 활을 꺼내 손아귀에 잡았다. 그리고 재빨리 꽃살을 시위에 걸었다. 죽을 때 죽더라도 놈의 출현을 진영에 알려야 했다.

"이런!"

화약을 먹인 꽃살의 촉 끝이 물에 잔뜩 젖어 있었다. 아까 놈의 거센 공세에 갈대밭 물웅덩이에 몇 번인가 넘어진 적이 있었는데 그때 꽃살의 촉이 물을 먹은 모양이었다. 상태가 이래서야 기껏 하늘로 쏘아 올려봤자 불꽃이 터질 리 없었다.

염일규는 하늘 대신 천천히 다가서는 이고르를 겨눈 뒤 활시위를 놓았다. 한 발, 또 한 발, 다시 또 한 발, 발악하듯 연거푸 계속해서 화살을 먹였다. 그러나 놈은 꿈쩍도 하지 않았다. 물먹은 화약 덩이는 놈의 몸에 손톱 반만치도 박혀 들지 않았다. 부딪히는 즉시 툭툭 힘없이 땅에 떨어지고 말았다. 정말 이제 모든 게 끝장이었다.

'아리야, 너를 두고 내가 먼저 가는구나. 미안하다.'

자포자기하며 두 눈을 감자 아리의 얼굴이 망막을 가득 채우며 지나갔다. 미안함과 자책이 한꺼번에 밀려들었다. 그때였다. 일순 갈대들이 서로 빠르게 부딪히는 소리가 나더니 곧바로 천지가 요동할 만큼 매우 크고 끔찍한 비명소리가 울렸다.

"크아악!"

비명은 차라리 괴성에 가까웠다. 그러나 소리는 귀청을 찢을 듯 날카롭되 그리 길지는 않았다. 주위는 이내 갈대 흔들리는 소리와 함께 조용해졌다. 비명의 주인은 절체절명에 몰렸던 염일규가 아니었다. 이고르였다.

염일규가 눈을 번쩍 뜨자 제일 먼저 시야에 들어온 것은 잘려나간 이고르의 수급(首級)[52]이 땅 위에 떨어지는 모습이었다. 그리고 놈의 머리가 있었던 자리에서는 핏줄기가 분수처럼 뿜어져 나오고 있었다. 잠시 후 몸뚱이만 남은 이고르는 피가 솟구치는 자신의 목을 움켜쥐며 서서히 무릎을 꿇었다. 모든 게 눈 깜짝할 새 일어난 반전이었다.

---

52 전쟁에서 베어 얻은 적군의 머리.

왜인(倭人) 사무라이

이고르의 목을 날린 것은 일본도였다. 그리고 일본도의 주인은 환갑이 족히 넘어 뵈는 낯선 왜인(倭人)이었다. 어디선가 비호(飛虎)[53]처럼 나타난 그가 이고르의 수급을 단숨에 베어버린 것이다.

머리를 잃은 이고르의 몸뚱이는 숨이 질겼다. 놈은 땅바닥에 쓰러진 채 한참을 용틀임하며 사방에 피를 뿌렸다. 잠자코 지켜보던 왜인이 놈의 몸뚱이를 밟아 누른 뒤 자신의 일본도를 찔러 심장을 관통시켰다. 순간 몸통에 난 칼 구멍을 통해 오색찬란한 영기가 회오리처럼 솟구쳐 올랐다. 그러자 왜인은 놈의 영기를 심호흡하듯 빨아들였다.

---

53 나는 듯이 빠르게 달리는 범.

난생처음 보는 기이한 광경이었다. 염일규는 죽음 직전에 구사일생으로 살아났다는 감격을 채 느낄 새도 없이 목전에 벌어진 이 기괴한 광경에 그만 얼이 빠져버렸다. 대체 이 모든 상황은 무엇이란 말인가? 생각이 복잡하다 못해 온 신경이 마비될 지경이었다.

그럴수록 정신을 바짝 차려야 했다. 이고르란 괴물을 단칼에 베어낸 눈앞의 왜인이 과연 자신의 편인지 아니면 적인지 그것부터 서둘러 분간해내야 했다. 한편 왜인은 아직 허공에 남아 반딧불처럼 떠도는 영기의 잔연(殘煙)에만 관심이 있어 보였다. 그리고 일말의 남김없이 그것을 모두 코와 입으로 들이마셨다.

"대체 뉘시오?"

간신히 정신을 가다듬은 염일규가 왜인에게 물었다. 그러나 왜인은 대답 대신 자신의 일본도를 이고르의 몸통에서 빼내 초승달 그리듯 빠르게 내저었다. 칼날에 묻어있던 핏방울이 주변 갈댓잎에 주르륵 길게 붉은 선을 그었다.

"왜 대답을 않는 거요?"

그제야 왜인은 염일규 쪽으로 몸을 돌렸다. 염일규의 몸이 저도 모르게 움찔했다. 그러나 왜인의 눈빛은 아무 일 없었다는 듯 너무도 태연했다.

"그쪽은 해치지 않는다네."

왜인의 얼굴은 곧 부드럽고 잔잔한 미소로 바뀌었다. 왜인은 일본도를 칼집에 꽂아 넣은 뒤 천천히 염일규 앞으로 다가왔다. 그러고는 여전히 얼빠진 표정으로 땅에 쓰러져 있는 염일규 앞에 손을 내밀었다.

"난 사나다(眞田)라고 하네만."

왜인은 염일규가 머뭇머뭇 손을 맞잡자 그를 벌떡 일으켜 세워주며 자신의 이름을 소개했다. 그러면서 왜에서 건너온 사무라이라고 덧붙였다.

사나다와 통성명을 하면서도 염일규는 여전히 어안이 벙벙했다. 삼남 해안가에 왜구들이 종종 출몰해 약탈과 방화를 자행한다고는 들어본 적 있었지만 이렇듯 조선 내지 깊숙이까지 발을 들인다는 이야기는 도통 들어본 일이 없었다. 그런데 느닷없이 생면부지의 늙다리 왜인이 이런 곳까지 나타나 죽음 직전에 내몰린 염일규의 목숨을 구해주다니…. 도무지 이해가 안 되는 건 그뿐이 아니었다. 이고르의 몸뚱이가 뿜어내던 요상한 기운도 그랬고 그 요상한 기운을 음식 먹어치우듯 몸 안에 삼켜버린 사나다의 기행(奇行)은 더욱 그랬다. 게다가 그런 행동은 납득 하고 말고를 떠나 다시 떠올리기만 해도 저절로 소름이 돋고 몸서리쳐지는 매우 끔찍하고 역겨운 광경이었다.

그런 염일규의 속내를 읽기라도 한 듯 사나다는 입꼬리를 살짝 접으며 한 번 더 웃어 보였다. 그러고는 부근에 앉을 만한 곳으로 자리를 옮겨 자신에 대한 소개와 설명을 차분하게 잇기 시작했다.

사나다는 오무라 번(大村藩)의 하급 무사라고 했다. 오무라 번이라면 하멜 일행이 애초 목적지로 삼았던 나가사키가 있는 왜의 지방 번(藩)으로 아란타인들이 상관(商館)을 세워 무역을 하며 이른바 '난학(蘭學)'[54]이 융성한 곳이기도 했다. 양인들의 출입이 왕성했던 나가사키에서 번주(藩主)의 무사로 활동하던 사나다는 오래전 이고르에게 외동딸을 잃었다고 했다. 그래서 딸의 복수를 위해 놈을 뒤쫓았지만 도리어 놈에게 목덜미를 물렸고, 그 역시 염일규와 마찬가지로 극심한 신열과 기갈을 앓은 뒤 간신히 살아날 수 있었다. 이후 다시 놈의 행방을 수소문하여 찾아다니길 십수 년, 우연찮게 조선 땅까지 흘러 들어오게 되었으며 마침내 오늘에서야 원수인 이고르 놈의 목을 베고 딸의 복수를 이룰 수 있게 된 것이었다.

"구명지은(求命之恩)을 입었음에도 고맙단 인사가 늦었소이다."

사나다가 이야기를 마치자 염일규가 깊이 고개 숙여 사의(謝意)를 표했다.

"늦지 않아 다행이었네. 만에 하나 놈에게 당했다면 목숨을 잃는 것으로만 끝나는 일이 아니었으니. 젊은이는 하마터면 저 양귀(洋鬼)에게 혼까지 빼앗길 뻔했거든."

"혼이라니, 무슨 말씀이시오?"

"이미 놈에게 한차례 목덜미를 물리지 않았나?"

모든 것을 이미 안다는 듯 사나다가 대뜸 물어왔다.

---

54 일본 에도 시대에 네덜란드에서 전래된 서양 지식.

'이자가 그걸 어찌!'

당황한 염일규가 저도 모르게 상흔이 짙게 남은 목덜미를 손으로 쓰다듬었다.

"표정을 보아하니 아직 전혀 모르는 눈치로구먼. 자네는 이미 범인(凡人)이 아닐세."

"내가 사람이 아니라니요? 목숨을 구해준 건 매우 고마운 일이오만 초면에 말씀이 몹시 해괴하시오."

"내 단도직입적으로 말해줌세. 잘 듣게."

"말씀해보시오."

"자네의 몸이 이제 보통 사람과는 판연히 다르단 말일세. 이고르 저놈에게 목을 물린 뒤 다행히 살아날 수는 있었으나 그 순간부터 원하든 원치 않든 자네는 고지인이 되어 버린 걸세."

"고지인이라니? 난생처음 듣는 말이오만."

도통 알아들을 수 없는 얘기였다. 사나다는 응당 그럴 줄 알았다는 표정으로 다음 설명을 이었다.

"조선인이라면 당연히 낯설 테지. 고지인이란 총포(銃砲)와 창검(槍劍)에도 다치지 않고 또 죽지도 않는 불멸의 존재라네. 이른바 불상불사의 양귀라 할 수 있지."

"양귀? 지금 다치지도 죽지도 않는 불멸의 양귀라 하셨소?"

사나다는 즉답을 피하며 잠시 말을 멈췄다. 진지한 눈빛으로 염일규를 응시했다. 문득 방금 전 사나다가 이고르의 영기를 흡입하던 모습이 머리를 꿰뚫듯 지나갔다.

"믿기 어려운 말들이오."

"받아들이기 힘들겠으나 내 말은 모두 사실이네."

"이보시오!"

"이고르, 그 괴물과 상대할 때 자넨 깨닫지 못했나? 아무리 칼로 베려 해도 베어지지 않고 그래서 피 한 방울조차 흐르게 하지 못했겠지. 그게 다 놈이 고지인이기 때문일세."

과연 그랬다. 그때 검날을 움켜쥔 이고르의 손아귀에선 가는 핏줄기 하나 배어 나오지 않았다. 그뿐만 아니라 화살을 맞아 뽑힌 안구가 멀쩡히 아물어 나타난 것도 모두 사나다가 말하는 이유 때문인지도 몰랐다. 하지만 세상에 어떻게 그런 일이 가능할 수 있단 말인가.

여전히 고개를 가로젓는 염일규에게 사나다는 믿기 어렵고 납득하기 어려운 이야기들을 계속 들려주었다. 사나다에 따르면 고지인에게 물리거나 다친 자들 대부분은 과다 출혈로 인해 그 즉시 목숨을 잃고 말지만 백 명 가운데 한두 명꼴로 열병 치례만 겪은 뒤 생명을 건지는 경우가 있다고 했다. 하지만 죽음을 피해 살아남더라도 그들은 이후 정상적인 삶을 포기해야만 했는데, 자신들을 공격했던 고지인한테서 신체적 변화를 전염 받았기 때문이었다.

그래도 염일규는 사나다의 설명을 받아들일 수 없었다. 어찌 사람 된 자로서 전혀 다치지도 않고 죽지도 않는 불멸의 몸을 지닐 수 있단 말인가. 그런 건 풍문조차 들어 본 적 없는 이야기였다. 그러나 상대했던 이고르가 평범한 사람의 신체가 아니었음은 자신의 눈으로 직접 확인할 수 있었던 분명한 사실이었다. 갑자기 머릿속이 뒤죽박죽 혼란스러워졌다.

"그러니까 노인장 말씀은 이 몸이 이고르 저놈과 같은 괴물이 되었단 것 아니오?"

염일규가 미간을 찌푸리며 땅바닥에 흉하게 널브러져 있는 이고르의 몸뚱이를 가리켰다.

"돌림병이라고 여기면 이해가 다소 쉬울 걸세. 고지인에게 피를 빨리고도 드물게 살아남은 자들에게 전염되는 희귀병이랄까. 아니지, 진시황(秦始皇)이 꿈꾸던 불멸불사(不滅不死)의 신체를 얻게 된 셈이니 차라리 하늘이 주신 은혜랄 수도 있겠구먼."

"난 농을 들어 줄 기분이 못되오."

"그렇다면 사과함세. 난 그저 좋은 쪽으로 여기란 뜻이었다네."

"내 저 괴물과 직접 맞싸우긴 했으나, 아무리 그렇다 하더라도 노인장의 말씀은 차마 이승의 이야기라고 믿을 수가 없소이다."

"이해하네. 나 역시 자네와 같이 처음엔 쉽게 받아들여지지 않았으니까."

사나다가 난데없이 칼집에서 일본도를 뽑아 들더니 곧바로 칼날을 자신의 팔뚝에 대고 쓱 그어 보였다. 칼날이 지나가자 자국을 따라 살이 좌우로 벌어지면서 붉은 피가 울컥 뿜어져 올라왔다.

"이 무슨 짓이오?"

깜짝 놀란 염일규가 소리쳐 물었지만 사나다는 빙긋이 웃어 보이기만 했다. 이어 피투성이가 된 자신의 팔뚝을 염일규 눈앞 가까이에 들어 보였다.

"잘 보게나."

말이 끝나기 무섭게 보는 눈을 의심할만한 정말 놀라운 광경이 벌어졌다. 사나다의 팔뚝에 생겼던 상처가 아주 빠르게 아물기 시작한 것이다. 팔뚝 아래로 흘러내리던 핏줄기가 갈라진 피부 안으로 다시 숨어들었고 좌우로 크게 벌어졌던 살갗은 스스로 아물어 붙었다. 상처의 흔적이라곤 어디 살짝 긁혀 생긴 것 같은 작은 핏방울 몇 개였으며 그마저도 금세 자취를 감춰버렸다. 그야말로 귀신이 곡하고도 남을 일이었다.

"살점만이 아닐세. 설사 뼈가 부러지더라도 몸과 붙은 부분이 남아 있다면 곧 아물고 회복된다네."

"하면 노인장께서도 고지인인 게요?"

"이제야 눈치 챘단 말인가? 보기보다 둔한 친구로구먼그래."

이제 마냥 부정만 하기 힘든 증거를 목도한 이상 염일규는 사나다로부터 들어야 할 설명이 부쩍 늘어난 느낌이었다. 답을 찾아야 할 의문들이 꼬리에 꼬리를 물고 일어났다.

"노인장, 만일 고지인이 정녕 불상불사의 불멸한 존재라면 이고르 놈은 대체 어찌해서 처치할 수 있었던 거요?"

"어쩐지 그 질문이 왜 안 나오나 했네. 불상불사의 고지인을 어떻게 상대하고 어떻게 죽일 수 있느냐, 그래, 당연히 궁금하겠지."

사나다의 말에 따르면 원칙적으로 고지인을 죽일 방도는 세상에 없다고 했다. 총, 칼, 화살 등 현존하는 어느 병장기로도 고지인의 제거는 불가능했다. 하지만 단 두 가지 방법이 존재했다. 고지인이란 본래 야소기독(耶蘇基督)[55]의 저주에서 처음 비롯된 것인 만큼 야소교 법왕[56]이 축성(祝聖)[57]한 성수를 바른 무기를 사용해 고지인을 참수하는 방법이 그 첫 번째였다. 그리고 두 번째는 고지인이 다른 고지인의 수급을 베어 끝장을 내는 방법이었다. 따라서 사나다가 이고르를 제거할 수 있었던 건 바로 두 번째에 해당하는 방법이었다.

그런데 염일규가 알아야 할 건 그뿐만이 아니었다. 고지인은 불상불사, 영원불멸의 혜택을 얻는 대신 상상조차 힘든 엄청난 고통을 평생 떠안아야 했다. 그리고 그것이 고지인이 저주의 운명이라 불리는 까닭이었다. 고지인이 되면 주기적으로 매우 잔인하고 끔찍한 기갈에 시달리게 되는데 이는 야소기독이 십자가에 매달렸을 때 받았던 갈증과 고통을 고스란히 되돌려주는 신의 되갚음이라고 했다.

---

55 '예수 그리스도'의 외국어 소리를 한자로 나타낸 말.

56 가톨릭 교회의 교황.

57 가톨릭에서 사람이나 물건을 하느님에게 봉헌하여 거룩하게 하는 일.

갈증을 치료하거나 완전히 벗어난다는 것은 아예 불가능했다. 신의 저주인 때문이었다. 다만 신은 고통을 잠시 더는 방법만을 허락했다. 살아있는 인간의 생혈을 제 몸에 흡인하는 것만이 갈증의 고통을 짧은 동안이나마 피할 수 있는 유일한 방도였다. 그러나 만일 인간의 생혈을 마시지 못하는 상황에 몰리게 되면 고지인은 주체치 못할 광기에 휩싸이게 되는데, 그때는 무자비한 살육을 저지르는 괴물로 돌변한다고 했다. 바꿔 말하면 고지인이 안정된 상태로 보통의 사람처럼 살아가자면 그의 주기적인 흡혈을 위해 어느 정도 숫자만큼의 인명이 반드시 희생되어야 한다는 의미였고, 설사 고지인이 그런 잔인한 운명을 거부하고 흡혈 욕구를 억지로 버티고 참아낸다 하더라도 결국은 살귀가 되어 주변에 엄청난 참극을 불러일으킬 수도 있다는 뜻이기도 했다.

"어찌 그런 일이!"

결국 비통한 표정이 되고만 염일규가 신음하듯 내뱉었다.

"자네 역시 곧 그 징조가 나타날 것일세. 혹 참기 힘든 기갈을 이미 느껴본 일은 없는가?"

사나다가 의심스러운 눈으로 물었다. 염일규는 갑자기 속이 메슥거렸다. 당장 토할 것만 같은 기분이 들었다. 그렇다면 물을 바가지째 들이켜도 해갈은커녕 날로 더하기만 했던 그간의 극심한 갈증이 사나다 저 치가 지금 말하고 있는 바로 그 저주 탓이란 말인가.

"하면 노인장은 나더러 살아있는 사람의 목덜미를 물고 그 생혈을 마시기라도 하란 말이오?"

염일규의 항의에 사나다는 표정 없는 고개를 아래위로 끄덕였다.

"다른 선택이 없다면 그럴 수밖에."

"말도 안 되는 소리요."

"이고르가 왜 계속해서 살변을 일으켰겠는가? 놈도 역시 갈증의 고통에서 벗어나고자 피치 못해 살인을 저질렀을 걸세."

사나다의 단언에 염일규는 눈앞이 아득해졌다. 영생 따위는 단한 번조차 소원해 본 일이 없는 그였다. 아무 사고 없이 평화롭게, 그저 흥겹게 놀다 가면 잘 사는 인생이라 생각해왔다. 그리고 아리를 만난 뒤부터는 그녀와 오순도순 소박하게 살고자 했던 게 소망의 전부였다. 그런데 지금부터는 무고한 인명을 살육하는 살인귀로 살아가야 한다니, 아무리 신의 저주 때문이라지만 그래도 너무나 악랄한 처분이었다.

아무튼 늙은 사무라이의 이야기가 모두 사실이라면 염일규 자신의 갈증으로 인해 가장 먼저 위험에 처할 이는 바로 지근의 아리였다. 당장 아리의 신변을 안전하게 지킬 방도를 궁리해 마련해야 했다.

"다시 한 번 묻겠소. 정녕 사람의 의지로써 흡혈의 욕구를 참아낼 수는 없는 것이오?"

"무슨 대답을 듣고 싶은지는 잘 아네. 하지만 억지로 눌러 참다가는 그만 이성을 잃고 주변의 누군가부터 해치고 말겠지. 그렇다면 그 불행한 희생자는 가장 가까이에 있는 가족이나 친한 벗이 될 터이고."

"…."

"어차피 그리될 바에야 차라리 낯모르는 이를 택하는 편이 낫지 않겠나?"

"아, 이 무슨 지랄 맞은 운명이란 말이오!"

절망한 염일규의 입에서 장탄식이 흘러나왔다. 그러자 사나다가 밤하늘을 올려다보며 나직이 읊조렸다.

"이틀 남았군."

"이틀이라니요?"

"그믐 말이네. 그때가 되면 그간 겪었던 것과는 비교가 불가할 만큼의 고통을 경험하게 될 걸세. 부디 이성을 잃지 않도록 조심하게나."

이제 사나다가 하는 말을 의심할 단계를 지나고 있었다. 하루빨리 염일규 자신의 곁에서 아리를 멀리 떠나게 하는 것이 당장 머리에 떠오르는 방도였다. 우선 바다 건너 제주섬으로 돌려보내는 것만이 아리의 안전을 위해 옳은 선택 같았다. 하지만 사랑하는 그녀와 헤어지는 것은 죽기보다 싫었다. 혹 사나다가 그런 것 말고 다른 방법을 알고 있지는 않을까.

"혹시 인명을 해하지 않고 갈증을 멈추는 방도란 정녕 존재치 않는 것이오?"

실낱같은 희망을 품고 묻는 염일규의 목소리가 가늘게 떨렸다.

"그건 이미 말해주지 않았나? 그런 방도는 없다네."

"그러지 말고 노인장, 제발 하나만 말해주시오."

염일규의 채근에 사나다는 몹시 곤혹스러운 모양이었다. 그리고 말을 고르는 시간이 길어졌다.

"전혀 없지는 않으나, 그 또한 쉽지 않다네. 아니 방도라 할 수도 없는 것이지만."

이윽고 말머리를 꺼냈지만 사나다는 곧 얼버무리고 들었다.

"그것이 무엇이든 상관없소. 사람을 해하는 것보다야 낫지 않겠소이까? 어서 말해주시오."

기대가 헛되지 않았다는 생각에 염일규는 눈빛을 반짝였다. 설사 짐승의 생혈을 마셔야 한대도 개의치 않을 생각이었다.

"이고르 저 양귀 놈이 끝까지 자네를 노렸던 까닭을 한번 생각해본 적은 있나?"

"그 무슨 뜻이오?"

"왜 놈이 자네를 거듭해 노리고 들었을까, 응? 자네는 늘 칼을 지닌 무관인 데다 주위엔 항상 많은 군졸이 들끓었겠지. 다시 말해 피를 탐하기에는 그리 적절치 못한 상대일세."

"일리가 있는 말이오."

"단순히 갈증을 해결할 피가 필요했다면 농사꾼이나 장사치들을 노리는 게 놈에겐 훨씬 쉬운 일이었을 게야. 그런데도 놈은 자네 뒤를 몰래 쫓으며 호시탐탐 자네를 해치울 기회를 엿봤지."

사나다는 그간 염일규가 불길해 하며 품어왔던 의문점들을 정확히 짚어내고 있었다. 사냥꾼과 사냥감의 위치가 어느새인가 역전되고 그래서 이고르의 뒤를 쫓고 있다고 생각했던 염일규 자기 자신이 도리어 놈의 사냥감이 되어 쫓기는 것만 같았던 기이하고 야릇한 지난 경험들을 사나다는 마치 곁에서 지켜본 듯이 모두 꿰뚫고 있었다.

"그래서 하고자 하는 답이 무엇이오?"

"놈은 자신과 같은 고지인을 찾아내 영기를 빼앗으려 했던 걸세. 그래서 자네를 노린 걸 테지. 그것만이 갈증의 고통에서 오래도록 벗어날 수 있는 최선의 방도니까. 또 무고한 인명을 해치지 않고서도 갈증을 피할 수 있는 유일한 방도이기도 하고."

"그렇다면 아까 노인장의 그 모습이 바로…."

"제대로 보았네. 내가 이고르의 영기를 취했다네."

사나다는 그렇게 다른 고지인의 영기를 빼앗아 취하게 되면 짧게는 수개월 길게는 수년간도 흡혈 갈증을 겪지 않을 수 있다고 했다. 그리고 해갈의 효과가 지속하는 기간은 영기를 피탈 당한 대상이 얼마나 많은 영기를 몸 안에 소유하고 있었느냐에 따라 달라진다고 했다. 그러나 다른 고지인의 영기를 노리는 행위는 무척 위험천만한 짓이라고 경고했다. 자칫 자신보다 강한 상대를 만나게 되면 상황이 뒤집혀 버리기 때문이었다. 그래서 상대의 영기를 취하기는커녕 도리어 자신의 영기를 빼앗겨버리는 역전이 일어나는데 그런 경우 피탈자의 영혼은 흔적 없이 증발해버리고 환생의 길조차 막힌다고 했다. 그런데도 고지인은 몸에 지닌 영기가 많을수록 힘과 내공이 그만큼 고강해지므로, 그들은 서로의 영기를 뺏고 빼앗는 쟁투를 끊임없이 계속해왔으며 어쩌면 그 같은 혈투 역시 영원한 갈증의 고통과 함께 신이 내린 형벌의 다른 모습일 수 있다고 했다.

어쨌든 고지인간의 싸움은 끔찍한 갈증을 멈추기 위한 각자 생존을 위한 몸부림이었고, 이고르가 염일규 뒤를 은밀하게 쫓으며 결국 습격하게 된 까닭도 바로 그 때문이었다.

"그렇다면 노인장 역시 갈증에 시달리는 건 이고르와 매한가지 아니오?"

"나라고 다른 뾰족한 수가 있겠나? 하나 이고르 놈이 지녔던 영기가 상당한 양이었으니 아마 별다른 살생 없이 수년은 무사히 견딜 수 있을 걸세."

"하지만 그런 연후에는 인명을 해치겠단 뜻 아니오? 만일 그러하다면 아무리 생명의 은인이라 할지라도 조선의 관리로서 이대로 돌려보낼 수는 없겠소이다."

염일규의 으름장에 사나다가 크게 실소를 터트렸다.

"허허허, 가능하겠나?"

사나다의 웃음을 비웃음으로 여긴 염일규의 얼굴이 순간 벌겋게 달아올랐다.

"그만하세. 때가 되면 내 말을 모두 이해할 테니."

"무슨 이해 말이오? 죄 없는 백성을 해하겠다는데 대체 어떤 이해가 따른단 말이오?"

"자네 지금 그 말, 과연 끝까지 지킬 수 있을 것 같은가?"

당연히 그리할 것이리라 자신 있게 입 밖으로 대답을 내려는데, 갑자기 목구멍을 칼로 후벼 파는 듯한 고통이 목젖에 몰려들었다. 바로 갈증 때문이었다. 염일규는 고통을 참느라 얼굴을 심하게 일그러트렸고 결국 화제를 바꿔 다른 질문을 던졌다.

"좋소. 나 또한 고지인임을 인정한다고 칩시다. 하면 노인장은 어찌하여 내 목을 취하지 않는 것이오?"

"자네의 수급을 말인가?"

"그렇소. 나를 살려둘 필요가 없지 않소? 훗날 노인장을 해할 수 있는 경쟁자이기도 하고."

"하긴 솔직히 그 같은 생각을 전혀 아니한 것은 아니네만."

어쩌면 사나다의 이런 대답은 듣기에 따라 섬뜩할 수 있었다. 그러나 누런 이를 드러내며 활짝 웃는 사나다의 얼굴에서 살기를 찾아보기란 힘들었다. 사나다 또한 고지인임에는 틀림없었지만 분명 이고르와는 모든 면에서 확연하게 달랐다.

"자네와 내가 고지인이라는 괴물이 되고 만 것이 만일 정해진 운명이라면, 우리가 이렇게 만난 것 또한 정해진 인연일 걸세. 아무튼, 내 얼마간이나마 자네의 고통을 좀 줄여주도록 함세."

말을 끝마친 사나다는 다시금 자신의 팔뚝을 들어 칼로 그었다. 이번엔 벌어진 살 틈이 아까보다 제법 더 컸고 그 탓에 훨씬 많은 양의 선혈이 샘솟듯 흘러내렸다.

사나다는 피를 더욱 쥐어짜 내며 염일규더러 입을 대고 마시라는 시늉을 해 보였다.

"아물기 전에 어서 내 피를 마시게나. 이고르의 영기를 막 취한 후라서 효험이 클 걸세. 몇 모금이겠지만 당분간 짐승이 되어 미쳐 날뛰는 건 막아주겠지."

내키지는 않았으나 염일규는 사나다의 말대로 따르지 않을 수가 없었다. 만에 하나 자신이 조만간 이성을 잃고 아리를 해할 수도 있는 상황이라면 지금으로선 사나다가 시키는 대로 모두 믿고 행동해야만 했다.

염일규는 지푸라기라도 잡는 심정으로 사나다의 팔뚝에 입술을 갖다 댔다. 미간을 잔뜩 찌푸린 얼굴로 천천히 흐르는 피를 빨았다. 그런데 피를 목젖에 넘기는 순간 눈이 휘둥그레 커졌다. 피 맛이 조청처럼 몹시 달콤하기 때문이었다. 동시에 그간 어찌해도 도저히 안 풀리던 갈증이 단박에 해갈됐다. 그리고 어디선가 상쾌한 기운이 쏴 온몸에 퍼져 돌았다. 갈증이 풀리자 자연스럽게 복잡했던 머리 또한 맑아졌다. 그야말로 몸과 정신이 한꺼번에 편해지는 기분이었다.

어느덧 사나다의 상처가 아물고 피가 멈추자 염일규는 팔뚝에서 입을 떼고 흡혈을 멈췄다. 이제 염일규를 괴롭혔던 갈증은 마치 언제 그런 일이 있었냐는 듯 완전히 사라져 자취를 감췄다. 또한, 늙은 사무라이가 했던 말들은 모두 진실이 되어가고 있었다.

"앞으로는 자네 스스로 선택하고 해결해야 할 문제가 될 걸세."

소매를 내리고 팔뚝을 가리면서 사나다가 흐뭇하게 말했다.

"내가 선택하고 해결할 문제라? 결국, 사람을 해치는 살인귀가 되란 말인데, 하면 내가 이고르 놈과 다를 것이 대체 무엇이겠소?"

"그렇다고 너무 일찍 포기할 건 없지 않나? 내가 알고 있는 지식이 고지인의 전부는 아닐 테니 말일세. 그러니 스스로 방도를 찾아보게나."

"방도가 없다 하지 않았소?"

"글쎄, 그리고 말일세. 장래에 혹 우리가 다시 만나게 된다면, 그리고 그때까지도 자네나 나나 그 다른 방도를 찾아내지 못한다면, 아마 우리 두 사람 가운데 하나는 살아남지 못할 수도 있네."

"그건 또 무슨 말이오?"

"우리가 서로의 영기를 노리고 칼을 겨누게 된다는 말이겠지."

어느새 사나다의 표정은 사뭇 진지했다. 그러고는 벌떡 일어나 불 지필 나뭇가지들을 모으기 위해 자리를 비웠다.

따지고 보면 사나다라고 해서 고지인에 관해 모든 것을 통달한 건 아닐 터였다. 사나다 역시 직접 몸으로 부딪히고 겪어가며 깨달은 것들을 전해준 것이리라. 그렇다면 아직 그가 모르는 것들이 상당 부분 남아 있을지도 몰랐다.

이런저런 생각을 하는 동안 스르르 졸음이 쏟아졌다. 사나다의 피 맛 때문인지 아니면 그가 발 앞에 지펴준 모닥불의 온기 때문인지 온몸이 노곤해지면서 눈이 자꾸 감겼다. 타닥타닥 나뭇가지 튀는 소리가 참 듣기 좋았다.

"그래, 수고했으니 그만 쉬게나."

가까이 들리던 사나다의 음성이 차츰차츰 귓가에서 아득해졌다.

이튿날이 밝았다. 갈대 군락 사이로 할퀴고 드는 아침 햇살에 눈꺼풀이 몹시도 따가웠다. 그 탓에 잠이 깬 염일규는 일어나자마자 귀대(歸隊)부터 서둘렀다. 다들 무척이나 걱정하고 있을 게 분명했다.

그런데 발걸음이 선뜻 내키질 않았다. 이미 고지인이란 괴물로 변해버린 마당에 종사관 벼슬 놀이는 모두 끝장난 셈이 아닌가 싶었다. 절망과 허전함에 군영으로 되돌아갈 엄두가 쉽게 일어나지 않았다.

자신을 원치 않는 괴물로 만든 현실이 몹시도 원망스러웠다. 이따위 영생이라면 사나다에게 당장 자신의 목을 베어 달라 매달려 부탁하고 싶었다. 하지만 그렇게 죽을 수도 없었다. 자신이 세상에서 사라지면 혼자 남은 아리는 어떻게 살아갈 것인가. 또 태중의 아이는 또 어쩔 것인가.

그런데 신기했다. 어쩔 수 없이 벼슬에 대한 미련을 내려놓자, 내내 염일규를 괴롭히던 커다란 고민거리 하나가 저절로 풀리는 것이다.

'그래, 아리와 함께 탈영을 해버리면 그만인 일 아닌가?'

벼슬을 쥐고 있을 때는 아리를 제주섬에 돌려보내지 않을 마땅한 꾀가 도통 머릿속에 떠오르지를 않았었다. 하지만 벼슬을 포기할 수밖에 없는 지금은 그런 궁리를 해야 할 까닭 자체가 소멸하고 없었다. 그냥 아리의 손을 잡고 멀리 도망치면 그뿐이었다.

그래도 어쨌거나 일단 군영으로 돌아가야 했다. 아리가 군영에 머물고 있기 때문이었다. 만일 탈영에 성공한다면 염일규는 아리와 함께 지리산 깊은 산중으로 도망할 생각이었다. 그리고 세상이 그 두 사람을 완전히 잊어버릴 때까지 깊이 숨어 살 작정이었다.

생각을 대충 정리한 뒤 염일규는 주위를 둘러보았다. 사나다는 아직 그곳을 떠나지 않고 있었다. 그리고 죽은 이고르의 시신을 잘 수습해서는 갈대밭 옆 마른 땅을 찾아 구덩이를 파고 묻어주는 중이었다. 딸의 목숨을 앗은 원수의 시신까지 처리해 묻어주다니, 염일규는 사나다의 그릇이 꽤 넉넉한 위인이라고 생각했다.

"따님의 원수를 다 갚았으니 노인장께선 왜로 그만 돌아가는 것이오?"

사나다가 흙을 꾹꾹 발로 밟으며 대꾸했다.

"글쎄, 고향에 돌아가 봤자 반겨줄 사람이 과연 남아 있기나 할까? 자네가 괜찮다면 당분간 동행하며 필요한 걸 가르쳐줄 생각도 없지 않네만."

"호의는 고마우나 사양하겠소. 왜인과 동행했다간 주위 이목만 끌까 두렵소이다."

염일규의 거절에 사나다는 그럴 줄 알았다는 듯 빙긋이 웃어 보였다. 갑자기 무안해진 염일규가 변명 삼아 덧붙였다.

"난 군영에 돌아가는 즉시 탈영을 감행할 계획이오. 나 혼자뿐이라면 노인장과의 동행이 불편할 게 없겠소만 실은 아내와 함께하는 일인지라 곤란한 부분이 없지 않을 것이오. 그리고 난 아내를 데리고 깊은 산중으로 도망가 숨어 살 작정이라오."

"아내가 있었구먼. 아무튼, 젊은이 진심으로 행운을 비네. 부디 행복하시게."

사나다는 무덤의 흙을 다시 올려 쌓고 또 단단히 다졌다. 그렇게 몇 번을 반복한 뒤 이윽고 가볍게 눈인사를 던지고는 등 돌려 떠났다.

멀어지는 사나다의 뒷모습은 어딘가 모르게 고독해 보였다. 힘없이 내려앉은 어깨, 다소 굽은 듯 보이는 등과 허리, 그런 것들 때문인지 용감무쌍한 사무라이라기보다 황혼기에 접어든 외롭고 쓸쓸한 노인의 모습에 가까웠다.

물끄러미 바라보던 염일규는 차츰 마음이 흔들리기 시작했다. 생명의 은인을 이런 식으로 그냥 떠나보낼 수는 없다는 생각이 들었다. 도리에 걸맞은 처사가 못 됐다.

"이보시오, 노인장!"

벌써 한참이나 멀어진 사나다를 향해 염일규가 큰 소리로 외쳤다. 그러자 사나다가 가던 걸음을 우뚝 멈추고 천천히 뒤를 돌아보았다.

"그래서 대체 어딜 가신다는 거요?"

염일규가 물었지만 사나다는 그저 어깨만 으쓱해 보였다.

"동행합시다, 노인장 가실 곳이 정해질 때까지만, 어떻소?"

"글쎄, 그건 생각 좀 많이 해봐야겠는데?"

사나다가 짐짓 내키지 않는 듯이 능청을 떨며 대꾸했다.

"단, 조건이 있소. 만에 하나 갈증을 못 이겨 내 아내의 머리털 끝 하나라도 건드린다면, 노인장이 비록 내 생명의 은인이라도 그땐 가차 없을 거요."

"마음대로 하시게. 한데 난 오히려 젊은이 자네가 걱정이야."

"뭐요?"

"말했잖은가, 난 이고르 놈 덕에 몇 년간은 끄떡없다고. 자네 스스로 단속이나 잘 하시게나."

"알았소. 만약 그땐 노인장이 날 막아주시오. 여의치 않다면 내 목을 베어도 좋소. 그게 동행의 조건이오."

"사무라이에게 목을 맡긴다? 그거 참 좋구먼!"

사나다가 활짝 웃으며 답했다. 그러고는 엄지손가락을 높이 치켜 들었다.

군영이 가까워올수록 불길한 느낌이 함께 몰려들었다. 자신의 계획을 부관에게 알려뒀거늘, 아무리 꽃살이 터지지 않았다 하더라도 이쯤 긴 시간이 흘렀으면 사태 파악을 위해 부대를 이끌고 수색을 나오는 것이 당연한 이치였다. 그런데 의외로 군영 인근은 조용했다. 군사들의 움직임을 느낄 만한 자취나 소음도 없었다. 오로지 숲새의 잔잔한 지저귐 소리뿐이었다. 혹 무슨 일이 생긴 것일까?

불길한 예감은 틀리지 않았다. 염일규가 도착했을 때 군영은 이미 피바람이 한 차례 불고 간 뒤였다. 적병의 대규모 기습이라도 받은 양 군영 곳곳은 어지럽게 박살 나 있었고 잿더미로 화한 막사들 대부분은 연기를 내며 아직도 타고 있었다. 그 사이사이 흉하게 널브러진 군사들의 시체가 보였다. 몇몇은 무장도 갖추지 못한 채 숨진 것이, 예상치 못한 급습을 당한 게 분명했다.

'아리야!'

아리의 모습은 어디에도 보이지 않았다. 군영을 헤매며 생존자들을 찾았지만 간신히 숨이 붙어 있는 군졸 십여 명을 무너진 잔해들 사이에서 구해냈을 뿐, 그 가운데 아리는 없었다. 염일규는 초조함이 극에 달했다. 같은 곳을 몇 번씩 샅샅이 뒤져도 그녀의 자취는 오리무중이었다. 혹 놈들 행패에 크게 잘못된 건 아닐까. 시간이 갈수록 불길한 느낌이 점점 크게 다가왔다.

"제주목에서 온 의녀는 보지 못했느냐? 아리 말이다."

"그 계집이라면 무사할 겝니다. 습격이 있기 전 인동 장터 구경을 하고 싶다면서 절제사 영감 일행을 따라 나갔습죠. 이미 날이 저물었으니 곧 돌아올 것입니다."

생존자 가운데 마지막으로 구해낸 군졸이 비로소 답을 주었다. 아리가 무사하단 말에 염일규는 절로 무릎이 꺾이며 푸우 하고 안도의 숨이 새어 나왔다. 그러나 아직 모르는 일이었다. 터럭 한 올까지 무탈한 모습을 눈으로 직접 확인하기 전까지는 마음을 놓기 어려웠다. 그나저나 생존자들에게 이번 변고의 시종을 물어 사태 파악부터 서둘러야 했다.

"대체 어찌 된 일이냐?"

"기습을 당했습니다."

"누가? 어떤 무리의 짓이란 말이더냐?"

"정체를 알 수 없는 검객 놈들이었습니다."

"뭐라! 고작 검객 몇에 군영이 이 지경으로 당했단 말이냐? 지금 나더러 그 말을 믿으라는 게야?"

"나리, 채 열 명이 되지 않는 자들이었으나 하나같이 일당백이었습니다."

도무지 이해할 수 없는 일이었다. 상단이라면 도적 떼의 표적이 될 수 있지만 이곳은 군영지다. 대체 어떤 간 큰 도적놈들이 감히 칼을 빼어 들고 이곳으로 달려든단 말인가. 만일 도적 떼가 아니라면 염일규가 압송하려던 하멜 일행을 노렸을 가능성이 높았다. 그렇다면 홍모이를 빼내기 위해 청이나 왜, 아니면 저 멀리 아란타에서 보낸 군대가 자행한 비밀 작전이란 말인가.

'아니야, 그럴 리는 없어.'

염일규는 고개를 가로저었다. 왜냐하면 홍모이의 압송은 이미 그의 손을 떠난 지 한참 되었고, 또 설사 놈들이 오판하고 습격했다 치더라도 이곳에 하멜 일행이 없다는 건 들이닥친 즉시 금세 판단할 수 있었다. 이쪽을 섬멸하다시피 잔인한 살육전까지 벌였어야 할 까닭이 과연 따로 있었던 걸까. 만일 하멜 일행과 관련한 공격도 아니라고 가정해보자. 그렇다면 대체 어느 누가, 어떤 집단이 무슨 목적으로 이런 참극을 저지른단 말인가.

"놈들의 우두머리가 종사관 나리를 찾는 듯하였습니다."

군졸 가운데 제법 늙수그레한 녀석이 더는 참지 못하고 내뱉듯 토설했다.

"나를? 이유가 뭐더냐?"

"그것까지야 모릅죠. 다만 놈이 종사관 나리 존함을 정확히 알고 있었습니다요. 송구한 말씀이오나 나리의 목을 원한다면서요."

여타 군졸들의 증언도 일치했다. 그러나 염일규 귀에는 앞뒤가 맞지 않는 뚱딴지같은 소리들로만 들렸다. 일부는 그럴싸했지만 대부분은 각자의 허무맹랑한 허풍과 무용담으로 여겨졌다. 사실 증언들 대개가 뒤죽박죽이기도 했다. 그리고 군졸들은 극도의 공포를 겪고 정신을 반쯤 놓고 있는 상태였다. 자신들이 지금 무슨 말을 내뱉고 떠드는지도 모르는 눈치였다. 그래도 증언들은 여전히 하나같이 염일규를 가리키고 있었다. 습격한 패거리들의 목표가 바로 그라는 사실, 그렇다면 대체 왜….

변복한 채 조용히 염일규 뒤를 따르던 사나다가 문득 미간을 찡그렸다. 그러고는 희생당한 시체들을 훑어보며 들릴 듯 말 듯 염일규의 귀에 속삭였다.

"예사롭지 않은 칼솜씨구먼. 심상치 않아."

사나다의 표정은 뭔가 짚이는 눈치였다.

"내 생각도 틀리지 않소이다. 정법으로 무예를 배운 자들 같지 않소만."

"그도 그렇지만…. 아니야, 설마 아니겠지."

사나다가 말을 이으려다 멈췄다.

"왜 말을 그치시오?"

"아닐세. 내 기우겠지. 어쨌거나 방심은 말게. 상대가 누구든 어제 본 자네 실력으로는 대적하기 버거울 걸세."

염일규는 은근 자존심이 상했다. 뭐라 반박할 말을 찾아 대꾸해주고 싶었다.

"싸워보지 않고는 모를 일이지요. 이번에는 노인장께서 틀린 듯싶소이다."

"틀리다니?"

"노인장의 말대로라면 나는 이제 죽지도 상하지도 않소. 그런 내가 어떤 상대를 겁낸단 말이오?"

"듣고 보니 그도 그렇겠구먼. 하나 지지 않는다고 해서 이길 수 있는 건 아니라네."

염일규와 사나다는 군졸들 시체에 남은 상흔을 하나하나 함께 살 피며 습격한 패거리의 실력을 짐작해보았다. 과연 사나다의 말이 맞는 듯했다. 불상불사의 몸이니 지지 않을 수는 있겠으나 그렇다 고 그들을 이긴다고 쉽게 장담하기는 자못 어려워 보였다.

땅거미가 질 무렵 생필품을 구하기 위해 장터에 나갔던 절제사 일행이 돌아왔다. 과연 군졸 말대로 아리는 장터에 나갔던 군사들 무리에 섞여 있었다. 다행히 그녀는 옷자락 하나 상하지 않았다. 아리의 무탈함을 확인하자 그제야 염일규는 조마조마했던 마음을 내려놓을 수 있었다. 그간 긴장이 과했다가 한꺼번에 풀린 탓일 까 아리의 두 손을 맞잡자마자 저도 모르게 눈물이 주르르 흘러내 렸다.

반면 절제사는 군영의 참혹한 상황에 대경실색(大驚失色)했다. 그 는 조정에서 문책이 떨어질지부터 걱정하며 안절부절못했고, 살아 남은 군졸들을 불러내 밤새 정황을 캐묻고 또 캐물었다. 그러고는 다시 염일규를 비롯한 군관들을 모아놓고 다짜고짜 책임을 추궁하 기 시작했다. 절제사가 기어이 듣고 싶은 대답은 자신이 발뺌할 만 한 구실이었다.

결국 절제사는 이번 사태를 왜구들 소행으로 둔갑시키기로 했다. 군영의 피해 상황을 최소한으로 축소 보고하면서 아울러 왜구 토벌에 필요한 군사를 추가 요청하는 장계를 올리기로 했다.

　"명심하게. 한 치도 틀림없이 내 이른 대로만 보고해야 할 걸세. 입을 잘못 놀렸다간 나나 자네나 엄벌을 면치 못할 사안이니까."

　절제사는 파발 대신 종사관인 염일규 손에 장계를 들려 보내고자 했다. 조정에 본 사태의 심각성을 은근히 내비치려는 심산이었다. 아울러 절제사는 군영에 남아 있던 제주목 군병들을 이튿날 배에 태워 돌려보낼 것이라고 했다. 물론 아리의 처분 역시 예외일 수는 없었다. 그리된다면 염일규는 도성으로, 아리는 제주섬으로 갈리는 게 다음 순서였다. 그렇다면 이제 갈 길은 저절로 정해진 셈이다. 더는 미룰 시간이 없었다. 결국 절제사의 결정은 염일규의 일도양단(一刀兩斷)[58]을 재촉하고야 말았다.

　염일규는 그날 밤에 탈영했다. 공교롭게도 한양에 장계를 올리라는 절제사의 명 덕분에 탈영이 한결 수월했다. 마구간에서 제일 날랜 말을 골라낼 수 있었고 필요한 물품들을 미리 마구에 채워놓을 수도 있었다. 어두워지기를 기다렸다가 곧바로 군영 밖으로 내달리기만 하면 되었다.

　게다가 군영 내 모두는 부서진 시설을 정비하고 시신들을 수습하

---

58 칼로 무엇을 대번에 쳐서 두 도막 낸다는 뜻으로 어떤 일을 머뭇거리지 아니하고 선뜻 결정함.

느라 염일규가 몰래 몸 빼는 것을 누구 하나 눈치채지 못했다. 뿐만 아니라 말 뒤 안장에 아리를 숨겨 정문을 통과하는데도 수문(守門)[59] 군교들은 전혀 의심하지 않았다. 수상히 여기기는커녕 서둘러 한양까지 다다르려면 노중(路中)에 무척 수고가 많을 것이라며 진심으로 걱정하고 격려하는 덕담마저 건넸다.

아리는 갑작스러운 상황 전개에 동요하는 눈치였다. 잔뜩 겁을 집어먹은 그녀의 전율이 힘주어 말고삐를 움켜쥔 염일규 등에 전해져왔다. 그러나 모든 걸 설명하고 설득할 새가 없었다. 지금은 무작정 지리산 깊은 어둠속으로 도망쳐야만 했다.

한편 사나다는 이미 일찍이 군영에서 멀리 빠져나갔다. 절제사가 사태의 원인을 왜구의 소행으로 몰아가는 마당에 왜인인 사나다와 함께 있었다는 사실이 드러났다가는 엉뚱한 죄를 뒤집어쓸 우려가 있었다. 사나다를 먼저 군영 밖으로 내보냈고, 염일규는 자신 역시 곧 아리와 함께 빠져나갈 것이니 연이 닿으면 그때 기쁘게 재회하자며 어렴풋 약조를 주었다. 그러나 탈영의 순간이 이리 일찍 오리라고는 전혀 예상치 못했다.

"이랴!"

구체적인 목적지는 없었다. 오직 지리산 산자락을 따라 줄곧 내달렸다. 반 시진이나 흘렀을까. 산기슭으로 이어지는 오솔길이 나왔다. 언뜻 보기에도 말을 타고 지나기에는 좁고 험했다. 둘은 숲

---

59 문을 지킴.

초입에 이르러 말을 버리고 도보로 이동하기로 했다.

군영의 절제사가 탈영을 눈치채기까지는 그리 긴 시간이 걸리지 않을 것이었다. 그렇기 때문에 산길을 밟아 인적 드문 깊은 계곡까지 밤새 걸어야 했고, 군영 병사들이 따라붙지 않도록 자취를 숨겨야만 했다. 조심하되 서둘렀다. 달빛 한 줄기 스미지 않는 숲 안은 한 치 앞을 내다볼 수 없을 정도로 컴컴했다. 짙은 어둠속에 행여나 아리를 놓치는 일이 없도록 염일규는 자신과 아리의 손목을 무명천으로 이었다.

앞으로의 계획은 이랬다. 일단 이틀에 걸쳐 깊은 산속 외딴 지점까지 이동한 뒤 계곡을 찾는다. 물을 얻을 수 있는 계곡은 생존을 위해서 반드시 지척에 두어야 했다. 그렇게 당장 몸을 피할 장소를 찾아 머물다가 마땅한 곳이 나타나면 자그마한 산채를 짓고 한동안 숨어 지낼 생각이었다. 장차 어찌할지는 산채에서 지내며 차근히 고민해볼 참이었다. 불의에 고지인으로 변해버린 스스로의 처지도 숙고할 문제였고, 더불어 아리와 자신 사이에 태어날 아기 역시 어깨에 지워진 무거운 짐이었다. 군직 이탈과 탈영죄 따위는 이미 뇌리에서 지워진 지 오래였다.

"쉰네를 제주섬으로 돌려보내지 않으면 나리에게까지 반드시 큰 화가 미칠 것입니다."

아리는 훗날에라도 자신으로 인해 염일규가 엄한 처벌을 받을까 봐 매우 걱정했다. 뿐만 아니라 또 언제 들었는지 군졸 사이에 돌던 소문에 몹시 불안해하는 눈치였다. 군영을 습격했던 검객 무리가 실은 염일규의 수급을 노렸었다는 풍설이 그녀 귀에까지 들어간 모양이었다.

"이미 끝난 일이고 무의미한 걱정이다. 이미 탈영을 했으니 엎질러진 물이구나. 우리는 이제 한 배를 탄 셈이니, 속세를 떠나 오순도순 행복하게 살자꾸나."

말은 그렇게 호방하게 뱉었으나 당장 염일규 눈앞에 보이는 것은 한 치 앞을 분간하기조차 어려운 컴컴한 어둠뿐이었다. 또 그렇게 한참을 걷자니 둘만의 새로운 세상을 만난다는 기대감보다 장차 펼쳐질 미래가 혹여 이 짙은 어둠과 같지는 않을지 하는 불길한 느낌이 먼저 엄습하고 들었다.

어두운 밤 두 사람은 수 시진 동안 잠시도 쉬지 않고 어지러운 숲을 헤쳐나갔다. 걸음을 내딛을 때마다 온 신경을 발끝에 집중시켰다. 자칫 긴장을 늦추었다가는 나무뿌리에 걸려 넘어지거나 혹은 언제 비탈로 내리구를지 몰랐다. 한 치라도 발을 헛디뎠다가는 천 길 낭떠러지 아래로 굴러 떨어질 곳이 한두 군데가 아니었다. 그렇다고 속도를 줄이자니 추격대가 따라붙을까 봐 불안했고 속도를 내자니 무서웠다.

아리는 치마를 걷어 올리고 종아리에 행전[60]까지 채웠지만 본래 숲길에 서툰 데다 홑몸이 아닌 터라 걸음이 더디고 무지근했다. 사

---

60 바짓가랑이를 좁혀 보행을 간편하게 하기 위하여 정강이에 감는 물건.

소한 충격조차 태아에게 위험할 수 있어 배로 조심했다. 땀으로 범벅된 몸은 물먹은 솜처럼 무거웠고 당장이라도 쓰러질 듯했다. 그러나 이를 악물고 염일규 뒤를 잠자코 따랐다. 그녀를 위해 벼슬을 초개처럼 던져버린 그의 등에 더 이상 짐으로 얹히기는 싫었다.

그러나 밤의 숲은 인정이 없었다. 간간이 비틀대던 아리가 가파른 비탈을 오르던 순간 발목이 접질리며 허방을 딛고 말았다. 동시에 흙더미가 우르르 무너지는 소리가 났고 곧바로 아리가 가파른 비탈 아래로 미끄러졌다.

"꺄악!"

새된 비명과 함께 아리의 몸이 순식간에 비탈을 타고 빠르게 내려갔다. 끝은 낭떠러지라 이대로라면 꼼짝없이 떨어질 형국이었다. 그런데 거침없이 미끄러지던 아리의 몸이 무언가에 걸린 듯 잠시 멈췄다. 염일규의 손목과 연결해두었던 무명천 덕분이었다.

염일규는 옆에 있던 나무 둥치를 끌어안고 무명천을 바짝 움켜쥐었다.

"어떠냐? 괜찮은 것이냐?"

"나리, 쇤네 곧 떨어질 것만 같습니다."

"걱정 말거라. 내 곧 끌어올려줄 터이니."

그러나 말뿐이었다. 무명천을 힘주어 당겼지만 미끄러지기 시작한 기세를 감당하지 못했다. 오히려 나무 둥치를 놓친 염일규까지 아래로 주르르 딸려 내려갔다. 깜짝 놀란 그가 두 팔을 크게 휘저었다. 다행히 오른손 손가락 끝에 말라 죽어 흙에 박힌 나무의 옹이가 걸렸다.

"푸우!"

안도의 숨을 내쉬던 찰나 아리로부터 단말마가 다시 터졌다. 내려다보니 무명천 끝에 매달린 아리의 몸이 이미 비탈 끝 절벽까지 가닿아 있었다. 낭떠러지 아래로 추락하기 직전이었다.

"아리야!"

염일규가 안간힘을 다해 아리를 잡아채 올렸다. 하지만 아리의 몸에 실린 가속도와 무게를 이겨내기에는 역부족이었고 그저 추락을 잠시 멈출 수만 있을 뿐이었다.

세찬 계곡물 소리가 어둡고 깊은 절벽 아래로부터 무섭게 치고 올라왔다. 겁먹은 아리는 발을 버둥거렸다. 염일규가 나무옹이를 잡고 버티며 재차 무명천을 끌어당겼지만 별 소용이 없었다. 아리의 몸은 조금 끌려 올라오는 듯싶다가도 다시 원위치로 미끄러지기를 반복했다.

아리의 목숨을 붙들고 있는 것은 무명천이 전부였다. 천이 얼마나 버틸지 몰랐다. 무게를 못 이기고 찢겨나갈지도 몰랐다. 용을 써당길수록 도리어 천의 내력만 허물 뿐이었다. 지금으로서는 추락하지 않도록 조심스레 버티는 게 최선이었다.

시간이 흐를수록 상황은 더 나빠졌다. 설상가상 나무줄기가 두 사람 무게를 지탱하지 못하고 흙 밖으로 뜨기 시작했다. 줄기가 밖으로 드러나는 속도는 점점 더 빨라졌다. 대신해 지탱할 만한 것을 찾아보았으나 마땅한 게 없었다.

"나리! 천을 놓으세요."

"내 끌어올린다 하지 않았느냐?"

"이러다간 나리까지 위험합니다. 나리가 놓지 않으시면 제가 놓겠습니다."

"안 된다. 안 된다, 아리야!"

당황한 염일규가 다급히 천을 끌어당겼다. 그게 화근이었다. 안 그래도 약해진 무명천이 완전히 끊어지도록 부채질한 셈이었다. 찌직, 천이 찢겨나가는 소리가 메아리쳤다. 아리는 눈을 감았다.

그때였다. 어디선가 올가미로 엮은 밧줄이 화살처럼 날아와 아리 위에 씌워졌다. 그러고는 아리 몸이 위로 번쩍 끌려 올라갔다. 어느새 그들 뒤를 따라붙은 사나다였다.

"간신히 맞췄군."

가끔씩 부스럭거리던 기척이 산짐승인 줄로 알았는데 역시 사나다, 그였던 모양이었다. 사나다가 밧줄을 힘차게 당기자 아리가 낭떠러지 끝에서 비탈의 경사면 위로 딸려 올라왔다. 노인의 완력이라고는 믿기지 않는 괴력이었다. 사나다는 안전한 곳까지 아리를 끌어올리고 이번엔 염일규를 향해 밧줄을 던졌다.

"노인장!"

"동행이 붙으면 없던 힘도 나는 법이지. 일단 밧줄부터 잡게."

염일규까지 밧줄에 딸려 위로 올라오자 아리가 더럭 염일규의 품에 안기며 참았던 울음을 터트렸다.

"어디 다친 곳은 없느냐?"

아리는 걱정스레 묻는 염일규의 가슴속에 고개를 깊이 묻은 채 작게 가로저었다. 언뜻 보아하니 비탈면에 미끄러지며 생긴 가벼운 찰과상 외에 별다른 부상은 없어 보였다.

"이거 내가 낄 틈은 전혀 없구먼."

사나다가 멋쩍은 투로 말했다. 그제야 아리는 부끄러운 듯 볼이 발개지며 염일규로부터 떨어졌다. 그러고는 사나다에게 깊이 목례를 건넸다.

"목숨을 구해주셔서 참으로 고맙습니다. 하온데 누구신지요?"

"나요? 나로 말할 것 같으면 처자의 정인과 인연이 깊은 사람이올시다, 허허헛."

사나다가 너털웃음과 함께 염일규의 어깨를 툭툭 치며 답했다. 깊은 인연이라는 사나다의 대답에 아리가 호기심 어린 얼굴로 염일규 쪽을 쳐다보았다. 염일규가 당황해 시선을 피하자 사나다가 얼른 말을 돌렸다.

"우리 인연에 대해선 처자께 차차 알려드리리다. 그나저나 두 사람 모두 지쳤을 텐데 잠시 숨 좀 돌리고 갑세. 나도 모처럼 힘을 썼더니 기운이 달리는구먼, 허허."

"고맙소이다, 노인장."

염일규가 사나다에게 사의를 표했다. 어찌하다 보니 사나다에게 다시 큰 은혜를 받은 셈이 되고 말았다. 더구나 이번엔 아리의 목숨까지 함께였다. 구명지은도 이런 구명지은이 없을 터였다.

문득 사나다의 모습 위에 형 염일주의 기억이 겹쳐졌다.

'아직 살아 계셨다면 아마 이 늙은 왜인과 비슷한 나이가 되셨겠지.'

돌아보면 염일규에게 형은 형이면서 동시에 아버지와 같았다. 형은 터울이 꽤나 벌어져 한참 어린 꼬맹이이던 아우를 제 몸보다도 더 아끼고 사랑해주었다. 소현세자와 봉림대군을 모시며 심양에 있는 동안에도 틈틈이 서간으로 왕래하며 아우의 성장과 교육에 마음을 쏟았다. 귀국해서는 비원(悲願)[61]이던 소현세자와 강빈의 신원과 복권만큼이나 아우의 과거 급제를 위해 백방으로 노록(勞碌)[62]을 다했을 뿐만 아니라, 자결하던 마지막 순간조차 온통 아우에 대한 염려로 가득한 서신을 효종에게 유언처럼 남겼다. 그 덕에 염일규는 역모의 연좌로부터 벗어나 목숨을 부지할 수 있었고 보잘것없는 벼슬이나마 얻어 여태 생계를 유지할 수 있었다.

"왜 그런 눈으로 날 보는가?"

형의 추억에 어느새 눈이 촉촉이 젖은 염일규에게 사나다가 의아한 얼굴로 물었다.

"아니오, 아무것도. 그나저나 쉬었다 갈 틈이 될는지 모르겠소."

---

61 꼭 이루고자 하는 비장한 염원이나 소원.
62 쉬거나 게을리하지 않고 꾸준히 힘을 다함.

두 사람은 많이 지쳐 있었다. 오랫동안 걸은 데다 아리를 구하느라 용을 쓴 염일규는 기진맥진했다. 아리 쪽은 더 말할 나위가 없었다. 임신한 몸인 데다 절체절명의 위기를 겪어 심신 모두 피폐했다. 하지만 휴식을 취하자는 사나다의 제의는 선뜻 따르기가 어려웠다. 군영의 날랜 군졸들에게 언제 뒤를 잡힐지 몰랐다. 그런 불안한 속내를 헤아렸는지 사나다가 차분한 어조로 상황을 조리 있게 설명하며 안심시켰다.

"자네들을 따라 나서기 전에 내 잠시 군영의 움직임을 살펴보았네. 진영 복구가 한창이라 자네들의 탈영을 눈치챈 자는 없는 듯싶더군."

"하나 곧 절제사가 알아챌 것이오. 아리가 사라졌다는 것도 함께."

"그래도 별 상관없을 게야."

"별 상관없다니 무슨 뜻이오?"

"전에 자네 말을 들어보니 절제사란 친구, 겁이 많은 모양이던데. 과연 당장 추포대(追捕隊)를 조직해 자네 뒤를 쫓을까?"

"노인장이 무슨 말을 하려는지 난 아직 모르겠소. 자세히 일러보시오."

"아직까지 자네는 그저 한양에 장계를 전하러 갔을 뿐이네. 탈영이 공공연히 드러난 게 아니란 말이지. 다만 아리 처자가 군영에서 사라진 건 문제이겠으나 자네 손을 붙잡고 도망쳤다고는 전혀 짐작지 못할 것일세."

아리를 쳐다보며 사나다가 설명을 잇자 아리가 염일규의 손을 슬그머니 내려놓았다.

"설사 그렇게 짚더라도 걱정할 일은 아니야. 이미 군영이 온통 박살이 났는데 설상가상 종사관이 관비를 낚아채 탈영했다는 걸 알아챘다고 치세. 겁쟁이 절제사로서 위에 떠들어댈 수 있겠나?"

"하면 절제사가 모른 척 덮고 갈 거란 말씀이오?"

"십중팔구 그럴 걸세. 관비의 도망이 그리 드문 일도 아니고 말이야. 게다가 자네가 탈영한 사실이야 한참 뒤에나 밝혀지겠지. 자네가 한양에 도착하지 않았다는 소식이 군영으로 되돌아올 때쯤 말일세. 하니 어떤가? 이 정도면 우리가 숨 돌리고 편히 쉴만한 여유를 가져도 될 충분한 이유가 아닌가, 안 그래?"

사나다의 말은 사리에 맞았고 반박할 여지가 없었다. 염일규가 아는 한 절제사는 사나다의 예상대로 움직일 공산이 컸다. 이번에도 책임 추궁이 두려워 염일규의 탈영과 아리의 도망을 이런저런 핑계로 묻어버릴 것이 뻔했다.

일단 휴식부터 취하기로 했다. 길을 다시 밟으려면 눈도 붙일 겸 아예 날이 밝을 때까지 기다리는 게 좋을 듯도 싶었다. 지친 몸을 누일 평평한 장소를 찾고 모닥불을 붙일 덤불을 모으는 동안 염일규는 아리에게 사나다를 정식으로 소개했다. 조선인으로 변복하고 있으나 그는 본래 왜인 사무라이이며 이번뿐 아니라 일전에도 염일규의 목숨을 구해준 적이 있다는 이야기를 간략하게나마 들려주었다.

아리는 염일규와 사나다의 기이한 인연을 신기해했다.

"나리, 어찌 이런 기연(奇緣)[63]이 있을 수 있단 말입니까?"

"기막힌 인연으로 치자면 너와도 매한가지 아니더냐?"

농 섞인 염일규의 대꾸에 아리는 얼굴이 발개져서는 얼른 고개를 숙였다. 물론 그녀에게 모든 진실을 털어놓지는 못했다. 사나다가 딸의 복수를 위해 조선에 오게 된 사실, 염일규와 인연을 맺은 소상한 사정 등은 솜씨 좋게 빼놓아야 했다. 사나다의 정체가 실은 서양 귀신과 다름없는 고지인이며, 염일규 자신조차 불의에 그와 같은 고지인으로 변하고 말았다는 끔찍한 현실은 차마 말할 수 없었다.

호기심이 동한 아리는 눈을 동그랗게 뜨고는 염일규에게 까다로운 질문들을 던지기 시작했다. 그녀는 생전 처음 만난 사무라이에게 흥미를 느껴 이고르를 처치한 무용담도 소상히 듣고 싶어했다.

"잠깐만 아리야, 내 먼저 너에게 긴히 물을 말이 있구나."

염일규가 손을 들어 아리의 질문 세례를 멈췄다. 그러고는 사나다를 잠깐 일견한 뒤 진지한 얼굴로 아리에게 물었다.

"사나다 이분은 우리 두 사람, 아니 태중의 아이까지 하여 모두 세 사람의 구명지인(救命之人)인 셈이다. 그러니 어떠냐, 기연으로 묶인 사람끼리 산중에 함께 머무는 것이?"

"이분을 모시고 같이 지내자는 말씀입니까?"

---

63 기이한 인연.

갑자기 낯선 이와의 동거라니, 아리는 염일규의 제의가 무척이나 당혹스러워 생각할 시간이 필요했다.

"아리 너도 뜻을 같이 해줬으면 좋겠구나. 노인장이 왜로 돌아가실 때까지 만이라도, 응?"

염일규는 초조한 기색으로 아리의 반응을 살폈다. 아리는 망설였다. 어쨌거나 생명을 구해준 은인더러 억지로 떠나라고 등 떼미는 건 사리에 맞지 않았다. 곰곰이 생각하며 한참을 고민하던 아리가 이윽고 고개를 끄덕였다.

"허락해줘 고맙소이다, 처자."

사나다가 빙긋이 웃으며 인사를 전했다. 혹여 거절당하면 어쩌나 싶어 마음 졸이다가 아리의 응낙에 비로소 긴장이 풀린 얼굴이었다. 그러고는 어깨에 메고 있던 보따리를 열더니 주섬주섬 뭔가를 꺼내 두 사람에게 건넸다. 오니기리, 일본식 주먹밥이었다.

"처음 보는 거예요."

아리는 사나다가 건넨 주먹밥을 신기한 듯 요모조모 살폈다.

"이 늙은이 솜씨가 처자 입맛에 맞을지나 모르겠소."

사나다가 수줍어하며 얼른 시식을 권하자 아리가 주먹밥을 한 입 베어 물었다. 소금에 절인 새콤하고 시원한 매실 향이 입안 가득 퍼졌다.

"맛있습니다. 정말 맛있습니다."

아리는 순식간에 몇 개를 더 먹어치웠다. 모처럼 배가 불러왔다.

사나다가 나직한 목소리로 들려주는 바다 건너 왜의 이야기에 귀를 쫑긋 세우는 동안 모닥불 열기가 그들을 따뜻이 감쌌다. 세 사람의 첫날 밤은 아늑하게 깊어갔다.

흑도(黑刀) 강무웅

　　지리산에 숨어 지낸 지도 어언 석 달여가 흘렀다. 처음엔 채집과 수렵으로 근근이 버텼고, 곧 작은 면적의 화전을 일궜다.

　　허름한 산채였지만 그들의 보금자리는 세상 어느 곳보다 조용하고 평화로웠다. 한양으로 압송된 하멜 일행이 군기시(軍器시)[64]에서 신형 총포를 개발한다는 소식도, 또 곡성 군영에서 관비를 훔쳐 달아난 종사관을 수배한다는 이야기도 그곳까지는 일체 들려오지 않았다. 다만 아리의 배가 동산처럼 크게 불러오면서 출산을 도울 산파 구할 일만이 목전에 닥친 현안이었다.

　　사나다는 염일규를 마치 친아들처럼 대했다. 자신이 아는 것과

---

64 병기의 제조를 관장했던 정3품의 상급 관아.

익힌 것은 무엇이든 가르치고 물려주고자 했다. 염일규와 함께하는 시간들을 진심으로 즐기는 듯했다. 사나다가 틈틈이 들려주는 고향 이야기는 염일규에게 빼놓을 수 없는 낙이었다. 특히 나가사키와 아란타 상관 이야기는 자못 흥미로워 호기심을 북돋웠다. 그 안에는 자연스레 서양 문물이 풍부하게 섞여 있었는데, 그렇게 석 달쯤 지나자 염일규는 구라파(歐羅巴)[65]에 대한 대략적인 지식은 물론 조선술과 포술, 천문학, 의학 등까지 간략하게나마 섭렵해볼 수 있었다.

"입으로만 떠들었더니 몸이 근질근질하군. 오랜만에 검 몇 수 주고받지 않겠나?"

땀을 식히던 사나다가 난데없이 대련을 청하며 그늘에서 몸을 일으켰다. 마침 염일규도 종일 계속되던 밭갈이에 진절머리를 내던 차였다. 상대가 흔쾌히 응하자 사나다는 심심풀이로 깎아둔 목검을 던져주었다.

목검을 받아 든 염일규가 윙윙 하고 바람 소리가 일도록 힘차게 허공을 갈라보았다. 휘둘러보는 맛이 오랜만이라 새삼 기쁘고 반가웠다. 한편으론 그간 내심 누르고 있던 승부욕과 호기심이 서서히 머리를 들었다. 솔직히 사나다를 만난 첫 순간부터 그의 진정한 실력이 궁금했다. 물론 괴력의 이고르를 단칼에 베어버리던 광경을 직접 목격하긴 했지만 당시는 급습이라는 변수가 없지 않았다. 잘

---

65 '유럽'의 소리를 한자식으로 쓴 것.

하면 직접 대수(對手)해볼 수준일 수도 있다고 생각했다.

"어르신이라고 봐주지 않겠습니다."

언제부턴가 염일규는 사나다를 어르신이라고 부르며 깍듯하게 대접하고 있었다. 초면엔 사나다가 왜인이고 자신은 관리인 까닭에 말을 낮췄지만 이젠 사정이 달라졌다.

"허허, 마음대로 해보시게나."

목검을 지팡이처럼 땅에 짚은 사나다가 짐짓 여유를 부리며 웃었다.

염일규는 목검을 쥔 손에 힘을 주고 보폭을 넓혔다. 그리고 단숨에 상대와 거리를 좁히며 기세 좋게 목검을 휘둘러나갔다. 그러나 맞대결은 허탈할 정도로 싱거웠다. 사나다의 실력은 염일규의 짐작을 한참이나 웃돌았으며 몇 수 주고받지 않아 염일규는 목검을 놓쳤다.

결국 사나다의 칼끝에 목덜미를 내주었지만 염일규는 조선과 왜 양국의 검법이 다른 탓으로 돌리며 선뜻 패배를 인정하려 들지 않았다. 강짜[66]에 가까운 염일규의 객기에 사나다는 호방한 웃음으로 받아넘길 뿐 가타부타 말이 없었다. 그러고는 다음 날 재대련을 갖자는 염일규의 청에 이내 고개를 끄덕였다.

이튿날 두 사람은 다시 대련을 시작했다. 그다음 날도 마찬가지였다. 사흘날까지도 염일규는 자신의 패배를 인정하지 않았다. 하지만 나흘째 되던 날에도 사나다에게 얼굴을 들지 못할 만큼 연거

[66] 질투라는 뜻의 '강샘'을 속되게 이르는 말.

푸 처참한 완패를 당하자 제아무리 승부욕이 강하더라도 실력 차이를 인정하지 않을 수 없었다.

"제가 졌습니다."

"난 자네 고집에 며칠 더 버틸 줄 알았는데…."

사나다가 호탕하게 웃으며 칼을 거뒀다.

"이쯤이면 됐습니다. 그런데 어르신께서는 제게 솔직하지 않으신 것 같습니다."

"내가 솔직하지 못하다니, 무슨 말인가?"

"작은 번의 평범한 하급 무사라고 하지 않으셨습니까? 이 정도 실력자가 하급 무사라니, 저를 속인 것이 아니면 무엇입니까? 검을 두고도 거짓을 말하셨으니 다른 말씀의 진위도 그대로 믿기 어렵습니다."

솔직한 심정이었다. 조그만 번의 그저 그런 하급 무사라며 입버릇처럼 스스로를 낮추던 사나다의 말들을 이젠 도대체 믿을 수가 없었다. 그러자 사나다는 고개를 젖히며 아까보다 더 큰 소리로 웃어댔다.

"허허, 늙은이한테 진 것이 몹시 억울한 모양이구먼."

"승부를 두고 드리는 말씀이 아니지 않습니까, 어르신."

땅에 넘어져 묻은 흙을 옷에서 털어내며 염일규가 약 오른 얼굴로 항의했다.

"자네 말대로야. 왜와 조선의 검술이 다른 탓일세. 승부는 거기서 갈린 게야."

"어르신 말씀대로라면 본시부터 조선의 검법이 왜의 검법보다도 못하단 것입니까?"

"그런 말이 아닐세. 조선의 검법과 왜의 검법 사이에 우열을 둘 수는 없네. 각기 다른 장단점을 지녔을 뿐. 다만 자네가 이 늙은이를 통해 왜의 검법도 함께 몸에 익혀둔다면 훗날 큰 쓰임이 있지 않겠는가?"

"검법 탓도 아니라면 제 수련이 많이 부족했던 것이군요."

"글쎄, 검을 잡은 세월로 쳐도 내 쪽이 자네보다 훨씬 오래지 않겠는가?"

마땅히 대꾸할 말이 없었다. 무너진 자존심은 쉽게 회복되지 않았다. 동시에 왜의 검법에 대한 호기심과 의욕이 거세게 일었다. 조선의 검법과 무엇이 같고 무엇이 다른지, 앞서는 점은 무엇이고 또 뒤서는 점은 무엇인지 무인 된 자로서 낱낱이 꿰뚫고 싶었다.

염일규는 그날부로 사나다로부터 왜의 검법을 배워나갔다. 조선 검법이 화려한 움직임과 유려한 흐름에 무게를 둔다면 왜의 검법은 빠르고 짧게 끊는 것이 요체였다. 적수를 만나 양국의 검법을 적절히 섞어 쓴다면 상대로서는 이쪽의 다음 수를 가늠하기가 쉽지 않을 듯했다. 그러나 이종(異種)의 두 검법을 자연스럽게 하나로 녹여 체화한다는 건 생각만큼 녹록지 않았다. 긴 시간과 많은 연습을 필요로 하는 일이었다.

염일규는 사나다와의 검술 훈련 시간을 차츰차츰 늘려갔다. 아울러 검법뿐 아니라 운기조식(運氣調息)[67]의 비법도 함께 전수받았다. 사나다는 운기조식법이 일련종(一連宗)[68] 일대종사(一代宗師)[69]가 창안했던 불가(佛家)의 비기(祕技)[70]라고 했다.

"제가 왜의 불법(佛法)을 배워야 할 특별한 까닭이 있습니까?"

"본 비법은 인간 내면 깊이 잠재한 불성(佛性)을 끌어내 악성(惡性)을 덜어내는 호흡법이라네. 불성을 불러내면 타인을 해하고자 하는 흉심을 걷어낼 수 있으니, 지금의 자네에게는 검법보다도 중요하네."

"…."

"하나 이것만으로는 악성을 완벽하게 다스릴 수 없네. 다만 살심(殺心)이 치솟는 순간 그 마기(魔氣)가 발동하는 것을 얼마간이나마 늦출 수는 있을 것일세."

사나다의 말에 한동안 잊고 있던 스스로의 정체가 염일규의 뒤통수를 때렸다. 사나다가 가끔씩 제 피를 나누어주어 사람 모양새로 버티고 있을 뿐, 염일규는 언제든 광기에 휩싸일 수 있는 고지인이었다.

"인간으로 되돌아갈 방법은 여전히 없는 겁니까?"

---

67 몸 안의 기를 돌리고 호흡을 조절함.
68 니치렌종이라는 일본 불교의 한 종파.
69 위대한 무술 스승.
70 비밀 병기.

"난들 왜 찾아보지 않았겠는가? 찾았다면 이리 있을 리도 없을 테고."

그러고는 말끝을 흐렸다.

"방법이 있다면 오직 죽음뿐이겠지, 아직까지는."

예상하지 못했던 답은 아니었다. 그럼에도 불구하고 염일규는 재차 절망했다. 사나다가 알려주지 않은 비밀스러운 해법이 혹시나 남아 있을지 모른다는 막연한 기대가 있었기 때문일까. 속내를 읽었는지 사나다가 몹시 미안한 표정으로 염일규의 축 처진 어깨를 부드럽게 쓰다듬었다.

"미안허이."

"어디 노인장께서 미안해하실 일이겠습니까?"

"아니, 그런 뜻이 아닐세. 언젠가 자네에게 내 어려운 청을 하게 될 것 같아 미안하다는 말일세."

"이미 저와 아내는 어르신께 목숨을 빚졌습니다. 청이 있다면 당장이라도 말씀하세요."

"아직은 때가 아니야."

"혹 제가 어르신의 청을 거절할까 봐서요?"

"아니라니까. 난 다만⋯."

사나다의 걱정은, 아니, 두려움은 염일규의 그것과 같았다. 죽은 딸의 복수를 위해 조선으로 건너왔고 이미 그는 목적을 달성했다. 이제 여한은 없었다. 그러나 막상 이고르를 베고 나자 살아야 할 목표와 이유가 사라져버렸다. 원한이 소멸하자 남는 건 두려움뿐이었다. 언젠가 자신은 인간 생혈에 대한 타는 듯한 갈증으로 광인(狂人)이 되어 무고한 생명을 해치게 될 것이다. 그리된다면 사나다 자신도 이고르란 괴물과 다름없다. 이 끔찍한 저주의 굴레에서 벗어날 자구책을 강구해야 했다. 아울러 최악의 상황에 대비해야 했다.

"이따위 영생이 무슨 소용 있겠는가? 우리의 영생은 다른 이의 목숨을 앗는 데서 비롯되네. 극악한 저주일 뿐이지."

사나다는 고지인이란 무거운 운명이 두렵기는 마찬가지라고 고백했다.

"어르신께서 그리 말씀하시면 저는 마음 기댈 곳조차 없지 않습니까?"

"그런가?"

애써 미소를 지으려 했지만 어깨에서 힘이 빠진 듯했다. 전에는 볼 수 없었던 낯선 모습이었다.

"만약 자네가 내 목을 치고 영기를 취하게 된다면 말일세."

"갑자기 무슨 말씀이십니까? 농이라도 당치 않습니다."

염일규는 화들짝 놀랐다. 지금 사나다가 대체 무슨 말을 하려는 것일까.

"내 그래서 '만약'이라고 하지 않나? 흥분하지 말고 잠자코 들어보게나. 자네가 내 수급을 베고 영기를 취하면 나의 공력뿐 아니라 무예 또한 온전히 자네 것으로 만들 수 있다네."

"그만하십시오. 듣기 거북하고 끔찍합니다."

"이보시게!"

"설사 사실인들 무슨 의미가 있단 말입니까. 제가 어르신의 공력을 취해 무엇에 쓴단 말입니까? 전 이곳 삶에 만족하고 있습니다. 다만 흡혈 갈증을 해소할 비책만을 어르신과 함께 찾으면 될 따름이지요. 하니 생명의 은인을 해하라는 패륜적인 말씀은 마셨으면 좋겠습니다."

염일규가 얼굴까지 짙게 붉히며 길길이 날뛰자 사나다는 잠시 침묵했다. 그러고는 잠시후 반드시 전해야겠다는 듯 나직하지만 힘 있는 목소리로 말을 다시 이었다.

"우리 말고도 이고르의 악행으로 생겨난 다른 고지인들이 필경 조선 어딘가에 존재할 걸세. 그들이 우리처럼 생각하리라 여겨선 결코 아니 된단 말을 해주고 싶은 게야."

"조선 땅의 다른 고지인 말씀입니까?"

"그렇지. 이고르에게 습격당한 이들 가운데 몇몇은 살아남아 자네처럼 고지인이 되었을 게 아닌가? 고지인의 가장 큰 적은 같은 고지인이라네. 만일 그들이 악의를 갖고 우리를 노린다면 어쩌겠나? 아마 그들은 우리의 상상을 초월하는 실력과 내공을 지니고 있을 테지."

"왜 그들의 실력이 우리보다 월등할 거라고 예상하시는 겁니까?"

"우리 앞에 나타날 때쯤이면 이미 여타 고지인들을 충분히 포식한 뒤일 수도 있으니까. 만일 그렇다면 엄청난 내공의 소유자로 성장했을 테고. 우리 둘이 함께 맞서더라도 감당하기 매우 어려울 걸세."

염일규는 사나다의 말보다 그의 태도가 두려웠다. 사나다는 염일규는 물론 아내 아리의 앞길을 인도하는 밝은 등불, 현명한 스승과도 같은 존재가 아니었던가. 그런 그가 스스로의 최후를 예견하며 나약한 모습을 보이다니 어딘지 모르게 불안하고 불길했다. 염일규는 고개를 크게 가로저었다.

'대체 왜 그런 말씀을 하시는 걸까? 다른 고지인들의 습격에 대비해 나로 하여금 어르신의 영기를 미리 취하라는 뜻인가? 말도 안 되는 짓이야.'

산채로 돌아와 아리와 저녁 식사를 하면서도 머릿속에는 온통 그 생각뿐이었다. 불안한 기색을 숨기지 못하는 염일규를 보며 아리가 까닭을 물었지만 그는 대답을 피했다.

"한데 어찌 어르신은 같이 안 오시고요?"

"생각이 없다 하시는구나. 우리라도 먼저 들자꾸나."

"많이 시장하실 텐데…."

아리는 염일규의 불안정한 태도도, 사나다가 식사를 함께하지 않는 것도 석연치 않게 느껴졌다. 그러나 더는 묻지 않았다. 캐물어봐야 대답해줄 얼굴도 아니었다. 그는 혼자만의 상념에 빠진 채 묵묵히 조밥 알갱이만 씹어댈 뿐이었다. 불현듯 막연한 불안감이 그녀의 등 뒤를 차갑게 엄습해왔다. 직감일 따름이었지만 지아비에게 반찬을 가려 건네는 손가락 끝이 저도 모르게 바르르 떨렸다.

과연 아리의 불길한 예감은 틀리지 않았다.

며칠 뒤 염일규의 산채로 자객들이 들이닥쳤다. 흑의(黑衣)로 온몸을 감싼 건장한 체격의 사내들로 여남은 명도 넘어 보였다. 놈들은 검과 창 등 날카롭게 벼린 병장기를 휘두르며 파도처럼 덮쳐왔다. 하필 염일규와 사나다는 근일 산채 뒤편에 마련하기 시작한 텃밭을 일구던 중이라 전혀 대비하지 못했기 때문에 무방비 상태에서 급습당해 허망하게 목을 날릴 뻔했다.

"웬 놈들이냐!"

위기 직전 사나다가 습격의 기척을 알아챈 덕분에 놈들의 첫 수는 피할 수 있었다. 하지만 두 번째 수부터는 절체절명의 연속이었다. 자객들의 실력은 상당했고 비처럼 쏟아지는 병장기의 세례를 적수공권(赤手空拳)[71]으로 감당하기란 역부족이었다. 놈들과 상대하자면 한 놈씩 차례로 덤벼들도록 상황을 만들어가야 했다.

드디어 한 놈이 거꾸러지며 들었던 무기를 놓쳤다. 그러자 사나다가 얼른 그것을 빼앗아 들어 검을 휘두르며 달려드는 다음 놈을 향해 내찔렀다. 두 번째 놈은 사나다의 반격을 전혀 예상하지 못

---

71 맨손과 맨주먹이라는 뜻으로, 아무것도 가진 것이 없음.

한 모양이었다. 놈은 복부 한가운데를 관통당한 채 허망하게 쓰러졌다.

"어서 검을 들게나."

두 번째 놈이 바닥에 엎어지며 떨어트린 검을 사나다가 발로 걸어차 염일규 쪽으로 밀어주었다. 염일규마저 무기를 거머쥔 이후 상황은 빠르게 역전되어갔다. 놈들은 괴이한 비명을 지르며 쓰러졌다. 낭자한 선혈이 텃밭 주위를 붉게 물들였다.

이윽고 상황은 거의 정리된 듯했다. 영문 모를 싸움을 간신히 마친 두 사람은 검은 옷을 입은 자객들의 정체를 파악하기 위해 복면을 벗겼다. 하나같이 일면식조차 없는 낯선 자들이었다.

"절 잡으러 군영에서 나온 자들 같지는 않습니다. 도대체 왜 우리를 공격했을까요?"

"글쎄, 그나저나 자네 안사람 안위부터 살펴야겠네. 서둘러 산채로 가보게나."

몸을 일으킨 두 사람이 산채 방향으로 서둘러 걸음을 막 내딛으려던 찰나였다. 어느 덩치 큰 사내가 해를 등지며 앞을 가로막았다. 사내는 텃밭 곳곳에 널브러진 자객들 사체를 훑어보더니 실망스러운 얼굴로 혀를 끌끌 찼다. 느릿느릿한 몸짓과 여유로운 시선이 앞선 놈들과 사뭇 달랐다. 필시 두목쯤 되는 자 같았다.

"네가 염일규인가?"

사내가 물었다. 해가 중천에 있음에도 마치 먹구름이 낮게 드리운 날처럼 사위에 무거운 기운이 감돌았다.

"네놈의 정체부터 밝히거라!"

"늙은 왜놈과 함께 있는 걸 보니 염일규가 맞는 모양이구나!"

사내의 목소리에서 왠지 기시감이 느껴졌다. 아무리 기억을 더듬어봐도 일회(一廻)도 만난 적 없는 녀석이 분명했지만 어딘지 모르게 익숙했다. 이고르와 마주했을 때와 무척 비슷하다고나 할까. 팔등에 오소소 소름이 돋았다.

"아무튼 잘되었다. 한 놈씩 번거로이 찾아다니는 수고를 덜게 되었으니."

말을 마치자마자 사내는 숨도 쉬지 않고 검을 뽑았다. 녀석의 전광석화 같은 서너 수 만에 염일규의 팔등과 사나다의 허벅지가 베여나갔다. 믿기 어려울 만큼 빠른 칼부림이었다.

"난 네놈들 영기를 취하러 왔다. 맞서봐야 소용없으니 냉큼 목을 내거라."

그제야 사내의 정체와 목적이 명확히 드러났다. 사내 역시 고지인이었고 졸개들을 이끌고 다른 고지인의 영기를 탈취하러 찾아다녔음이 틀림없었다. 며칠 전 사나다가 했던 말이 뇌리를 스쳤다.

'하면 어르신은 이 모든 상황을 염두에 두고 있었단 말인가?'

염일규는 대답을 구하듯 허벅지가 베여 쓰러져 있던 사나다를 쳐다보았다. 보통 때와 달리 검에 베인 사나다의 상처가 도통 아물지 않고 있었다. 염일규의 상처도 마찬가지였다. 상처의 회복이 더

딘 건 사내의 검신(劍身)에 고지인의 기운이 스며 있다는 증거였다.

"다 알고 계셨던 겁니까?"

"고지인이 된 이상 숙명일 수도. 그보다 내가 놈을 막는 동안 자네 몸을 빼게나."

"뭐라고요?"

"어차피 우리 둘 모두 몸을 빼긴 어려운 상대일세."

"그럴 수는 없습니다."

염일규가 고개를 가로젓자 사나다가 힘주어 그의 팔뚝을 부여잡았다.

"시간이 없어. 어서 내 뜻에 따라주게."

"아니오. 어르신과 제가 힘을 모으면 반드시 물리칠 수 있습니다."

옥신각신하는 동안 사내는 그들을 물끄러미 바라보며 잠시 내버려두는 여유마저 부렸다. 내심 즐기는 듯싶었다.

사내는 흑도(黑刀)라는 별호로 불리던 검객이었다. 팔도에 악명 높았던 어느 유력 검계(劍契)[72]의 두목이기도 했으며, 특히 발도술(拔刀術)[73]과 쾌검법(快劍法)[74]이 일품이라고들 했다. 사내 역시 염일

---

72 조선 후기의 폭력 조직.
73 칼집에서 칼을 재빠르게 빼는 기술.
74 속도를 중시하는 검법.

규와 마찬가지로 제주섬에서 건너온 이고르에게 당해서 고지인이 되고 말았다. 하지만 엄밀히 말해 당했다고 말하기가 어려운 경우였다. 왜냐하면 사내는 제 발로 이고르를 찾아가 목을 물리기를 자처했기 때문이었다.

흑도는 욕망이 대단했다. 검 다루는 실력만으로 보면 이미 조선을 통틀어 다섯 손가락에 드는 고수였지만 그의 욕심은 끝을 몰랐다. 그는 세상 어느 누구보다 훨씬 강해지고자 했다. 그러던 차에 고지인에 대한 소문을 들었다. 다치지도 않고 죽지도 않는다는 불상불사의 신체, 그는 그것이 그토록 바라던 조선 제일검(第一劍)으로 향하는 첩경이라고 여겼다. 그래서 스스로 이고르를 찾아다녔고 결국 만났다. 그리고 자칫하다 목숨을 잃을 수 있다는 사실을 뻔히 알면서도 흑도는 자처하여 이고르에게 목덜미를 내맡겼다.

고지인이 된다면 흑도는 단연 조선 제일검으로 우뚝 설 것이었다. 그러나 그것이 흑도가 품은 꿈의 전부는 아니었다. 최고의 검객이 되고자 하는 욕망 뒤에는 진정한 목표가 따로 숨어 있었고, 조선 제일검은 성취를 위한 필요조건이었다.

이제까지 그의 최종 목표가 무엇인지는 어느 누구도 알지 못했다. 흑도가 단 한 번도 이를 내비친 적이 없기 때문이었다. 그 간절한 희원(希願)은 이뤄낼 때까지 밖으로 드러내서는 결코 안 되는 것이었다. 단 한 가지 분명한 건 죽음을 불사하는 무모한 도박을 벌일 정도로 흑도에게는 절실한 목표라는 사실뿐이었다.

아무튼 흑도는 고지인으로 화한 뒤 닥치는 대로 사람을 죽이고 피를 빨았다. 고지인이 된 이상 인간으로서 가져야 할 죄책감 따윈 거추장스러울 뿐이었다. 그는 말 그대로 잔혹한 살인귀였다. 그러더니 흑도는 시간이 흐르면서 점차 겨냥하는 대상을 바꿨다. 처음엔 평범한 사람들의 생혈만을 노렸지만 어느 순간부터는 이고르가 조선 땅에 만들어놓은 다른 고지인들을 찾아다니기 시작했다. 고지인을 찾아내면 흑도는 검을 휘둘러 가차 없이 그들의 목을 날렸다. 그리고 영기를 빼앗아 제 것으로 삼았다.

다른 고지인의 영기를 흡취할 때마다 흑도의 내공은 한층 강해져 갔다. 더불어 검을 다루는 솜씨도 눈에 띄게 일취월장했다. 그럴수록 흑도는 자신의 몸을 휘감는 강력한 기운에 더 깊이 매료되었다. 그래서 이전의 사냥감들보다 더 강하고 진한 영기를 지닌 고지인을 원했고 집착하듯 추적에 매달렸다.

이제 목전의 사냥감은 염일규와 사나다였다. 이 두 놈의 영기마저 빼앗는다면 더는 자신과 겨룰 자가 없을 것이었다. 최종 목적의 달성도 성큼 가까워지는 셈이다.

"밭에서 괭이질만 하더니 칼끝들이 무디구나. 내 그리 힘쓸 것도 없겠어."

오만한 흑도의 비웃음에 염일규는 문득 짚이는 데가 있었다.

"몇 달 전 곡성 군영을 습격한 것도 바로 네놈 짓이렸다?"

이런저런 상황을 맞추어보건대 수개월 전 염일규를 노려 곡성 군영을 피바다로 만든 무리가 바로 눈앞의 흉악한 놈이 수괴가 되어 이끄는 검계 놈들이 틀림없었다. 흑도가 고개를 끄덕이며 수긍했다.

"허헛, 보아하니 아주 미련한 놈은 아니구나. 하나 내 그때 헛걸음한 것을 오늘로 돌려받아야겠구나."

말을 마친 흑도가 문득 웃음을 멈췄다. 그러고는 잠시 상대를 매처럼 노려보더니 돌연 숲이 쩡쩡 울리도록 기합을 내지르며 재차 공격해왔다.

과연 흑도는 강했다. 염일규와 사나다가 양편에서 협공했음에도 끄떡없었다. 오히려 고양이가 쥐를 가지고 놀듯 염일규와 사나다를 조롱했다. 칼과 칼이 부딪칠 때 오는 충격마저 힘에 버거웠다. 그 탓에 칼자루를 놓칠 뻔한 아슬아슬한 순간 역시 십 수 번, 싸우는 시간이 길어질수록 놈의 검에 이편은 살이 베이고 피를 흩뿌렸다. 채 아물 틈도 없이 다친 상처 위로 놈의 칼날이 지나가고, 한 번 찔린 곳이 후벼파듯 더 깊이 찔렸다.

만약 두 사람이 그간 틈틈이 검술을 수련하며 합을 맞춰두지 않았다면, 목이 떨어져도 벌써 한참 전에 떨어져 땅바닥을 뒹굴었을 터였다. 상황은 비관적이었고 일이 각만 더 흐른다면 수급이 떨어지는 건 시간문제였다.

흑도가 이처럼 넘을 수 없이 고강해진 까닭은 무엇일까. 뛰어난 검술 실력 때문일까. 무엇보다도 염일규와 사나다와 비교할 수 없을 만큼 엄청난 내공의 차이를 지녔기 때문이었다. 놈의 어마어마한 내공은 무수한 살인과 흡혈뿐 아니라 다른 고지인들로부터 탈취해 축적한 영기에서 자연스레 뿜어 나왔다.

흑도가 무고한 이들을 마구잡이로 흡혈하고 불의에 고지인이 된 자들을 죽여 영기를 빼앗는 동안 염일규와 사나다는 인간의 적혈(赤血) 대신 운기조식만으로 피의 갈증을 견뎌내왔다. 타인의 피 값으로 엄청난 내공을 쌓아 올린 흑도와 그들이 현격한 차이를 보이며 뒤처지는 건 당연했다.

계란으로 바위 치기와 같은 싸움은 점차 막바지로 접어들었다. 흑도는 이 싸움을 서서히 마무리 짓겠다는 기세를 숨기지 않았다. 마침내 염일규와 사나다는 놈이 자신들 실력으로는 도저히 감당하지 못할 상대라는 냉엄한 사실을 인정해야만 했다. 더 이상의 맞대결은 무의미하며 개죽음만 부를 뿐이었다.

문득 사나다가 흑도의 검을 옆구리로 받아내면서 놈의 발을 걸어 넘어트렸다.

"지금이네."

사나다의 신호와 동시에 염일규는 초목이 무성한 숲 쪽으로 냅다 달음질쳤다. 그리고 그 뒤를 사나다가 바짝 따랐다. 땅에 넘어진 흑도가 얼른 몸을 일으켜 뒤쫓았지만 주변 지리에 환한 두 사람의 어지러운 발걸음을 따라잡는 건 생각만큼 쉽지 않았다.

"야, 이 쥐새끼들 같으니. 대체 어디로 튀는 거야?"

흑도가 버럭 하며 크게 호통치자 숲 안이 쩌렁쩌렁 울렸다. 동시에 그는 염일규와 사나다가 도망친 방향을 향해 검을 꽂듯이 내던졌다.

쌔액. 검이 바람 가르는 소리와 함께 화살처럼 날아 쿵 하고 제법 굵다란 나무 한가운데 박혔다. 그러자 나뭇가지에 앉아 있던 산새들이 놀라 황급히 푸드덕 날아올랐다. 그러는 사이 도망치던 두 사람의 꼬리는 숲 속 어두운 초록빛 안으로 영영 사라져버렸다.

"비겁한 놈들, 당장 못 나와!"

울창하게 우거진 풀숲 사이로 사냥감을 놓친 흑도가 연거푸 큰소리로 분통을 터트렸지만 이미 늦었다. 어느새 방금 전 놀라 달아났던 산새들이 둥지로 돌아와 다시 지저귀기 시작했고, 숲은 아무 일 없었다는 듯 이내 조용해졌다.

흑도가 따라붙는 낌새가 뒤에서 완전히 사라지자 이윽고 두 사람은 걸음을 멈췄다. 그리고 밭은 숨을 고르며 근처 풀숲에 상처투성이 몸을 숨겼다.

"아리는 괜찮을까요?"

무엇보다 아리가 걱정이었다. 아침 녘 아리는 산파를 구하러 마을에 내려갔다. 곧 산채로 되돌아올 시간이었다. 흑도가 추적을 포기하고 산 아래로 물러난다면 다행이겠으나 만일 산채에서 끝까지 기다린다면 그야말로 큰일이었다. 아리와 맞닥뜨리면 살기등등한 흑도가 무슨 짓을 저지를지 생각만 해도 끔찍했다. 십중팔구 아리는 큰 화를 입을 것이다.

염일규는 이대로 숲에 머물 수는 없었다. 서둘러 산채로 오르는 길로 달려가 마을에서 올라올 아리를 먼저 만나야 했다. 그런데 사나다의 부상이 만만치 않았다. 몸을 뺄 기회를 만드느라 입은 옆구리 상처의 출혈이 생각보다 심했다.

"검으로 입은 상처야 시간이 지나면 곧 아물 터이니 너무 괘념치 말게나."

"어르신!"

"내 걱정 말고 어서 서두르라니까. 곧 자네 처가 돌아올 시간 아닌가? 놈의 눈에 띄는 날엔…."

사나다는 통증으로 잔뜩 일그러진 얼굴로 어쩔 줄 모르는 염일규의 등을 떼밀었다.

"송구합니다. 일단 전 산채 올라가는 길목에서 처를 만날 터이니 어르신은 이곳에서 잠시 상처를 돌보고 계십시오."

"말은 그만하고 가보시게, 어서!"

염일규는 사나다를 남겨두고 다시 움직였다. 달아난 길을 거슬러 가다가는 자칫 흑도와 마주칠 공산이 컸다. 울창한 숲을 헤집으며 아리가 돌아올 길목까지 길 아닌 길을 찾아나가야 했다. 혹여 늦지나 않을까. 아리를 놓치지나 않을지 몹시 초조했다. 손아귀에 연신 굵은 땀방울이 잡혔다.

산새들의 지저귐뿐 숲길은 의외로 조용했다. 시간이 한없이 더디게 흘렀다. 기다리는 일이 이토록 어려운 것이었던가. 길목에 도착한 염일규가 아무리 기다려도 아리의 모습은 보이지 않았다. 시간이 흐를수록 속이 타들어갔다.

해가 서산에 걸리면서 주위에 어스름이 깔렸다. 숲에는 다른 곳보다 서둘러 어둠이 찾아온다. 이대로 해가 넘어가면 숲길은 더욱 위험했다. 흑도뿐 아니라 산짐승도 위협이 될 수 있었다.

염일규의 간절한 바람을 비웃듯 숲 전체가 컴컴해지도록 아리는 돌아오지 않았다. 혹 마땅한 산파를 구하지 못해 마을에 그냥 머물기로 한 것일까? 그리된 일이라면 차라리 다행이었다. 그러나 마을이라고 해서 안심할 수는 없었다. 아리는 도망친 관비로 수배당한 몸이었다. 생각이 여기까지 미치자 더는 기다릴 때가 아니라는 생각이 들었다. 마침 사나다가 염일규가 있는 길목에 모습을 드러냈다. 움직임이 많이 더뎠지만 상처는 서서히 아물어가는 듯했다.

"아직 처를 못 만났는가?"

"아무래도 마을로 내려가야 할 것 같습니다."

"그러게나. 나도 걱정돼 온 걸세."

그 길로 염일규는 사나다와 마을로 하산했다. 밤은 더욱 깊어졌고 마을에 이를 즈음은 워낙 늦은 때라 인적이 뜸했다. 염일규와 사나다는 마주치는 행인마다 붙들고 아리의 행방을 물었다. 그러길 수차례, 간신히 산파를 맡아주기로 아리와 약조했다는 노파를 찾을 수 있었다. 그런데 노파로부터 돌아온 대답은 절망적이었다.

　노파는 아리가 마을을 떠난 지는 한나절도 더 지났다고 했다. 따져보니 염일규와 사나다가 흑도로부터 도망하던 즈음이 아리가 산채에 도착할 무렵과 얼추 겹쳤다. 그렇다면 아리를 만나러 염일규가 산채 아래 길목에 달려갔을 때는 이미 아리가 그곳을 지나쳐 산채로 올라간 뒤가 된다. 갑자기 눈앞이 아득해졌다. 당장 산채로 되돌아가야 했다. 염일규는 노파의 말이 끝나기 무섭게 마을 밖으로 달음질쳤다. 그런 그를 붙잡으며 사나다가 말렸다.

　"지금 산채로 돌아간다면 스스로 사지(死地)에 들어가는 것과 다름없네. 놈이 떠났으리라는 보장이 없지 않은가?"

　"그럼 가만있으라는 말씀입니까? 목이 날아가더라도 그럴 수는 없습니다."

　"이보시게!"

　"그만 놓으십시오. 전 아리를 찾아야겠습니다. 어르신은 부상이 아직 심하니 예 머물다 천천히 오시고요."

　사나다는 더 이상 염일규를 붙잡을 수 없었다. 비록 사지라 할지라도 목숨을 무릅쓰고 달려가는 것이 사내 된 도리였다. 사나다는 자신의 손을 뿌리치고 어둠 저편으로 빠르게 사라지는 염일규를 한동안 물끄러미 쳐다보았다. 그 모습이 수년 전 딸을 잃고 절규하던 자신과 닮아 있다는 생각이 들었다. 그러고는 불끈 힘을 주어 납덩이처럼 무거운 몸을 일으켰다.

염일규는 산채를 향해 정신없이 달렸다. 가파른 오르막을 단 한 번도 쉬지 않고 미친 듯이 내달려 올라갔다. 숨이 가빠 심장이 곧 터져나갈 듯해도, 어둠에 수십 번을 넘어져 깨진 팔꿈치와 무릎에서 피가 흘러내려도 전혀 상관하지 않았다. 그는 오직 아리의 안위에 대한 걱정뿐이었다.

이윽고 산채에 다다르고 보니 다행히 흑도는 오래전에 그곳을 떠난 듯했다.

"아리야!"

염일규는 크게 부르짖었다. 그러나 답이 없었다. 횃불을 밝히고 산채 곳곳을 샅샅이 뒤졌지만 그 어디에도 아리의 모습은 보이지 않았다. 자취라고는 마루 위에 놓인 못 보던 옷 보따리 몇 개뿐이었다. 아마도 출산을 위해 마을에서 구해온 물품 같았다. 아리가 산채에 돌아왔었다는 분명한 흔적이다.

극도로 불안이 치솟았다. 산채에 돌아왔다면 대체 어디로 사라졌단 말인가. 답은 그리 멀리 있지 않았다. 마루 옆 굵은 나무 기둥에 날카로운 검 끝으로 휘갈기듯 새긴 글자들이 불안히 흔들리는 그의 동공에 꽂혀들었다.

'계집은 내가 취한다. 네 목과 바꿀 결심이 선다면 그때 날 찾아오너라.'

흑도가 남긴 글이었다. 놈은 아리를 납치하고서 염일규더러 자신을 찾아와 목숨을 내놓으라고 협박하고 있었다. 그런데 찾아오라면서도 아리를 어디로 데리고 가는지 행선지를 밝히지 않았다. 대체 무슨 의미일까.

아무튼 놈이 아직 아리의 목숨을 해치지 않았고 당분간 그녀를 살려둘 거라는 것만은 분명했다. 다행한 일이긴 했으나 염일규는 암담했다. 서둘러 놈을 찾아내지 못한다면, 그리고 놈이 정해놓은 시한 안에 아리를 구하지 못한다면 아리의 안전은 장담하기 어려웠다. 뿐만 아니라 곧 태어날 아기의 생명마저 위태로웠다. 눈에서 핏물이 흐르고 무릎이 절로 꺾였다. 그녀가 남겨놓은 옷 보따리를 감싸 안은 채 광인처럼 목 놓아 울부짖었다.

얼마 지나지 않아 사나다가 뒤쫓아 산채에 올라왔다. 그 역시 흑도가 나무 기둥에 새겨놓은 글을 읽었다.

'결국 이리되고야 마는가.'

다음 순간 사나다는 심중에 다져왔던 결심을 마침내 결행할 날이 생각보다 일찍 찾아왔음을 직감했다.

"분노를 앞세워서는 아니되네. 무작정 달려들었다가는 목만 떼일 뿐!"

몹시 흥분한 염일규의 귀에 그런 조언 따위가 들어올 리 만무했다. 사나다는 염일규가 진정하기를 기다리면서 혹 흑도가 흘렸을지 모를 다른 단서를 찾아 찬찬히 산채 이곳저곳을 살폈다.

"당장 찾아 죽여버릴 것입니다. 갈가리 찢어 죽일 것입니다."

무섭도록 빨갛게 핏발 선 눈으로 염일규가 내뱉었다. 손톱이 손바닥을 파고들도록 주먹을 꽉 움켜쥐었다. 손아귀 사이로 붉은 피가 흘렀다.

"나 또한 딸을 잃어보았으니 자네 심정을 헤아리지 못하는 바 아닐세. 하나 우리는 놈이 머무는 곳조차 모르고 있다네."

"반드시 놈을 찾을 것입니다."

"어떻게?"

사나다의 다그침에 염일규는 즉답하지 못했다. 답을 궁리하는 사이 분노와 흥분으로 잃었던 이성이 점차 제자리로 돌아왔다.

"그래, 놈을 어떻게든 찾았다 치세. 하면 자네 처를 구할 방도는 있는가?"

사나다가 다시 바꾸어 물었다. 이번에도 염일규는 마땅한 답을 내놓지 못했다. 그저 풀 죽은 목소리로 뇌까렸다.

"놈을 찾는다 해도 정면 승부로는 구하기 힘들겠지요."

"그렇지 않네. 우선 놈을 꺾을 방도를 마련한다면 말이지."

"어떻게 말입니까? 어르신도 놈의 실력을 보시지 않았습니까?"

"방법이 전혀 없진 않다네."

"방법이 있다고요?"

휘둥그레 눈을 뜨며 되묻는 염일규를 두고 사나다가 잠시 뜸을 들였다.

"이전에 우리가 마치지 못한 이야기를 기억하는가? 이제 그 이야기를 끝내야 할 때란 생각이 드는군."

말을 마치자 사나다는 오른 손날로 자신의 목 언저리를 긋는 시늉을 했다.

"어르신!"

깜짝 놀란 염일규가 고개를 크게 좌우로 흔들었다.

"내 목을 자르고 영기를 취하게."

"또 그 말씀입니까? 가당치 않은 일입니다. 하늘이 무너져도 결코 따를 수 없습니다."

"지금으로서는 최선의 선택이라네. 물론 내 영기까지 취한다 해서 반드시 놈을 쓰러뜨릴 거라곤 장담하지 못할 걸세. 하나 자네의 재능이라면 한번 도박을 걸어볼 만도 하겠지."

요컨대 염일규가 사나다 자신의 목을 베고 영기를 흡취한다면 장차 흑도와 대수를 생각해볼 만큼은 이르지 않겠느냐는 뜻이었다. 과연 왜인 사무라이다운 발상이었다.

그 뒤로도 사나다의 설득은 거듭됐지만 염일규는 도무지 수긍할 수 없었다. 아리를 구하는 일이라면 얼마든지 제 한목숨 내놓을 각오가 되어 있었다. 하지만 사나다의 목숨은 아니었다. 그는 생명의 은인이었다. 더군다나 아리의 목숨까지 구해준, 죽어서도 결초보은(結草報恩)해야 할 고마운 상대였다.

"내가 줄 수 있는 유일한 선물일세. 받아주게."

"어르신은 제게 이미 많은 것을 주셨습니다. 검법이며 내공을 다스리는 법이며 또 양인들의 지식까지, 그간의 것들로도 과분할 따름입니다. 그런데 이제 저더러 스승의 목숨까지 받으란 말씀이십니까?"

"스승이라, 일개 왜인 늙은이 따위를 그렇게까지 여겼다니 믿기지 않는군. 과히 듣기 나쁘지 않아."

사나다가 빙그레 웃었다. 기대하지 않던 말을 들으니 적이 기쁜 모양이었다.

"그런데 난 말일세, 고지인이 되지 않았다면 언제 죽었어도 이상하지 않을 나이야. 살 만큼 충분히 살았지. 그러니 이보시게. 이젠 늙어빠진 이 한목숨 부지하느라 무고한 살생을 해야 하는 삶 따윈 그만두고 싶다네. 그래서 자네더러 이 영원한 속박에서 날 풀어달라 간곡히 청하는 것이야."

"그렇다 한들 왜 하필 그 일을 제 손에 맡기려 하십니까? 인두겁을 쓰고 어찌 스승을 해할 수 있단 말입니까."

"자넨 처를 구해야 하지 않나?"

"그, 그건 다른 이야깁니다."

말을 살짝 더듬긴 했지만 염일규의 표정은 완강했다. 염일규가 한사코 거절의 뜻을 굽히지 않자 사나다는 잠시 뜸을 두며 염일규의 눈을 물끄러미 응시했다. 사나다는 염일규의 고집을 잘 아는 터였다. 고집을 피우며 맞서면 짐짓 져주는 쪽은 늘 사나다였다. 그러나 이번만은 물러설 계제가 아니었다. 사나다가 무겁게 입을 열었다.

"난 반드시 자네였으면 싶네. 자네 처를 납치한 그놈이 아니라."

"어르신!"

"자넨 사랑하는 자네 처와 태중의 아기만 생각하시게."

"그럴 수 없단 거 잘 아시지 않습니까?"

"돌이켜보면 딸을 잃은 후 내 인생에는 복수심 외엔 남은 게 없었어. 복수가 끝나자 더는 살아 있을 이유조차 없었지. 의미 없는 생을 이때껏 붙들고 있었던 걸세. 그렇다고 해서 자네들과 보낸 시간이 행복하지 않았다는 뜻은 전혀 아니야. 몹시도 보람차고 즐거웠다네. 고맙네."

"고맙다니 천만의 말씀입니다. 저희도 어르신과 함께해서 행복했습니다."

"그랬나? 솔직히 털어놓자면 혹여 두 내외에게 내가 불편한 짐은 아닌지 가끔씩 마음 졸이기도 했다네."

사나다는 목젖이 훤히 드러나도록 한껏 고개를 젖히며 큰 소리로 웃어보였다. 그러고는 염일규의 어깨를 부드럽게 짚으며 하던 말을 이었다.

"아무튼 얼마 전에야 난 아직까지 내가 살아 버틴 까닭을 비로소 깨달았지. 이 늙은이가 가장 쓸모 있게 죽을 수 있는 길을 알게 된 걸세."

"그래서 그때 그 말씀을 하신 겝니까?"

"냉정히 생각해보세. 이대로 놈과 맞섰다간 각개 격파 당할 것이 뻔하지 않나? 자넨 놈의 손에 무의미하게 죽을 텐가? 그러면 우리

174

둘의 영기는 그놈 것이 될 터인데, 그리되면 놈이 벌일 악행에 힘을 더하는 일만 될 뿐이야."

"지레 포기할 필요는 없습니다. 힘닿는 만큼 싸워봐야지요."

"자네 말마따나 우린 이미 놈을 겪어보지 않았는가?"

맞는 말이었다. 흑도와의 대결은 지금으로서는 계란으로 바위 치기였다. 그것은 결코 부정할 수 없는 엄연한 현실이었다.

그래도 안 될 일이었다. 아내와 배 속의 아이를 구하고자 스승의 목을 벨 수는 없었다. 인륜과 도리를 저버리는 짓이었다. 음풍농월(吟風弄月)[75]하며 호색질로 인생 대부분을 흘려보낸 염일규였지만 차마 그런 짓은 할 수 없었다. 하지만 사나다는 일단 내보인 뜻을 굽힐 기미가 전혀 없어 보였다.

"당연히 거절하리라 예상했지, 고집불통인 친구 같으니."

"네?"

"자넨 영특한 제자이긴 해도 말 잘 듣는 착한 제자는 아니지 않나?"

사나다의 입가에 묘한 미소가 흘렀다. 이제까지 한 번도 보여주지 않은 낯설고 고요한 웃음이었다. 세상 모든 번뇌를 포용하고 제품에 머금겠다는 듯 한없이 자애롭고 인자하며 평안한 미소. 잠시 염일규는 사나다의 표정이 부처와 닮았단 생각이 들었다.

"여태 고마웠네."

그런데 미소와 달리 어조가 자못 불길했다. 그 느낌은 틀리지 않

---

75 맑은 바람과 밝은 달을 대상으로 시를 짓고 흥취를 자아내어 즐겁게 놂.

았다. 채 말릴 틈도 없이 사나다의 칼집에서 일본도가 뽑혔다. 어, 하고 놀라는 사이 사나다는 염일규 손에 칼자루를 쥐도록 하더니 순식간에 자신의 경맥 자리에 칼날 끝을 꽂아 넣고 비틀었다. 시뻘건 핏줄기가 분수처럼 솟구쳤다.

"어르신!"

염일규는 말을 이을 수 없었다. 피의 분수와 함께 사나다의 구멍 난 목덜미에서 뿜어져 나온 오색찬란한 빛 때문이었다. 그것은 아주 잠시 동안 몇 차례 공중을 맴돌며 다음 주인을 찾아 헤매더니 곧바로 염일규의 몸을 향해 빠르게 달려들었다.

두 팔을 휘저으며 거부했지만 소용없었다. 염일규를 노린 영기는 억센 기세로 그의 신체를 좌우로 갈라 벌리고는 깊이 파고들었다. 심장마저 이내 활짝 열어버리고 제 휘황함을 더욱 눈부시게 발산하면서 몸을 이리저리 제멋대로 휘감고 반복해 관통해댔다.

염일규는 작은 신음조차 지르지 못했다. 그저 영기가 희롱하는 대로 내맡겨둘 뿐이었다. 마침내 그 기운을 도저히 감당하지 못하게 되자 그만 그 자리에 까무러치고 말았다.

북벌(北伐)

효종 시대의 국시(國是)⁷⁶는 단연 북벌이었다. 임금은 북벌 정책에 모든 것을 쏟아부으려 했다. 그것만이 소현세자를 제치고 왕위를 계승한 자신의 허약한 정통성을 지켜줄 수 있는 유일한 방책이라고 믿었다.

봉림대군이라 불리던 시절, 효종 역시 소현세자와 함께 청의 심양에서 볼모 생활을 했다. 그 팔 년간 명은 멸망하고 청은 흥기(興起)했으며 효종은 이를 똑똑히 목도했다. 판단하건대 청이 명을 누르고 융성할 수 있었던 까닭은 강성한 군사력에 있었다. 따라서 효종은 조선 또한 무엇보다 군사력부터 키워야 한다고 생각했다. 그래서 장

---

76 국민의 지지도가 높은 국가 이념이나 국가 정책의 기본 방침.

차 요동(遼東) 벌판과 중원에 진출하는 쾌거를 이루어 병자년과 정묘년의 호란이 안긴 치욕을 깨끗이 씻어내고 싶어했다. 요컨대 그에게 청이란 복수와 설치(雪恥)의 대상이었다.

그러나 맏형인 소현세자의 생각은 봉림대군과 판이하게 달랐다. 소현세자는 명을 숭배하는 미몽(迷夢)에서 깨어나 청의 실용 중시 사상을 채용함으로써 조선을 부강케 하는 것이 옳은 길이라 생각했다. 그러자면 조선은 청과 선린(善隣)77 관계를 유지하며 협력해야 했다. 그래서 볼모 신분임에도 친청(親淸) 경도를 노골적으로 드러냈으며 청의 황실 및 조정과 밀접하게 교류하고 관계를 돈독히 쌓았다.

종법(宗法)대로라면 적장자(嫡長子)인 소현세자가 인조의 왕위를 계승하는 것이 옳았다. 그리되었다면 아마 이후 조선은 자연스레 친청 정책을 펼쳤을 터였다. 그러나 볼모 생활을 마치고 귀국한 소현세자는 인조의 분노를 샀다. 친청이 인조의 뜻에 반하는 것이기 때문이었다. 그런 와중에 공교롭게도 세자는 갑자기 의문사하고 말았다. 뿐만 아니라 세자빈이던 강빈마저 누명을 쓴 채 사사(賜死)되었으며 세자의 아들들은 제주섬에 유배된 뒤 병사했다. 임금의 보위는 차자(次子) 봉림대군에게 승계되었다.

효종은 즉위하자마자 북벌을 천명했다. 북벌에 가장 시급히 필요한 것은 군사력이었으며, 군사력 배양을 위해서는 강력한 왕권이 필요했다. 그래서 문(文)보다 무(武)를 숭상하는 각종 숭무책(崇武策)을 폈으

---

77 이웃하고 있는 지역 또는 나라와 사이좋게 지냄.

며 신료들보다 왕이 압도적 우위를 점하는 절대왕정을 추구했다. 효종의 이러한 정책은 불가피하게 사대부들과 갈등을 유발했고 결국 충돌 원인이 되었다.

집권한 서인들은 군왕을 견제하고 자신들의 손아귀 안에 두고자 했다. 그들은 조선이 임금과 사대부들이 함께 통치하는 나라라고 믿었고 왕도정치(王道政治)란 미명하에 그 논리를 정당화했다. 임금 멋대로 좌지우지하는 패도정치(覇道政治)는 결코 용납할 수 없었다. 이는 조선의 지배층으로 군림해오는 수백 년 동안 그들의 기득권을 지켜주던 공고한 정치 철학이었고, 따라서 북벌을 명분으로 효종이 추구하는 절대왕권은 그들이 신봉하는 정치 철학의 근간을 뒤흔드는 위협이었다.

물론 서인들도 임금인 효종을 대놓고 거스를 수는 없었다. 겉으로는 춘추대의(春秋大義)[78]니 재조지은(再造之恩)[79]이니 불서위호(不書僞號)[80]니 하며 북벌을 옹호하고 청을 배척하는 듯 떠들어댔지만, 모두 국내 권력 장악을 위한 시늉에 불과했다. 숭명멸청(崇明滅淸)[80]이란 단지 정치적 명분에 그치는 것일 뿐 솔직히 그들은 청과 전쟁을 벌일 생각은 조금도 없었다. 양반의 기득권 상실을 초래할 망국(亡國)을 각오하면서까지 북벌의 모험을 감행할 필요도, 또 그럴 까닭

---

[78] 대의명분을 밝혀 세우는 큰 의리.
[79] 임진왜란 때 원병을 보내준 명의 은혜를 갚아야 한다는 의미.
[80] 명나라를 숭앙하고 청나라를 멸하겠다는 의미.

도 없었다. 만에 하나 효종이 실제로 군사를 일으키려 한다면 필시 이들은 어떠한 핑계를 대서라도 일제히 북벌을 반대하고 막아설 것이 자명한 이치였다.

그러므로 효종은 청과의 일전(一戰)에 앞서 조정에 그득한 서인들부터 먼저 눌러놔야 했다. 그러나 대부분 겉으로는 북벌에 따르는 태도를 취하고는 있어 마땅히 빌미를 잡기가 어려웠다. 게다가 그들은 오랜 세월 권력 곳곳에 깊은 뿌리를 내려 단숨에 진압하기도 쉽지 않은 데다 자칫하면 집단 반발도 각오해야 했다.

얼마 전 효종이 은연중에 북벌의 뜻을 내비치자마자 서인들이 반격을 가해왔다. 고굉지신(股肱之臣)[81]이던 병조판서 박서(朴遾)[82]가 서인들이 보낸 것으로 추정되는 자객들에 의해 죽임을 당한 것이다. 때문에 그즈음 효종은 심경이 몹시 어지럽고 뒤숭숭했다.

효종에게 박서의 죽음은 상당히 쓰라렸다. 반년 전 효종은 북벌을 감당할 군사력 육성을 위해 병조판서 자리에 무신을 중용하려 했으나 당시 조정의 세(勢)에 밀려 관철하지 못했다. 타협책으로 고른 것이 문신(文臣) 박서였다. 박서는 비록 문신이기는 했으나 수륙군환정사목(水陸軍煥定事目)이란 군정 개혁 5개조를 내놓는 등 군비 확장에 효종과 뜻을 같이했다.

제주도에 표착한 하멜 일행의 한양 압송도 박서의 생각이었다.

---

81 다리와 팔뚝에 비길 만한 신하로, 임금이 가장 신임하는 중신(重臣).
82 선조 35년에서 효종 4년 사이의 문신.

박서는 효종이 홍모이들의 대포 기술을 탐낸다는 것을 눈치채고 홍모이들을 훈련도감과 군기시에 불러들여 북벌을 위한 신무기 개발에 투입하고자 했다. 이토록 임금과 호흡이 잘 맞던 박서가 살해당했으니 효종의 마음이 쓰리고 아린 것은 당연했다. 비록 자객들의 정체를 밝히진 못했으나 박서의 암살은 군비 확장에 반대하는 서인들이 사주했음이 틀림없었다.

서인 세력의 막후에는 운고(雲皐) 송기문(宋基文)이 있었다. '조선은 송기문의 나라'라는 말이 회자될 정도로 사대부층에서 송기문의 권세는 가히 임금을 능가했다. 그는 휘하의 사대부들을 움직여 효종의 정책에 사사건건 시비를 걸었고 군왕을 제 꼭두각시처럼 움직이려 했다.

따라서 정황상 박서를 암살한 유력한 용의자는 송기문이었다. 하지만 심증은 있을지언정 서인의 태두(泰斗) 격인 송기문을 잡아다 추궁할 수는 없었다. 확실한 증거도 없이 건드렸다가는 자칫 사대부 전체가 뭉쳐 역위(易位)를 꾀할 공산이 컸다. 실제로 부친 인조가 그리해서 옥좌에 올랐고, 다섯 살 나던 해에 이 과정을 생생히 목도했던 이가 바로 효종이었다.

효종은 우선 박서 살해 사건의 흉수를 찾기에 앞서 그를 대신할 새로운 병조판서부터 구해야 했다. 당시 조정에 효종이 흉금을 털어놓을 정도로 신뢰하는 자는 그리 많지 않았다. 훈련대장 이완과 원당(原黨)[83]의 영수(領袖) 원두표(元斗杓)[84] 정도가 남아 있을 뿐이었다. 그래서 이완을 어영대장에, 원두표를 병조판서에 임명하고 군비 확장책을 재추진했다. 이들 두 사람은 기대했던 대로 효종에게 북벌의 꿈을 뒷받침하는 든든한 동지가 되어주었다.

박서를 제거하면 한풀 꺾이리라 예상했던 북벌 정책은 오히려 속도가 빨라졌다. 효종은 이완과 원두표를 양 날개 삼아 기존 정책을 더욱 거세게 밀어붙였다. 서인들은 분개했고 대책이 필요하다고 여긴 당파 중진(重鎭)들이 송기문의 사랑채에 은밀히 모여들었다.

"주상이 우리의 경고를 귓등으로 듣는 모양입니다."

격노한 송기문이 주먹을 부르르 떨며 피를 토하듯 내뱉었다. 오른편에 앉은 부수찬(副修撰)[85] 이선상(李宣相)이 맞장구를 치고 들었다.

"대체 누구 덕에 용상에 올랐는지 벌써 잊으셨나 보지요."

그 말에 송기문의 심사는 더욱 꼬여들었다. 저도 모르게 끙응 신음이 샜다. 실로 소현세자를 거세하고 봉림대군을 옥좌에 올리도록 한 자가 누구였던가. 그리하여 효종이 마침내 익선관(翼善冠)[86]을 쓸 수 있었던 게 다 누구 덕이란 말인가?

---

83 인조반정으로 정권을 잡은 서인에서 갈라져 나온 당파.
84 병조판서 박무가 갑자기 사망하자 그 후임으로서 효종의 북벌 정책을 지지하여 군비를 증강하는 데 앞장섰다.
85 홍문관에 속한 종6품 벼슬.
86 왕과 왕세자가 곤룡포를 입고 집무할 때 쓰던 관.

송기문은 서인들의 영수였지만 효종의 대군 시절 스승이기도 했다. 뿐만 아니라 봉림대군이 용상에 오르도록 막후에서 활약한 절대적 공신이었다. 때문에 효종 즉위 후 송기문 손에 권력이 집중된 것은 자연스러운 귀결이었다.

그런데 언젠가부터 효종이 송기문의 독주에 염증을 내는 듯했다. 대놓고 그러진 않았지만 불가근불가원(不可近不可遠)[87]으로 여기며 일정 거리를 두려는 주상의 움직임이 감지됐다. 그때부터 송기문의 촉각은 효종의 움직임에 예민하게 반응했고 나름대로 생존책 마련에 부심했다. 대개의 경우 주상의 국정에 동조하는 자세를 취했고 군왕의 후원자로서 자리매김하려 애썼다.

그러기에 북벌은 매우 좋은 소재였다. 더구나 북벌 논의는 성리학의 화이관(華夷觀) 차원에서도 아주 그럴듯했다. 때문에 송기문을 비롯한 서인들은 아무 거리낌 없이 북벌을 지지할 수 있었다. 하지만 북벌이 논의의 차원을 벗어나 실행에 옮겨진다면 이야기가 달랐다.

송기문에게 북벌은 구두선(口頭禪)[88]이면 족했다. 화이론에 따라 중화(中華)를 흠모하고 오랑캐를 배척하는 것은 옳았다. 그러나 대내용 명분뿐이어야 했다. 중원을 차지한 청은 감히 조선이 맞설 수 있는 나라가 아니었다. 명분을 지키는 적당한 선에서 청을 배척하고 무시하는 시늉만 하면 되는 일이었다. 다행히 청 조정도 조선의

---

[87] 가까이 하기도 어렵고 멀리 하기도 어려운 관계.
[88] 실행이 따르지 않는 실속이 없는 말.

국내 상황을 이해하고 못 본 체 넘어가주었으며 양국은 여태 큰 갈등과 충돌 없이 잘 지낼 수 있었다. 하지만 조선이 북벌을 수면 위로 드러내고 요동과 산해관(山海關)[89]을 향해 군사를 움직인다면 청의 태도가 돌변할 것은 불 보듯 뻔했다. 지난 양대 호란의 참화가 조선 땅에 반복될 것이었고 어리석은 멸망을 자초하는 일이었다.

망국은 송기문과 서인들의 이익에 반하는 것이었다. 사대부 지배층의 재산과 기득권을 위험에 몰아넣을 게 틀림없는 모험주의 정책은 반드시 막아야 했다.

송기문은 병조판서 박서를 걷어내는 것으로 충분히 경고를 했다고 여겼다. 그런데 효종은 눈 하나 깜짝하지 않고 도리어 훈련대장 이완과 승지 유혁연 등 남인 출신 오군영(伍軍營)[90] 대장들을 중용했으며, 그들이 대전에 드나드는 횟수 또한 확연히 늘고 있었다. 정녕 주상은 북벌 출병을 실행에 옮길 심산이란 말인가.

송기문은 시강원(侍講院)[91]에서 어린 주상을 가르쳤다. 때문에 주상에 대해서라면 모르는 게 없었다. 주상은 어린 시절부터 머리가 총명하고 영악했다. 야망 또한 컸다. 짧지 않은 세월을 숨죽이며 기다릴 줄 알았고, 때가 되자 형인 소현세자의 보위를 채갈 만큼 영명(英明)한 왕재(王才)였다. 그러나 주상은 송기문에 대해서만은 깍

---

89 중국 하북성에 위치한 군사적 관문.
90 오위(伍衛)를 고쳐 둔 다섯 군영인 훈련도감, 총융청, 수어청, 어영청, 금위영.
91 조선 시대에 왕세자의 교육을 담당한 관청.

듯했다. 그가 몇 차례 관복을 벗었을 때에도 매번 다시 불러들인 건 주상이었다. 그러나 이제는 안심할 수 없었다. 주상의 보령(寶齡)[92]이 불혹을 넘어섰으니 이제 감춰둔 야망을 드러낼 때도 된 것이다.

어쩌면 북벌을 외치는 저의는 북벌이 아닐 수도 있었다. 성동격서(聲東擊西)[93]는 아닐까. 앞에서는 큰소리로 북벌을 부르짖지만 진정 주상이 노리는 목표는 북벌이 아닐 수 있다는 이야기다. 혹여 북벌을 핑계 삼아 송기문을 추수(追隨)[94]하는 서인 신료들을 조정에서 낱낱이 솎아내고 왕권을 강화하려는 속셈은 아닐까. 그래서 조선을 오로지 주상만의 나라로 만들려는 것은 아닐까. 만일 그러하다면 이는 조선의 근간을 바꾸겠다는 선전포고와 다름없었다.

권력은 누구라도 나눌 수 있는 게 아니라지만 대대로 조선은 임금 한 사람이 혼자서 다스리는 나라가 아니었다. 건국 이래로 임금은 사대부와 권력을 기꺼이 공유했으며 손을 잡고 함께 조선을 통치해왔다. 이는 군왕과 사대부가 맺은 하늘이 알고 땅이 아는, 그 어느 때도 깨진 적이 없는 금과옥조였다. 한데 작금의 주상은 불변의 약조를 깨트리려 하고 있다. 일찍이 광해는 서인 사대부들을 능멸하고 군비 확장에 골몰한 탓에 신하들에게 버림받고 폐위됐다. 그 결과 선대왕 인조가 일개 서자(庶子)의 아들 능양군(綾陽君)이

---

92 임금의 나이를 높여 부르는 말.
93 상대편에게 그럴듯한 속임수를 써서 공격하는 것.
94 뒤쫓아 따름.

었다가 만인지상(萬人之上)의 옥좌에 오를 수 있었다. 한데 작금의 주상은 그 일을 벌써 까마득히 잊었단 말인가. 채 반백 년도 되지 않은 과거지사에서 아무런 교훈도 얻지 못했단 말인가.

주상의 속내가 그러하다면 북벌에 반대하는 것은 주상이 쳐놓은 덫에 걸려드는 셈이다. 그렇다고 북벌 추진을 수수방관하다가 만에 하나 진짜 실행에 옮기기라도 하는 날에는 나라 전체가 뒤집힐지도 모를 일이었다.

송기문의 눈치를 살피며 이선상이 간 보듯 속삭였다.

"전하께서 정녕 군사를 일으키신다면 그때는 어찌하시겠습니까?"

"그럴 리 없소. 그토록 미욱한 주상은 아닐 거외다."

그렇게 답을 하면서도 송기문은 여전히 굳은 표정을 펴지 못했다.

"전하의 뜻은 그렇지 않더라도 이완 등의 무리가 필시 요동으로 출병하라고 부추길 것입니다."

"신하된 자로서 우리가 막아야지요."

"그래도 막을 수 없다면요?"

이선상이 항변하듯 물었다. 이번엔 송기문의 입이 한동안 쉽사리 열리지 않았다.

"설마 운고께서 심중에 역위까지 두고 있는 것은 아니시겠지요?"

자세를 바로잡으며 던지는 질문이 침묵하는 송기문의 속을 슬쩍 떠보는 눈치다.

"임금을 바꾼다라…. 반정 후 채 반백 년도 되지 않았는데 어찌 또 신하가 임금을 바꾼다는 말씀이오?"

입 밖으로 낸 말은 그러했지만 속마음은 달랐다. 박서를 잘라냈는데도 주상이 가던 길을 계속 고집한다면 송기문으로서는 큰 결단을 내릴 수밖에 없었다. 아무튼 아직은 속마음을 내보일 때도, 역위를 공론화할 때도 아니었다.

그날 비회(秘會)에서는 갖가지 우려와 비난만 난무했을 뿐 이렇다 할 결론은 나지 않았다. 송기문은 당분간 주상의 동태를 지켜보자며 흥분한 서인 중진들을 달래 보낸 후 수하 장백민(張伯珉)을 조용히 안으로 불러들였다.

"마무리는 확실하게 한 게지?"

"어른께 불똥 튈 일은 없을 겁니다. 워낙 입이 무겁고 솜씨 또한 빼어난 자라…. 대금(貸金)도 넉넉히 쥐여서 보냈습니다."

"놈의 성명이 뭐라 했더냐?"

"갓 없는 놈이 성이랄 게 있겠습니까. 흑도란 상놈입죠."

"흑도?"

"네, 천한 놈이긴 해도 칼 쓰는 것만큼은 가히 조선 제일검이라 불릴 만한 녀석입니다."

송기문도 박서 건이라면 이미 말끔히 처리된 바를 모르지 않던 터였다. 그럼에도 수하 장백민을 부른 건 사헌부에서 박서의 시신을 초검(初檢)하다가 불거진 흉흉한 소문 탓이었다. 시신이 피 한 방울 남지 않은 기묘한 형체였다고 검시관은 기록했고, 때문에 형조와 포도청이 공동으로 파시를 무릅쓰고까지 재부검을 감행하려 했다. 그러나 밀양 박씨 문중의 반대로 재부검은 무산되고 시신은 선산에 매장하는 것으로 사건은 매듭지어졌는데, 그 일이 입에 입을 타고 흘러 장안에 괴담으로 나돌았던 것이다. 물론 애초에 박서 살해를 도모한 것은 송기문이었지만 시신의 모습이 몹시 괴이쩍다는 이야기는 금시초문이었다. 그래서 장백민을 불러 흉문을 직접 소상히 듣고 싶었던 것이다.

"내 그놈을 한번 만나보고 싶구나."

"배운 것 없는 몹시 험한 놈입니다요. 어른께서 면대할 만한 놈이 못 되지요."

"그런가? 하기야."

송기문은 이내 경솔했던 호기심을 접었다. 현 시점에 그가 온 신경을 쏟아 집중해야 할 곳은 흑도의 괴이한 솜씨도, 놈이 살해한 박서의 시신도 아니었다. 향후 주상과의 대결을 어찌 끌고 가야 할 것인지 적절한 정치적 구상을 짜는 게 중요했다. 주상을 상대로 한 도박은 천려일실(千慮一失)[95]조차 멸문지화(滅門之禍)를 불러올 수 있는 위험한 대결임이 분명했다.

---

[95] 천 번 생각에 한 번 실수라는 뜻으로, 슬기로운 사람이라도 여러 가지 생각 가운데에는 잘못되는 것이 있을 수 있다는 뜻.

송기문은 장백민을 물린 뒤 마당으로 나섰다. 보름달이 떠 있었다. 바람이 스산했건만 그는 뒷짐을 진 채 한참 밤하늘을 올려다보았다.

'주상이 낮을 비추는 해라면 이 몸은 밤을 비추는 달이 되겠소이다.'

"대체 저를 어찌하시려는 겝니까?"

아리는 지리산 산채에서 흑도에게 납치된 뒤 이곳 계룡산까지 끌려왔다. 그리고 인적이 끊긴 산골의 외딴 오두막 안에 갇혔다.

"혹 도망친 관비를 잡아들이는 추노꾼입니까? 그렇다면 곧바로 관아로 데려갈 일이지 어찌 이런 곳에 잡아두는 것입니까?"

날카롭게 따져 묻는 아리를 흑도는 묵묵히 지켜보았다. 그러더니 문득 그녀 손가락에 끼워진 반지에 시선이 멈췄다. 이내 얼굴이 돌처럼 굳어진 그가 차가운 목소리로 물었다.

"네년은 역적 이형익의 피붙이가 맞느냐?"

"어찌 제 아비를 아시는 겝니까?"

"그 가락지는 내 누님께서 지니던 것이다. 한데 그런 귀한 물건이 어찌 너 같은 천한 계집 손에 있단 말이냐?"

아리는 어안이 벙벙했다. 대체 이자가 어떻게 생부의 성명을 알고 있으며, 또 반지를 얻게 된 내력까지 캐묻는 건지 아무리 생각해도 도무지 감이 잡히지 않았다. 아무튼 출금을 어기고 제주섬을 도망친 죄로 잡혀온 게 아닌 건 틀림없어 보였다.

그런데 어느새 아리를 다그치는 흑도의 말투가 사뭇 변해가는 것이 느껴졌다. 그가 사용하는 어휘, 어투가 계룡산까지 끌고 오는 동안 들었던, 저잣거리의 불량한 주먹꾼이나 칼잡이들이 으르대듯 내뱉는 천박한 그것과는 많이 달라져 있었다.

흑도는 별호일 뿐 이름이 아니었다. 게다가 장백민의 말처럼 출신 내력이 천한 자 또한 아니었다. 그의 본명은 강무웅(姜武雄)이었고 금천 강문(姜門)의 소생으로 인조 때 우의정을 지낸 강석기(姜碩期)의 서자였다. 그렇다면 소현세자 빈인 강빈의 가제가 되는 셈이니, 즉 세자빈과는 배다른 남매간이었다.

비록 어미는 달랐으나 어린 시절부터 오누이 사이는 각별했다. 인조 5년에 누이가 세자빈으로 간택되어 가례를 올리고 궐로 들어가자 강씨 문중은 물론 장차 강무웅의 앞길도 훤히 열리는 듯했다. 그러나 심양에 볼모로 끌려갔던 누이 내외가 귀국하면서 상황이 급반전되었다. 매형인 소현세자가 급서하고 누이 강빈마저 누명을 쓰고 사사된 것이다. 강빈은 인조의 총비 소용 조씨를 저주하는 무고 사건을 일으키고 심지어 인조의 수라에 독을 넣었다는 악랄한 누명을 썼다. 이른바 '강빈의 옥(獄)'이었다.

이 사건으로 금천 강문(姜門)은 풍비박산되었다. 이미 고인이 된 부친 강석기의 무덤은 파헤쳐져 관작(官爵)[96]을 추탈[97]당했고 큰어머니와 생모는 육시(戮屍)를 당했다. 다행히 나이가 어렸던 강무웅은 멸문지화의 틈바구니에서 집안 권솔[98]의 상것 아이들 틈에 섞여 구사일생으로 몸을 뺄 수 있었다.

그날 이후 강문에 살아남은 유일한 혈손은 강무웅뿐이었다. 강무웅은 청지기와 유모의 손에 키워졌으며 목숨을 부지하기 위해 양반의 성명을 버리고 '꺼먹이'라는 상놈 이름을 새로 얻었다. 불우한 처지에도 적몰[99]당한 집안과 억울하게 죽은 누이를 어느 한시도 잊은 적 없었다. 그의 삶에 있어 유일한 목표는 복수였다. 스스로의 힘을 길러 언젠가 누이를 모함한 간악한 무리를 징벌하고 자형(姉兄)의 옥좌를 가로챈 후안무치(厚顔無恥)한 봉림을 도륙하리라.

어릴 적부터 흑도는 우두머리 기질을 보였다. 늘 골목대장을 도맡았고 열 살을 넘어설 무렵부터는 또래들 대장 노릇을 때려치우고 저보다 나이가 훨씬 많은 저잣거리 무뢰배들과 어울리기 시작했다. 성정은 자연히 거칠고 대담해져갔다.

처음 몸을 담은 패는 향도계(香徒契)였다. 향도계란 본래 장례식 부조를 목적으로 모인 친목 집단을 의미했지만 흑도의 패거리는 명목만 빌렸을 뿐 실상은 상(喪)을 당한 백성을 상대로 행패를 일삼는

---

96 관직과 작위를 아울러 이르는 말.

97 죽은 사람의 죄를 따져 살았을 때의 벼슬 이름이 깎여 없어짐.

98 한집에 거느리고 사는 식구.

99 중죄인의 재산을 몰수하고 가족까지도 처벌하던 일.

무뢰배 무리나 다름없었다. 그곳에서 흑도는 상여꾼 노릇을 하며 일부러 소란을 피워 상주로부터 약조한 금액보다 더 많은 금전을 뜯어내는 역할을 맡았는데 점차 소란의 정도가 심해지면서 내키는 대로 주먹을 휘둘러댔고 심지어 날붙이[100]로 인명을 해치는 짓조차 거리낌 없이 하고 다녔다. 그의 행동에는 아무런 거침이 없었다. 흑도의 악명은 날로 높아갔으며 언젠가부터 저자에서 웬만큼 잔뼈가 굵은 왈짜들조차 흑도란 이름에는 고개를 절레절레 흔들며 피해 다닐 정도였다.

열다섯 되던 해부터 흑도는 허리에 검을 숨기고 다녔고 검계에도 이름을 올렸다. 그의 재능은 그저 그런 저자의 왈짜로 끝날 차원을 넘어서는 것이었다. 타고난 무재였다. 천부의 재능 덕분에 한낱 저자의 싸움에서도 절로 무(武)를 익혔다. 저자에서 벌어지는 흔한 드잡이 수준의 하찮은 잡기(雜技)도 일단 몸에 익히면 곧 십팔반(十八般) 정통 무예에 버금가는 솜씨로 거듭났다. 집안이 몰락하지만 않았던들 무과에 장원 급제를 하고도 남을 재목이었다. 그러나 주어진 운명은 흑도를 엉뚱한 길로 몰아갔다. 그는 조선을 지키는 무관이 아니라 군왕의 목을 노리는 흉수로 성장해갔다. 누이 강빈을 죽인 원흉은 인조였다. 인조는 이미 죽어 세상에 없으니 서인을 등에 업고 자형의 보위를 훔친 효종에게 그 죄를 묻는 것이 마땅하다 여겼다.

그러나 제아무리 출중한 실력을 갖췄다 한들 군왕에게 복수하는

---

100 칼, 낫, 도끼 따위와 같이 날이 있는 연장.

것은 불가능했다. 하늘을 나는 매가 아니고서야 범궐(犯闕)은 어불성설이었다. 궐내는 팔도에서 선발한 내금위 무관들로 그득해 경비가 삼엄했고, 그들은 하나하나가 날고 긴다는 실력자들 가운데서 엄격히 가려낸 고수들이었다. 설사 한둘이야 해치울 수 있다 하더라도 중과부적(衆寡不敵)[101]이고, 더군다나 임금 곁까지 바짝 다가가 목숨을 노린다는 것은 자살행위나 마찬가지였다. 그뿐인가. 효종은 무를 숭상하는 임금이었다. 효종은 언제나 절륜(絶倫)[102]한 무인들을 주변에 거느리고 다녔다.

세월이 흐를수록 누이의 복수는 점점 더 난망해 보였다. 복수의 칼을 갈고 무예를 단련하는 노력은 하루도 멈춘 날이 없었지만 점차 나이를 먹고 현실에 차츰 눈을 뜨자 혼자만의 생각과 의지로 도모할 일은 아니란 깨달음이 산처럼 다가왔다. 가슴이 옥죄듯 답답했다. 혈혈단신으로 일국의 군왕에게 달려들겠다는 것은 당랑거철(螳螂拒轍), 제 힘은 생각지 않고 거대한 수레바퀴에 맞서는 어리석은 사마귀 꼴과 하등 다를 바 없었다. 그러나 포기할 수 없었다. 실상 흑도의 인생은 누이의 복수를 빼고서는 아무 의미가 없었기에 어떻게든 방법을 찾아야 했다. 조선 제일검, 아니 천하 제일검이 되어 일당백, 일당천의 실력을 지녀야 했다. 하늘이 가엾게 봤을까. 절치부심하던 그에게 기연이 찾아들었다.

---

[101] 적은 수효로 많은 수효를 대적하지 못함.
[102] 아주 두드러지게 뛰어남.

마침 저잣거리의 완력 싸움 따위에는 흥미를 잃던 차였다. 겨룰 만한 마땅한 적수도 없었다. 주먹뿐 아니라 칼 또한 제법 잘 썼고 이미 팔도에서 손가락에 들 정도의 솜씨였으니 더 큰 판을 찾아볼 만 했다. 게다가 주먹질보다 칼 쓰는 일이 더 적성에 맞았고 벌이도 훨씬 좋았다. 나와서 아예 자신만의 검계를 꾸렸고, 장차 복수와 대업에 필요한 자금 마련을 위해 닥치는 대로 일을 맡았다.

그러나 꼬리가 길면 반드시 말썽이 드러나기 마련, 도성 한복판에서 주먹도 아닌 시퍼런 칼을 시시때때로 휘둘러대는 흑도 패거리를 관아에서 그냥 두고 볼 리 없었다. 흑도는 한성부와 포도청의 수배를 받았고 더는 도성 내에 머물기가 어렵게 됐다. 일단 무리를 이끌고 재빨리 한수(漢水)[103] 이북으로 달아났다. 그런데 동선을 미리 눈치챈 포청이 교외도장군사(郊外都掌軍士)[104]의 추포를 붙이는 바람에 행선지를 급히 남쪽으로 틀어야 했다. 이후 바람난 화냥년처럼 충청, 경상, 전라를 정처 없이 떠돌았다.

바람 따라 방황하던 흑도의 발걸음을 붙잡은 곳은 전라도 곡성의 섬진강 포구였다. 그곳에서 양귀 이고르에 관해 떠돌던 소문을 듣게 되었기 때문이었다. 그때까지만 해도 흑도는 고지인에 대한 정확한 정보가 없었다. 단지 곡성 주위에 자주 출몰하는 양귀 놈이 여태 어느 누구도 당해낸 적 없는 엄청나게 강한 상대라는 술꾼들의

---

103 한강.
104 교외의 순라(巡邏)를 맡은 군사.

허풍 섞인 전언뿐이었다. 갑자기 호기심과 함께 호승심이 불끈 발동했다. 놈을 만나 스스로의 실력을 가늠하고 싶었다.

흑도는 이고르의 출몰이 잦다는 근방을 얼쩡대며 놈의 기습을 기다렸다. 그러기를 수일째, 과연 놈은 흑도의 목덜미를 노리고 달려들었다. 그런데 너무도 볼품없이 작고 한없이 늙어빠진 의외의 모습이라 흑도는 보자마자 입에서 헛웃음이 샜다. 하지만 몇 합을 상대하고 나서는 생각을 달리해야 했다. 과시 소문대로 괴력을 지닌 놈임이 틀림없었다.

그러나 흑도는 쉽게 호락호락 당하지 않았다. 도리어 수차례 이고르를 칼로 찌르고 베어내며 거칠게 밀어붙였다. 그런데 이상했다. 아무리 베고 또 베어도 이고르의 몸에서 피 한 방울 떨궈낼 수 없었다. 설마 싶어 몇 번을 찌르고 벤 뒤 재차 확인해보아도 마찬가지였다. 놈의 살갗은 갈라졌다가도 금세 아물었고 칼 구멍이 났다가도 이내 살이 채워졌다. 뻔히 눈으로 보면서도 차마 믿기 어려운, 참으로 괴이한 광경이었다.

내심 놀라기는 이고르도 매일반이었다. 싸우는 상대는 고지인의 영기가 일절 느껴지지 않는 범인일 따름이었다. 그럼에도 불구하고 십 수 합 넘도록 생채기 하나 낼 수가 없었다. 그야말로 처음 만나보는 막강한 적수였고 또 인간이었다.

이윽고 둘은 쉽게 끝날 싸움이 아님을 깨닫기 시작했다. 일단 싸움을 멈춘 뒤 숨을 고르며 얼마간 대치했다. 팽팽한 긴장 속에 흑도가 겨누던 칼끝을 내리며 물었다.

"네 이놈, 대체 무슨 사술(邪術)을 쓰는 것이냐!"

"사술이라니?"

"사술이 아니라면 어찌 칼이 지난 자리에 혈흔 하나 남지 않는단 말이냐?"

"끌끌, 멍청한 놈 같으니…. 사술이 아니다."

"사술이 아니라면 대체 무엇이냐?"

"정녕 듣고 싶으냐? 그렇다면 비결을 알려줄 수도 있는데 말이야."

이고르는 목전의 상대가 제법 맘에 들었던 모양이었다. 그래서 인지 의외로 모든 비밀을 술술 털어놓기 시작했다. 놈의 입에서 나온 이야기들은 한결같이 경악을 금치 못할 내용이었다. 특히 흑도의 관심을 가장 잡아끈 것은 고지인이 지닌 특유의 신체적 장점이었다. 고지인은 목만 떨어지지 않는다면 불상불사의 천하무적과 같은 존재라는 것이다.

듣는 순간 흑도의 뇌리에는 집안이 몰락하던 지난 순간들이 섬광처럼 지나갔다. 그리고 소스라치듯 전율했다.

'이것은 운명이다.'

고지인이 되는 것은 영영 멀어진 것만 같던 필생의 복수를 실현할 매력적인 방도였다. 물론 목덜미를 물린 뒤 고지인이 되는 과정에서 목숨을 잃을 가능성은 8, 9할에 이를 정도로 상당했다. 하지만 흑도는 확신했다. 자신은 이고르에게 물리더라도 결코 죽지 않을 것이다. 어차피 복수를 포기한다면 살아도 의미 없는 삶일 뿐이다. 만일 운이 좋아 죽음을 면하고 이고르와 같은 고지인이 될 수만 있다면 그보다 더 좋은 결과는 없을 것이다.

눈앞의 이고르란 놈, 외모만 봐서는 언제 숨을 거둬도 이상하지 않을 왜소한 늙은이였다. 이따위 보잘것없는 놈조차 흑도에 필적하는 괴력을 발휘하고 있지 않은가. 하물며 천부의 무재인 흑도가 고지인이 된다면 그야말로 일기당천(一騎當千)[105], 만부부당(萬夫不當)[106]의 무력을 갖추게 될 게 자명했다. 그렇게만 된다면 궁궐을 수비하는 금군(禁軍)의 방어진은 싸리 담보다 깨부수기 쉬울 것이며 효종 주위를 빽빽이 둘러싼 내금위, 겸사복 따위는 허수아비와 다름없을 것이다. 궐 안에 웅크린 효종의 수급을 취하는 일 따위는 식은 죽 먹기보다 쉬울 터, 고지인이 될 수만 있다면 목숨 따위는 수십 번도 더 도박판에 걸 만했다.

흑도는 조금도 갈등하지 않았다. 결심이 서자 흑도는 칼을 내던지고 스스로 이고르에게 목덜미를 내놓았다.

"물어라. 여기서 죽는다면 그것도 하늘의 뜻! 아니라면 하늘은 나를 택한 것이리라. 내 부모와 누이의 원혼을 달랠 수 있다면 양귀보다 더한 것도 기꺼이 되리라."

강해지기 위한 목숨을 건 도박! 운은 흑도의 편에 섰다. 심한 열

---

[105] 한 사람의 기병이 천 사람을 당한다는 뜻으로, 싸우는 능력이 아주 뛰어남.
[106] 수많은 장부로도 능히 당할 수 없음.

병을 앓고 난 뒤 흑도는 원하던 대로 고지인이 되었다.

그날 이후 흑도는 내내 빠져 있던 절망에서 홀쩍 벗어났다. 이제 남은 것은 최강의 고지인이 되기 위해 앞만 보고 달리는 일이었다. 닥치는 대로 무고한 백성들의 피를 취했고, 피를 빨아댈수록 내공이 쌓여갔다. 막아서는 자가 있으면 도리어 반가웠다. 흑도의 검 앞에 겁 없이 나섰던 자들은 예외 없이 목숨을 잃었다.

인간의 몸으로서 흑도와 맞설 상대는 없었다. 그러던 중 우연히 자신처럼 이고르에게 물려 고지인이 되어버린 어떤 이와 칼을 겨룰 일이 생겼다. 동류(同類)와의 싸움에서 흑도는 이겼고 상대의 수급을 취했다. 과연 이고르의 말대로 되었다. 상대의 시신에서 뿜어져 나온 영기는 이제까지 흑도가 취하던 인간의 적혈과는 차원이 달랐다. 깊숙이 빨아들이자 십 수 배의 내공과 내력이 부쩍 불어나는 게 체내에 느껴졌다. 다른 고지인의 목을 자르고 영기를 빼앗을수록 더욱 고강한 존재가 된다는 이고르의 장담이 사실로 확인되는 순간이었다. 이후 흑도의 피식(被食) 목표는 인간에서 고지인으로 방향을 선회했다.

"양귀 네놈 목까지 거두면 나는 더욱 강해질 것 아닌가?"

이고르는 흑도가 열병을 앓는 내내 그를 보살피기도 했으며 이후로도 한동안 고지인에 관한 이러저러한 지식까지 전수해주는 등 의외의 호의를 보여주었다. 그런데 흑도가 그런 이고르에게 느닷없이 검을 겨누며 음흉한 미소를 지어 보이는 것이었다. 이때쯤 이미 이고르는 흑도의 상대가 되지 못했다. 때문에 흑도의 돌변에 이고르는 혼비백산 도망쳐야만 했다.

이고르는 결코 선하다고 할 수 없는 악인이었다. 그러나 흑도의 악성(惡性)은 그 이상이었던 모양이다. 이고르는 설마 흑도가 자신의 목과 영기마저 노릴 줄은 상상도 하지 못했다. 염일규의 뒤를 쫓으며 영기를 노렸던 것도 바로 이 때문이었다. 흑도의 사냥으로부터 살아남으려면 서둘러 녀석보다 강한 힘을 갖춰야 했던 것이다. 약한 놈은 강한 자에게 잡아먹히고 마는 약육강식의 세계, 그것이 고지인들의 생태계였다.

물론 흑도도 염일규의 존재를 알고 있었다. 이고르가 이야기를 흘린 탓이었다. 그러나 염일규를 먼저 찾아낸 건 이고르였다. 하지만 이고르는 예상치 못한 사나다의 등장에 목이 잘리고 말았다.

공교롭게도 같은 시각 흑도는 수하를 이끌고 염일규가 머물던 곡성 군영을 습격했다. 그러나 사냥감은 그곳에 없었고, 헛걸음한 흑도는 군영을 쑥대밭으로 만들어 분을 삭인 뒤 물러났다. 그리고 이후 군영에서 사라져버린 염일규 뒤를 계속해서 추적했다. 그런 흑도가 갑자기 사대부 시늉을 하며 아리에게 반지의 사연을 캐묻는 것은 무슨 까닭일까.

"이 반지는 돌아가신 제 아버님이 물려주신 유품입니다."

흑도의 살기등등한 눈빛에 아리가 자못 떨리는 목소리로 답했다.

"유품? 네 아비 이형익이 남겼단 말이냐? 감히 거짓을 고하다니

패씸한지고!"

흑도의 눈에서 불길이 화르르 치솟았다. 순간 아리는 죽는구나 싶어 눈을 질끈 감았다. 그러나 흑도의 검은 칼집에서 움직이지 않았다. 대신 그는 제 누이의 반지가 어찌하여 지금 목전에 있는 애 밴 계집년 손가락 위로 옮겨가게 되었는지 알고 싶어했다.

"믿든 못 믿든 이년이 상관할 바는 아닌 듯합니다만 정히 듣고 싶으시다면 아는 대로 일러드리겠습니다."

애써 차분함을 가장하며 아리가 응수했다. 여전히 흥분을 감추지 못하는 흑도에게 부친으로부터 전해 들은 이야기를 조근조근 들려 주었다.

결론부터 이르면 반지의 본래 주인은 강빈임이 틀림없었다. 하지만 부친 이형익이 남긴 유품이란 아리의 말 역시 거짓은 아니었다.

아리의 이야기는 소현세자가 갑작스레 병을 얻어 시름시름 앓던 때로 한참을 거슬러 올라갔다. 그때 강빈은 남편의 병세에 무척 심려가 깊었다. 그래서 어의 이형익에게 완치를 신신당부하며 아끼던 금반지를 하사했는데 이형익은 딸 아리에게 그 반지를 물려주었고 이때까지 아비의 유품으로 아리의 손에 남아 있게 된 것이었다.

흑도에게 사연을 들려주는 동안 아리는 머릿속이 혼란스럽고 복잡했다. 대체 지금 마주하고 있는 이자의 정체는 실로 뭐란 말인가. 강빈을 친누이라고 거듭 일컫는 것을 보면, 또 듣는 내내 강빈이 등장하는 대목마다 눈가에 물기까지 괴는 모습을 봐서는 필시 심상치 않은 내력의 소유자임은 짐작할 수 있었다. 그러나 이제껏 무뢰배 짓거리를 서슴없이 하던 행실을 돌이켜보아서는 이자가 강빈과 친오누이 사이라고는 도저히 상상조차 할 수 없었다.

이윽고 아리의 진술이 모두 끝나자 흑도가 통탄에 가까운 신음을 뱉고는 책망하듯 말했다.

"무능한 네 아비로 인해 마땅히 옥좌에 올랐어야 할 자형께서 돌아가셨고 나는 친누이마저 잃었다."

"이년은 제주목의 관비일 따름입니다. 국법을 범하고 섬을 벗어난 죄는 달게 받겠으나 아버님의 허물까지 따져 묻는다면 정녕 억울합니다."

"제주목의 관비?"

전혀 의외의 대답이었는지 흑도가 눈을 무섭게 부라리며 되물었다. 그러고는 결코 믿지 못하겠다는 표정으로 아리를 잡아먹을 듯 노려보았다.

"네 이년! 네가 지금 누굴 속이려 드느냐?"

차분한 태도는 온데간데없이 사라지고 다시 흉포한 야수가 나타나 날카로운 이빨을 드러내며 으르렁댔다. 흑도의 돌변에 아리는 덜컥 겁이 났다. 흑도는 아리가 거짓으로 위기를 모면하려 든다고 확신하는 것 같았다. 그럴수록 아리는 눈을 크게 뜨고 상대를 똑바로 쳐다보려 노력했다. 흑도와 눈이 마주쳐도 피하지 않았다. 스스로의 대답이 한 점 거짓 없는 사실임을 확인해주듯이 아래위로 고개를 크게 끄덕였다.

잠시 짧은 시간이 흘렀다. 흑도는 흥분이 한풀 꺾이며 점차 사그라지는 듯했다. 그러고는 방금 전의 질문을 혼잣말처럼 되뇌었다.

"제주목 관비라…."

흥분은 가라앉았으나 의아함은 여전했다. 아리의 아비인 어의 이형익은 봉림이 보위를 도적질하는 데 가장 큰 공을 세운 자로 볼 수도 있다. 그런데 그자의 여식이 제주섬 관아의 일개 관비 신세에 처하도록 봉림이 여태 수수방관했다니 쉽게 납득이 가지 않았다.

솔직히 흑도는 아리가 이형익의 여식임을 확인했던 아까만 해도 너무도 잘된 일이라고 생각했다. 하늘이 무심치 않아 원수의 자식을 이렇게 만나게 해주었다고 믿었다. 억울하게 세상을 떠난 누이의 원한을 조금은 풀어줄 길이 열렸다 싶었다. 이 계집을 누이의 묘 앞에 끌고 가 그 자리에 피를 쏟도록 할 작정이었다. 그런데 관비라니! 발칙한 계집이 제 목숨 건지고자 허튼수작을 부린다고 생각했다.

"감히 뉘 앞이라고 네년이 잔꾀를 내려 드느냐?"

"잔꾀가 아닙니다."

"도저히 믿을 수 없다. 네년이 어찌 관비란 게야?"

냉정한 어조로 흑도가 재차 물었다.

"정히 못 믿으시겠다면 제주목에 확인을…"

대답을 채 맺기도 전에 흑도의 칼이 검집에서 뽑혔고 전광석화처럼 아리의 저고리 앞섶을 빠르게 갈랐다.

"아악!"

짧은 비명과 함께 검에 베인 앞섶이 좌우로 갈라져 탐스러운 젖무덤이 하얗게 모습을 드러냈다. 더불어 왼편 가슴과 쇄골 사이로 선명한 흉터가 나타났다. 비(婢). 관비임을 증명하는 글자로, 불에 달군 인두로 지져 찍은 낙인이었다. 불의에 가슴을 드러낸 아리가 수치심에 얼른 두 손으로 가슴을 모아 가렸다.

'토사구팽(兎死狗烹).'

돌연 흑도의 뇌리를 스치고 지나간 이형익의 최후였다. 중국 월(越)나라 재상 범려(范蠡)의 말에서 유래한 고사성어로 토끼 사냥이 끝나면 쓸모가 없어진 사냥개는 결국 잡아먹히고 만다는 의미다. 냉혈한 인조는 소현세자를 제거하기 위해 사냥개로 사용했던 이형익을 강빈과 엮어 함께 내버린 게 분명했다. 권력욕 앞에 친자식과 손자까지 무참히 살해했던 인조였으니 능히 그러고도 남았다. 그런데 정작 묘호(廟號)[107]는 어질다는 뜻을 담아 인조라 붙여졌다니. 흑도는 혀를 끌끌 찼다.

"어리석은 놈들."

가슴 한구석이 문득 텅 비며 허탈해졌다. 결과만 놓고 보자면 흑도의 누이 강빈이나 아리의 아비 이형익이나 모두 인조에 의해 배신당하고 버림받은 피해자였다. 그렇게 보면 오지에 관비로 내던져

---

107 임금이 죽은 뒤에 생전의 공덕을 기려 붙인 이름.

져 험한 삶을 감내해야 했던 아리의 처지가 얼마간 안쓰럽게 여겨
지기도 했다. 동병상련이라는 생각까지 일었다.

하지만 어찌 되었든 눈앞의 계집은 누이의 지아비, 소현세자 저
하를 독살한 흉수의 여식이었고, 죽여 마땅할 원수의 혈육이었다.
이는 도저히 바꿀 수 없는 현실이었다. 혹도는 잠시 흔들리던 마음
을 굳게 다잡았다.

"당분간 살려는 두겠다. 하지만 큰 기대는 말아라, 당분간일 뿐
이니까. 네년의 처분은 염일규가 찾아올 때까지 미룰 것이다."

사흘이 넘도록 염일규는 산채 부근 들판에 혼절해 있었다. 꼼짝
못하는 동안 무방비 상태로 산짐승들 눈에 띄지 않은 것이 천만다
행이었다. 대신 그를 발견한 것은 훈련도감의 군사들이었다.

훈련도감 군사들은 청의 감시를 피해 삼남 지방까지 내려와 몰
래 진법(陣法) 훈련을 하던 중이었다. 그러나 훈련도 실은 눈가림이
었다. 진짜 목적은 염초[108]와 유황을 확보하려는 데 있었다. 청은
효종 즉위 이후 조선의 군사력 증강 움직임을 예의 주시해왔고, 각
궁(角弓)에 쓰이는 무소 뿔과 화약의 원료가 되는 유황과 염초 거래
를 철저히 단속하고 있었다. 때문에 유황과 염초를 구하기 위해서
는 삼남을 드나들던 왜상(倭商)들과 밀거래를 하는 수밖에 없었다.

우연히 염일규를 발견한 훈련도감 군사들은 목전의 기이한 광

---

108 물감으로 쓰는 풀.

경에 놀라 눈을 휘둥그레 떴다. 깊은 잠에 빠진 듯 얌전히 누워 있는 한 사내와 칼에 목이 꿰뚫린 채 흉하게 널브러진 노인네의 시신. 죽은 지 사나흘이 넘어 보이는데도 부패한 흔적이 전혀 보이지 않았으며 파리나 구더기가 들끓음 직했으나 한 마리도 찾아볼 수 없었다. 필시 범상치 않은 풍경이었다.

염일규의 신원은 이내 드러났다. 군영을 무단이탈한 탈영 군관으로 엄한 수배를 받고 있음이 밝혀지자 군사들은 혼절한 염일규를 어영대장 이완 앞으로 끌어다 대령했다.

"수개월 전 홍모이들의 한양 압송 명을 어기고 군영을 탈주한 자입니다."

"성명은?"

"염일규라고 종사관 벼슬에 있던 군관입니다."

어영대장 이완은 아직 의식이 없는 염일규를 물끄러미 바라보았다.

'어찌하여 혼절한 것일까?'

막 궁금증이 일던 찰나, 현장에 동행했던 부관이 이완의 호기심을 더욱 부채질했다.

"맞서 싸우다 숨진 것으로 보이는 시신이 옆에 있었습니다. 꽤 나이 든 늙은이 같은데…. 칼이 왜인의 것이었습니다."

"하면 죽은 이가 왜인이었단 말이냐?"

"예, 더 괴이한 것은 살펴보면 볼수록 그 왜인이 제 손으로 자기 목을 찌른 듯하다는 겁니다."

상황이 쉽사리 짐작 가지 않았다. 염일규가 왜인과의 결투에서 상대를 베고 혼절했단 말인가, 아니면 왜인이 염일규를 앞에 두고 스스로 자진(自盡)을 택했다는 것인가. 상황이야 어찌 됐든 이리 잡혀왔으니 군법에 따라 탈영에 대한 형은 면하기 어려울 터였다.

"탈영한 자를 어찌 처분하는지 말해보아라."

"일개 군졸이라면 전시가 아니므로 참형은 피할 것이나 이자는 종사관으로서 제주목 관비를 사사로이 취해 도망했습니다. 따라서 참수로도 죄를 덮지 못할 듯싶습니다."

이완의 하문에 부관 중 한 명이 직답했고, 여타 부관들도 모두 고개를 끄덕였다.

"알았다. 의식이 들거든 다시 데려오도록 하라."

부관들이 염일규를 끌고 물러간 뒤 이완은 안타까움을 금치 못했다. 짐짓 모른 척하며 성명까지 물었으나 실은 오래전부터 염일규를 잘 알고 지내던 이완이었다. 이 같은 처지로 염일규와 만나다니 무척이나 답답하고 가슴 아팠다.

혼절한 채 끌려 나간 염일규는 이완과 긴 세월 막역지교(莫逆之交)를 쌓던 오랜 벗 염일주의 나이 어린 아우였다. 이완과 염일주, 두 사람은 어린 시절부터 함께 학문을 닦고 무예를 연마했으며 무과 급제 또한 같은 해에 할 만큼 둘도 없이 돈독했다. 그러다보니 자연스레 벗의 어린 아우 염일규가 크는 모습도 지켜볼 기회가 자주 있었다. 그런데 그 벗의 아우가 군법에 따라 참형을 면하기 어렵게 된 것이다.

'참수형이라⋯.'

되뇔수록 한숨만 나왔다. 사연이야 어찌 됐든 참형만은 피하게 하고 싶었다. 하지만 이완에게 주어진 재량으로는 도무지 살려낼 방도가 없었다. 탈영에 더해 나라의 재산인 관비까지 훔쳤으니 사안이 중해진 터였다.

염일규는 하루하고도 반나절이 더 지나고서야 의식이 돌아왔다. 그는 정신이 들자마자 자신이 훈련도감 병영 내에 있다는 사실에 기함할 듯 놀랐다. 게다가 훈련대장이 형과 절친하던 벗 이완이란 말을 듣고는 다시 한 번 놀랐다. 해후의 반가움보다는 난감함과 민망함이 앞섰다. 탈영을 범한 죄인의 처지라 차마 고개를 들 수 없었다.

옥 안에 갇혀 있는 동안 모든 상황을 머릿속에 차근차근 정리해보았다. 사실 몸만 추스르고 나면 탈출은 그리 어려울 것이 없었다. 병졸들이 아무리 훈련도감의 최정예라고 하지만 염일규는 불상불사의 고지인이었다. 더불어 사나다의 영기까지 더한 몸이라 그의 무공은 이전과 비교할 수 없이 고강할 게 분명했다. 훈련도감 군사들이 모두 나선다 하더라도 상대가 될 리 없었다.

그러나 탈옥을 하자면 무고한 병사들을 해할 수밖에 없었다. 또한 이완을 엉뚱한 곤경에 빠트릴 수도 있었다. 쉽게 처신을 결정하기 어려운 대목이었다.

'하나 아내의 생사와 행방도 모르면서 이대로 옥 안에만 있을 수도 없는 노릇이다. 이대로 가만히 있다가는 군법에 의해 목이 베일 처지가 아닌가.'

진퇴양난의 곤란한 상황이었다. 결국 유일한 방도는 이완을 직접 만나 선처를 호소하는 길뿐이었다. 염일규는 이완과의 독대를 간곡히 청했고 사정을 낱낱이 아뢨다.

"임신한 처가 무법한 자의 손에 붙잡혀 있습니다. 그자로부터 처를 구한 뒤 돌아와 반드시 군법에 따라 벌을 받겠습니다."

"들어줄 수 없네. 이미 탈영으로 죄를 지은 자를 어찌 다시 풀어주겠는가?"

사정은 딱했으나 염일규의 청은 들어줄 수 없었다. 부관들은 명분이 없다고들 이구동성이었고 이완으로서도 도리가 없었다. 직(職)을 걸고 보증하겠다고 나서봤지만 오히려 역효과였다. 부관들의 반대가 더욱 들불처럼 일어났다. 임금이 내린 직을 사사로운 정에 끌려 투전 판돈처럼 거는 경박한 행위는 천부당만부당하다고 난리였다. 그들 주장대로 염일규를 놓아주기 위한 이유는 희미했고 잡아둬야 할 명분은 선명했다. 이치에 닿는 반론에 대장인 이완도 결국 두 손 들 수밖에 없었다.

염일규는 다시 옥에 갇혔다. 갈등은 여전했다. 아내를 구하자면 훈련도감 군병들을 해치고 파옥을 무릅써야 했다. 그렇게 되면 이완 대장이 대신 죄를 받을 것이고 자신은 재차 국법을 범하는 셈이 된다. 하지만 상황은 그에게 단 하나의 선택만을 강요했다. 정녕 아내를 이대로 놓아둔 채 죽음을 기다릴 수는 없었다. 이후 어떤 결과를 빚든 이곳에서 빠져나가야 했다.

같은 시각에 이완은 자신이 할 수 있는 마지막 방법을 궁리하는 중이었다. 난망하지만 주군인 효종에게 희망을 걸어보기로 했다. 마침내 결심이 서자 이완은 염일규의 구명(求命)을 청하는 상소를 차분히 적어 내려갔다.

'신(臣) 이완, 전하께 아뢰옵나이다. 신의 군사는 지금 군영을 벗어난 죄로 참형으로 처분할 중죄인을 붙잡고 있습니다. 하나 전하의 하해(河海) 같은 은혜를 받고자 이제부터 망극하고 불충한 말씀을 올리오니 부디 용서하여 주시옵소서.'

이완은 염일규의 사정과 면죄를 청하는 내용을 상세하게 적었다. 아울러 소현세자에게 끝까지 충성을 다한 염일주의 사연도 빠짐없이 덧붙였다. 효종에게 형제의 연을 상기시켜 어심(御心)이 움직이기를 내심 바란 것이다. 임금에게 닿는 상소와는 별도로 무관 출신의 승지 유혁연(柳赫然)에게도 따로 서찰을 넣었다. 효종이 하문(下問)하며 의견을 구하면 잘 말씀드려달라는 간곡한 부탁이었다.

이완의 주청(奏請)[109]은 사사로운 서간이 아닌 상소의 형식을 빌린 바라 조정 신료들이 공람했다. 신료들 대부분은 국법에 예외를 두어 자비를 베풀 사안이 아니라고 일축하는 분위기였다. 특히나

---

[109] 임금에게 아뢰어 청하던 일.

이완의 일이라면 사사건건 시비를 걸고 반대하는 서인들이니 그들의 부정적인 반응은 하등 이상할 것이 없었다.

장문의 상소를 읽고 난 효종은 마음이 착잡했다. 그에게는 불의에 숨진 소현 형님에 대한 미안함이 늘 남아 있었다. 때문에 이완의 주청대로 소현 형님께 끝까지 충성을 다한 염일주의 아우만은 어떻게든 목숨을 살려주고 싶었다.

효종은 단안(斷案)을 내렸다. 이조와 형조의 반대를 무릅쓰고 염일규의 형을 감면하기로 했다. 참수형을 면하는 대신 관직을 삭탈하고 수군역(水軍役)에 처한다는 어지(御旨)를 내려보냈다. 한양을 떠난 파발이 답신을 간절히 고대하는 이완에게 서둘러 말을 몰았다.

흑도는 계룡산 깊은 곳에 자리한 오두막에서 보름째 움직일 줄 몰랐다. 뭔가 망설이는 것 같기도 하고 고민하는 것 같기도 했다.

아리는 이전에 비해 어느 정도의 자유를 얻었다. 멀리 도망가지 못하도록 놋쇠로 만든 차꼬를 양 발목에 채웠을 뿐 그간 묶어두었던 두 손은 편하게 풀어주었다. 단지 흑도 패가 외출을 할 때만은 차꼬를 쇠사슬로 오두막 기둥과 연결해 묶어두곤 했는데 그나마도 쇠사슬 길이가 제법 넉넉한 탓에 집 주위를 돌아다니기에는 그다지 어려움이 없었다.

시간이 흐르면서 자연스럽게 흑도와 아리의 관계도 변화하기 시작했다. 흑도와 패거리들의 음식 장만과 옷 수선을 하는 역할이 어느새 아리의 일거리로 떨어졌다. 흑도는 이를 당연한 양 묵인했고 자신마저도 마을에 다녀올 때마다 쌀과 식재료들을 구해 아리에게 떠맡겼다.

또한 흑도는 은연중에 부하들의 행동거지도 단속했다. 아리에게 함부로 굴지 못하도록 엄명을 내리기도 하고 혹 그런 낌새라도 보이면 호되게 벌하기도 했다. 아리가 오두막 살림을 도맡은 데 대한 일종의 보상이랄 수도 있었지만 흑도가 보이는 관심은 그 이상임이 분명했다. 한 예가 바로 일전에 일어났던 사건이었다. 한밤중을 빌려 아리가 부엌문을 걸어 닫고 안에서 목욕을 하고 있었는데 짓궂은 부하 서넛이 그녀의 알몸을 몰래 훔쳐보다 걸리고 말았다. 그때 흑도는 몹시 격노해 거의 죽을 만큼 부하를 두들겨 팼는데 이후 흑도 패들이 아리를 대하는 태도는 백팔십도 달라졌고 매사 고분고분하다 할 정도까지 공손해졌다. 흑도가 의도했든 하지 않았든 오두막 내에서 아리의 위치는 당연한 일인 듯 격상됐다. 인질이라고 보기엔 참으로 기묘한 동거였다.

어찌 보면 이러한 변화는 아리가 인조로부터 철저히 버림받았다는 사실을 흑도가 인지하면서부터 비롯한 것인지도 몰랐다. 흑도 자신은 저잣거리에서 부모 없는 호래자식 취급을 당하며 성장했고 아리는 아무것도 모르던 어릴 적부터 천한 노비로 힘들게 자랐다. 그 두 사실이 서로 겹쳐지며 흑도의 속내에 묘한 공감을 불러일으킨 것이다. 흑도에게 아리는 원수의 여식이자 염일규를 잡을 미끼

였지만 동시에 처절한 과거사의 피해자라는 면에서 동지이기도
했다. 단지 다른 점이라면 흑도는 복수와 보상을 원했고 아리는 순
응을 택했다는 사실뿐이었다.

"언제까지 저를 붙잡아두실 건가요?"

"이미 끝난 이야기 아니더냐? 네 사내가 오기 전까지 네 처분은
미루어둔다고."

"제 지아비를 정녕 죽일 작정이십니까?"

"그렇다."

흑도는 망설이지 않고 곧바로 대답했다.

"그러면 저와 제 배 속의 아이도 함께 죽이실 겁니까?"

"그건 아직 생각해보지 않았구나."

"하면 설명해주십시오. 왜 제 지아비를 죽여야 하는 것인지."

흑도는 아리를 지그시 쳐다보았다. 아리가 대답을 기다린다는 듯
잠자코 고개를 끄덕였다.

"너는 아직 네 지아비의 정체를 전혀 모르는 모양이구나."

"무슨 말씀을 하시는 겝니까?"

"네 지아비는 사람이 아니다. 고지인이다."

"사람이 아니고 고지인이라니요?"

되묻는 아리의 고개가 갸우뚱하며 눈동자가 등잔불만치 휘둥그
레졌다. 아리는 전혀 모르던 사실을 흑도로부터 처음 듣는 게 틀림
없었다.

"네 서방뿐 아니라 같이 동거하던 노인네 역시 마찬가지고. 그 늙다리 놈 역시 예사 사람이 아닌 고지인이지. 그래서 네 서방도 늙다리도 모두 내 손에 죽어야 하는 것이다."

흑도는 말을 잠시 멈췄다. 구구절절 이야기를 계속해야 할지 말아야 할지 머뭇거렸다. 어차피 아리도 결국은 알아야 할 사실이었다. 흑도는 설명을 이었다. 고지인이란 어떤 존재이며 자신이 염일규와 사나다가 고지인이라는 걸 어떤 연유로 알게 되었는지 모두 아리에게 털어놓았다.

"믿을 수 없습니다."

아리는 고개를 크게 가로저으며 부정했다.

"도저히 믿을 수 없는 이야기입니다."

"네가 믿든 못 믿든 상관없다. 반드시 난 염일규과 노인네의 수급을 취할 것이며 그리하여 강해질 터이니."

흑도는 소매를 걷고는 허리에 차고 있던 단검을 풀어 제 팔뚝에 길게 상처를 냈다. 그러자 칼날이 지나간 자리로 핏방울이 주르르 베어나더니 곧 살이 아물고 흐르던 피가 감쪽같이 사라져버렸다.

"보았느냐? 이는 내가 고지인인 까닭이다. 아마 너도 네 지아비나 노인네에게서 비슷한 모습을 본 적이 없지는 않을 터."

아리는 기억을 더듬었다. 몇 번 이상하다고 여긴 적이 있기는 했다. 밭일 중에 심하게 다치거나 혹은 사나다와의 대련에서 큰 부상을 입을 때마다 염일규는 기이하다 할 정도로 빠르게 회복해 멀쩡히 자리에서 일어나곤 했다. 그 비결을 묻는 아리에게 염일규는 어릴 적부터 하루도 거르지 않고 몸을 단련한 덕이라고 얼렁뚱땅 둘러댔었다. 하지만 그것은 어의의 딸인 아리를 충분히 납득시킬 수 있는 답변이 되지 못했다. 흑도의 이야기를 들은 지금에서야 궁금하던 지난 일이 모두 설명됐다. 호기심만 잔뜩 부풀리고 흐릿했던 것들이 명쾌해졌다. 무거운 망치로 머리를 얻어맞은 듯했다. 그가 사람이 아니라니….

"보아하니 이제야 말귀를 좀 알아들은 표정이구나."

"그래서 저를 잡아두는 거군요. 서방님과 어르신을 이리로 끌어들이기 위해서요."

"맞다. 넌 미끼인 셈이다."

흑도의 거침없는 즉답에 아리는 그를 잡아먹을 듯 노려보았다. 이내 눈물이 한가득 괴기 시작했다.

"여태 전 당신을 아픈 사연 때문에 어찌할 수 없어 이리된 분이라 여겨왔습니다. 하지만 잘못 보았군요."

"나 역시 어쩔 수 없는 일이다. 대업을 위해서 피할 수 없는 희생이라 여기거라."

"듣기 싫습니다. 나가주십시오."

어느새 차가워진 말투로 아리가 방문을 가리켰다. 흑도는 천천히 몸을 일으켜 방을 나섰다. 방문을 닫고 마당에 나서자 안에서 아리의 울음소리가 들리기 시작했다. 통곡에 가까웠다. 틀림없이 염일규가 사람이 아니란 사실을 차마 받아들이기가 버거운 모양이었다.

아리의 통곡을 들은 부하들 몇이 무슨 일인가 싶어 마당으로 뛰쳐나왔다. 흑도가 아무 일 아니라며 손을 내젓자 부하 중 한 명이 조심스레 물었다.

"그나저나 한양으로는 언제 떠나실 겁니까?"

"차차 때가 되면…."

흑도가 말끝을 흐리자 부하 놈은 이미 저들 패와 이야기를 맞춘 듯 서로 은근한 눈짓을 주고받으며 말을 이었다.

"그 녀석들이 과연 이곳을 찾아올 수 있을까요? 놈들을 유인하려면 우리가 여기 있다는 걸 좀 소문도 내고 여기저기 이야기도 흘려야 하지 않을까 해서요. 이 깊은 산중에 처박혀 있으면 제깟 녀석들이 무슨 재주로 저희를 찾아오겠습니까?"

"산속에 있으니 네 녀석들이 좀이 쑤시는 모양이구나?"

"헤헤헤, 그렇기도 합니다만…. 그보다 두령께서 녀석들 수급을 취해 더욱 고강해지시려면 아무래도 이런 산속보다는 눈에 띄기 좋은 곳을 골라 계시는 편이…."

"알았다."

흑도는 부하의 말을 짧게 끊고는 제 방으로 성큼 들어가버렸다. 남은 부하들은 민망한 표정이 되어 서로를 탓하듯 쳐다보고 괜한 말을 꺼냈다며 정강이에 서로 발길질을 해댔다.

한편 제 방에 들어온 흑도는 마음이 어지러웠다. 부하 놈 물음대로 왜 계룡산 깊은 곳에 은신처를 잡았는지 스스로에게 물었다. 대체 무엇 때문이었을까. 혹 염일규로부터 발견되기를 원하지 않았기 때문일까. 겉으로는 염일규가 찾아오길 기다린다면서도 속으로는 녀석으로부터 숨어 지내고 싶어서였을까. 아닐 것이다. 무공을 따지자면 염일규는 흑도의 상대가 될 수 없다. 그럴진대 굳이 녀석을 두려워하고 피할 이유는 전혀 없었다. 그렇다면 왜일까. 설마 아리 때문일까. 아리를 염일규로부터 영영 훔쳐 자기 것으로 가지고 싶은 욕망 때문일까.

쾅. 돌연 흑도가 맨주먹을 들어 벽을 후려쳤다. 와지끈 기둥이 흔들리고 주먹으로 친 자리가 깊이 함몰되면서 흙가루가 부스스 떨어졌다.

"제기랄⋯."

저도 모르게 입에서 쌍소리가 샜다. 천하의 흑도가 다른 사내 씨를 밴 천한 계집을 탐내고 있다니 스스로도 어이가 없었다. 이곳에 더 눌러앉아 있다가는 결심이 물러지고 게을러질 것 같았다. 서둘러 한양에 가겠다고 생각했다. 대업을 도모할 실마리를 찾아야 했다. 염일규 문제는 일단 뒤로 미뤄야 할 일이었다.

한편 염일규는 효종의 자비 덕에 기적적으로 참형을 면했다. 참형 대신 능노군[110]역에 처해져 전라 좌수영으로 옮겨지게 됐다. 능

---

110 노를 젓는 병사.

노군이란 평생 죽을 때까지 배 밑창에서 전선(戰船)의 노를 젓는 가혹한 형벌이었으나 목숨을 잃는 것보다는 과분하고 은혜로운 처분이었다. 하나 당장 아내 아리를 구하러 달려가야 하는 염일규로서는 이 또한 청천벽력이었다.

"이대로 수군에 끌려갈 수는 없습니다."

염일규는 이완에게 매달렸다.

"어명일세. 전하의 성은이 아니었다면 벌써 목이 달아났을 것이야."

"잘 압니다. 하지만 제 아내는 어찌하란 말입니까?"

"제주목 관비라 들었네. 자네의 여인 역시 도망한 반노(叛奴)[111]일 터, 추쇄하지 않는 것만도 다행으로 알아야 할 것일세."

"제 아내의 목숨이 달린 문제입니다."

"자네 목숨도 겨우 건졌네. 더는 어려운 일이야."

어두운 표정으로 말을 마친 이완은 지그시 눈을 감고는 들릴 듯 말 듯 작은 소리로 읊조렸다.

"정히 해야 할 일이 있다면 다른 생각을 할 필요는 없겠지. 모쪼록 늦지 말게나."

염일규는 정신이 번쩍 들었다. 어영대장이 아닌 형의 벗으로서 그에게 해주는 말이었다. 정녕 도망하려거든 서두르라는 묵언이었고 염일규는 그 뜻을 이내 알아차렸다.

다음 날 아침 염일규는 이완의 명으로 옥에서 나와 임시 처소로

---

[111] 상전을 배반한 종.

옮겨갔다. 사람들 이목에서 비교적 자유로운 장소였는데 이는 도망 중에 쓸데없이 무고한 군졸들을 해치지 말라는 배려였다.

며칠 뒤 전라 좌수영으로 압송되기 전날이 되었다. 마침 그날은 일찍부터 날씨가 궂더니만 해가 떨어져 어두워지고 나서는 구름이 온통 달을 가려 잔뜩 흐렸다. 칠흑 같은 어둠이 도망에는 안성맞춤이었다. 군영을 벗어나기만 하면 사방에 깔린 암흑이 군사들의 추적을 막아줄 게 틀림없었다. 게다가 누가 가져다 놓았는지 압수되어 무기고에 보관되어 있어야 할 사나다의 일본도가 임시 처소 방 한가운데 놓여 있었다. 이 역시 이완의 배려였을까. 더 깊이 생각하고 따질 틈이 없었다. 염일규는 일본도를 천으로 둘둘 말아 쥐고는 사립문을 조심스레 열어젖혔다. 교대로 번을 서던 군졸들이 그날따라 사라지고 보이지 않았다.

염일규는 일 초의 머뭇거림도 없이 어둠속으로 몸을 내던졌다. 한순간도 뒤돌아보지 않고 산비탈을 비껴 내달렸다. 몇 번이고 마른 입술 위로 결심을 되뇌었다.

'고맙습니다. 언제든 이 은혜는 반드시 보답할 것입니다.'

모역(謀逆)

운고 송기문. 그는 서인 당파의 명실상부한 태두로서 조선 사대부의 여론을 좌지우지하는 인물이었다. 임금인 효종과는 일찍이 인조의 차남 봉림대군의 사부(師傅)[112]가 되면서 첫 인연을 맺었으나 사제지간의 인연은 불과 일 년 뒤 일어난 병자호란으로 끊겼다. 봉림대군은 소현세자와 함께 볼모가 되어 청으로 끌려간 반면 송기문은 낙향했고 이후 출사를 거듭 거부하며 이른바 은둔 정치로서 정치적 위상을 높였다.

십 수 년 후 그들은 재회했다. 옥좌에 오르자마자 봉림대군은 반청(反淸)을 부르짖었고 송기문은 적극 호응하며 입장을 같이했다.

---

112 세자 시강원과 세손 시강원에서 교육을 맡던 으뜸 벼슬.

하나 동행은 오래가지 못했다. 효종이 북벌을 명분으로 대대적인 군권 강화를 도모하자 국가 경영에 철학적 차이를 지닌 두 사람 사이에는 메꿀 수 없는 균열이 생겼다.

최근 송기문을 비롯한 서인 당파는 그즈음 효종이 보이는 심상치 않은 동향에 온통 촉각이 곤두서 있었다. 효종이 관무재(觀武才)를 재실시하기로 한 것이다. 관무재란 간단히 말해 어명으로 실시되는 비정기 무과 시험이다. 임금이 응시자들의 무예를 친람(親覽)[113]한 뒤 성적 우수자를 채용 또는 승진시키는 시험 제도로 그 성적 우수자가 전시(殿試)[114] 출신이면 곧바로 수령(守令)이나 변장(邊將)에 임명했으며 일반 군관일 경우에는 승급시켜주거나 상을 내렸다.

무과 시험인 제도 자체만 봐서는 서인들이 하등 반대할 까닭이 없었다. 다만 서인들이 경계했던 것은 관무재로 선발된 무관들의 쓰임이었다. 혹여 효종이 관무재 출신들로 임금의 친위대를 조직해 자신만의 사적 무력으로 사용할까 봐 두려워했다.

실제로 임금의 친람 행위는 임금과 급제자 사이에 강력한 유대 관계를 생성할 수 있었다. 이는 '문생 고리(門生 故吏)'라는 특수한 풍속으로 설명되는데, 여기서 '문생'이란 급제자를, '고리'란 과장(科場)의 시험 감독자를 의미하며, 이때 문생은 고리에 대해 스승의 예를 갖춰 평생 헌신적으로 충성해야 했다. 따라서 관무재로 선발

---

113 직접 지켜봄.
114 문과, 무과의 제3차 시험.

된 군사들은 효종에게 신하로서의 충성뿐 아니라 제자로서의 헌신도 올곧게 바쳐야 한다. 효종과 군사무력과의 이러한 정신적 결합과 유대는 임금 일인의 패도정치를 줄기차게 반대해온 서인 사대부 입장에서는 실로 위협적인 사안임이 분명했다.

반면 효종의 입장은 백팔십도 달랐다. 효종은 군왕과 끈끈한 유대를 지닌 친위 무력이 절실했다. 이는 강력한 왕권을 뒷받침하기 위한 필수 조건이었다. 물론 원칙적으로 조선의 군사 통솔권은 임금에게 있었다. 그러나 조정 신료들의 공론을 얻어야만 행사할 수 있는 제한된 법제적 권한일 뿐이었다. 금군이 있다지만 이들의 임무는 궁궐 호위에만 국한되어 있어 효종이 마음껏 가용할 수 있는 무력이라고 보기 어려웠다. 또한 금군의 군교 대다수는 서인 명문가 자제들로 구성되어 있었다. 유사시에 그들의 칼끝이 도리어 임금을 향하지 않으리란 보장이 없었다. 때문에 효종은 관무재로 뽑은 군사들을 궁궐 금군에서 분리해 호련대(扈輦隊)[115]에 편성하고, 그 조직을 더욱 확장하고자 계획했다. 호련대의 본시 임무는 임금의 수레인 어가(御駕) 호위였지만 효종은 이들에게 친위 사병 역할도 함께 맡기려 했던 것이다.

서인들의 불안을 가중했던 것은 효종이 친위 무력을 갖춘 뒤 곧바로 군왕 친위 정변을 계획한다는 추측성 정보였다. 북벌 추진에 사사건건 시비를 걸며 방해하던 서인들을 중앙 정치 무대로부터 일

---

[115] 용호영에 속한 군대.

거에 일소하고 말 것이라는 소문은 서인 당파뿐 아니라 잠자코 지켜보며 그들 견해를 묵인해왔던 일반 사대부들까지 전전긍긍하도록 만들었다. 그리고 마침내 효종과 서인들은 정면으로 충돌했다.

서인들이 장악하고 있던 사헌부, 사간원, 홍문관의 삼사(三司)에서 관무재 시행에 반대하는 상소를 연일 올린 것이었다. 심지어 출사하지 않은 산림(山林)¹¹⁶ 사대부들도 서인들 공론에 동조하며 일제히 들고일어났다. 그러나 효종은 이번만큼은 양보할 뜻이 없었다. 반대라면 충분히 예상했던 바였다. 결국 서인들의 격렬한 반발에도 불구하고 효종은 관무재를 강행하기로 했다. 뿐만 아니라 장릉(章陵)¹¹⁷을 참배하고 돌아오는 길에 노량진에 들러 대규모 군사 행진인 열무식(閱武式)을 거행하겠다고 공표했다. 조선 군사의 위용을 내외에 과시하는 열무식은 군왕의 권위에 반기를 드는 서인들을 향한 명백한 선전포고였고 무력 과시나 다름없었다.

열무식 공표는 타는 불에 기름을 부은 격이었다. 승정원조차 선왕의 제사를 지낸 직후 열무식을 여는 것은 전례와 예법에 어긋난 일이라며 거듭 만류했지만 효종은 의지를 꺾지 않았다. 무슨 일이 있어도 끝까지 밀어붙일 각오였다.

"주상의 칼끝이 우리 목젖을 향하나 봅니다."

---

116 학식과 덕이 높으나 벼슬을 하지 아니하고 숨어 지내는 선비.
117 인조의 부모인 원종과 인헌왕후 구씨의 능.

송기문의 사랑채에 다시금 모여든 서인 중진들을 향해 운고가 신음하듯 말했다. 좌중은 불안한 기색으로 서로를 쳐다볼 뿐 누구도 선뜻 답을 하지 못했다. 앞으로 상황이 어찌 될지 몰라 당황하는 기색이 역력했다. 헛기침 소리만 간간이 들리며 오래도록 침묵이 흘렀다.

이윽고 좌중의 눈치를 살피던 형조참판 조달현(趙疸玄)이 어렵사리 입을 떼어 굳은 얼굴로 운고의 말에 맞장구를 쳤다.

"옳은 말씀입니다. 금상을 먼저 치지 않았다가는 저희가 당할 판이지요."

"하면 참판은 역위를 이르시는 겐가?"

송기문이 내지르듯 묻자 조달현이 깜짝 놀라 저도 모르게 뒤로 물러앉았다.

"역위요?"

그러나 송기문은 대답 대신 계속하라는 듯 조달현을 응시했다. 좌중의 시선 또한 조달현을 향해 모였다. 사랑방 안 공기가 납덩이처럼 더욱 무겁게 내려앉았다. 쓴 약 삼키듯 목구멍으로 침을 꿀꺽 넘긴 뒤 조달현이 작심한 듯 외쳤다.

"전하가 먼저 선전포고하신 셈이 아닙니까? 적어도 낙서(洛西)의 일을 기억하신다면 말입니다."

낙서의 일! 송기문은 순간 가슴이 철렁 내려앉았다. 낙서란 역신(逆臣)으로 몰려 사사된 김자점(金自點)의 호였다. 이귀(李貴)[118] 등과

---

118 김유(金瑬)와 더불어 인조반정을 성사시킨 인물.

인조반정을 성공시킨 뒤 김자점은 한동안 거침없이 출세 가도를 달리는 듯했다. 그러나 효종이 즉위하고 북벌론이 대두되면서 상황이 바뀌었다. 김자점은 부청배(附淸輩)[119]였던 역관 정명수(鄭命壽), 이형장(李馨長)을 통해 북벌 계획을 청에 누설하려다 들켜 효종의 미움을 샀고 광양 땅에 유배됐다. 이후 그의 아들 김익(金釴)이 일으킨 역모 사건을 빌미로 단숨에 처형되었다. 김자점의 실각과 죽음, 이는 임금의 역린(逆鱗)[120]을 일으킨 서인 당파 영수의 비참한 말로였고 그리 멀지 않은 전례였다.

참판 조달현의 입에서 낙서의 일이 거론되자 사랑방이 온통 술렁이기 시작했다.

"맞습니다. 낙서의 꼴을 면하려면 우리가 먼저 움직여야 합니다."

"말이 나온 김에 차라리 장릉 참배 가는 길에 도모하는 편이 어떻겠습니까?"

중진 가운데 강경파로 분류되는 인물들이 앞장서 거사 의견을 토로했다. 그러나 송기문은 신중했다. 임금을 바꾸겠다는 반정은 그 언급 자체부터 이미 역모였다. '역위'라는 말이 튀어나온 이상 엎질러진 물이었다.

"마음을 단단히 다잡아야 하네. 만에 하나 잘못되는 날에는 멸문

---

119 청나라 앞잡이.
120 임금의 노여움.

지화를 각오해야 할 것이니."

송기문이 자못 심각한 표정으로 답을 주었지만 방 안 사람들은 중구난방이었다. 강경파는 아예 팔을 걷어붙이고 송기문의 결심을 재촉했다. 홍문관 대제학 우병현(禹竝鉉)이 그중 하나였다.

"앉아서 당하나 서서 당하나 매한가지입니다. 전하께서는 이른 시일 내에 어떤 꼬투리라도 잡아서 우리 도당을 찍어내려 들 테지요. 단지 시간문제일 뿐입니다."

우병현의 결론에 좌중 모두가 고개를 끄덕였다. 상석의 송기문이 지그시 눈을 감았다. 이것으로 결정은 난 셈이었다. 이제 그 방도를 고민해야 했다. 거사에 대한 결심이 섰다면 한 점 실수 없이 속전속결로 처리해야 한다. 일이 길어지면 꼬리가 잡히는 법이다. 그리고 계획에서 한 치만 비껴나도 이편이 목을 내놓아야 했다.

그로부터 며칠간 송기문은 매일같이 밤잠을 설쳤다. 조정을 장악한 서인 도당이지만 문신의 수만 압도적으로 많을 뿐 막상 거사를 위해 쓸 만한 무력은 손에 닿지 못했다. 때문에 이편에서 비밀리에 움직일 수 있는 군대가 그리 마땅치 않았다. 오군영 가운데 훈련도감과 어영청(御營廳)[121]은 주상의 수족과 다름없는 이완이 장악하고 있었다. 그리고 총융청(摠戎廳)[122]과 수어청(守禦廳)[123] 등 북한산

---

[121] 오군영의 하나로 효종 3년에 이완을 대장으로 삼아 처음 설치하였고, 경상도, 전라도, 충청도, 강원도, 경기도, 황해도의 육도에 배치하였다.
[122] 오군영의 하나로 인조 2년에 설치해 경기 지역의 군무를 맡아보던 군영.
[123] 오군영의 하나로 남한산성을 지키고 경기도의 여러 진(鎭)을 다스리던 군영.

성과 남한산성에 주둔한 군대 또한 주상의 사람인 병조판서의 손아귀에 들어가 있었다. 또 궁성 수비를 맡는 금위영(禁衛營)[124]은 유사시 어느 편에 설지 가늠할 수 없었다. 그렇다면 남은 건 지방군뿐이었다. 그러나 아무 명분 없이 지방군을 움직일 수는 없었다. 지방군을 도성 근방으로 끌어 올렸다가는 외려 역란을 도모했다는 빌미만 제공할 수 있었다.

송기문은 며칠이 지나도 시원한 답을 얻지 못했다. 머릿속에 떠오르는 방도는 단 하나, 지난번 병판을 해치울 때처럼 자객을 쓰는 것뿐이었다. 하지만 이번엔 임금이다. 한 치의 어긋남 없이 마무리 지을 수 있는 확실한 놈이 필요했다. 혹 암살에 실패할 경우 혹독한 문초를 이겨내고 무덤까지 비밀을 지킬 수 있는 그런 인물이어야 했다. 그러나 과연 궁궐 담을 뛰어 넘어 금군의 철벽같은 방벽을 뚫은 뒤 주상의 목젖에 도검을 찔러 넣을 만한 담과 실력을 지닌 자가 조선 땅 어디에 있단 말인가.

"흑도란 놈을 다시 불러올릴까요?"

장백민이 송기문의 타는 속내를 짐작하고는 조심스레 여쭈었다.

"흑도라니, 누구를 이르는 것이냐?"

"벌써 잊으셨습니까? 병판 박서를 살해하려고 한 놈 말입니다."

장백민이 숨죽인 목소리로 조심스레 고했다. 흑도라, 그놈이 있었구나. 하지만 송기문은 썩 내키지 않았다. 물론 병조판서 박서를

---

124 오군영의 하나로 서울을 지키던 군영.

아무 뒤탈 없이 처리한 일전의 실적으로 보아서는 실력이 충분한 놈임은 분명했다. 그런데 저자에서 함부로 굴러먹던 검계 출신이라는 게 영 마음에 걸렸다. 그런 탓에 속내를 짐작하기 어렵고 위험할 수 있다는 게 송기문의 판단이었다. 사실 병조판서 건만 봐도 그랬다. 쇠천 몇 푼 쥐어보겠다고 나서기엔 엄청난 일이 틀림없었으나 놈은 아무런 주저 없이 칼을 들었다. 돈 외에 또 다른 목적이 있는 것은 아닐까.

"송구하옵니다. 소인이 쓸데없는 말을 올려 어른의 심기를⋯."

송기문이 가타부타하지 않자 장백민은 머리를 조아리며 한 걸음 뒤로 물러앉아 굳은 얼굴로 주인의 기색을 살폈다.

"흑도라⋯."

잠자코 한참을 고민하던 송기문이 들릴 듯 말 듯 되뇌었다. 위험한 존재라 경계해야 한다는 걸 알면서도 마음은 자꾸 흑도에게 쏠렸다. 기실 그놈만큼 빼어난 대안을 찾기는 분명 쉽지 않을 터였다. 칼 솜씨는 물론이고 신출귀몰함에서도 조선 땅에서 단연 일품이 아니던가. 의금부와 포도청, 심지어 한성부 형방까지 합동 수사에 나섰지만 검거는커녕 꼬리 한 터럭 못 밟고 결국 두 달 만에 주저앉았다. 문득 호기심이 강하게 일었다. 대체 어떤 녀석인지 직접 만나보고 판단해야겠단 결심이 섰다.

도성 내는 사대부의 왕래와 이목이 많아 흑도를 불러들여 면대하기가 적당치 않았다. 차라리 송기문 쪽에서 번거롭게 발품을 팔더라도 도성을 벗어나 놈과 만나는 것이 나을 성싶었다. 그래서 실로 오랜만에 상것들로 득실대는 도성 밖 저잣거리로 몸소 나섰다.

접촉 장소로는 수연옥이 제격이었다. 수연옥은 서대문 밖 오른편 경기 감영을 끼고 돌아 한참을 지나면 만나는 홍제원(洪濟院)[125] 앞의 기루였다. 그곳은 영은문(迎恩門)[126]과 모화관(慕華館)[127]을 거치는 길목에 위치한 터라 청을 오가는 사람들을 상대로 장사하는 객주 무리로 늘 부산했다. 영은문 남쪽에는 연꽃 가득한 인공 연못이 있었는데, 수연옥이란 바로 그 풍경을 따서 붙인 이름이었다.

아무리 도성 밖 기루라지만 규모는 내로라하는 도성 내 기생집 못지않았다. 수연옥 안 대부분은 넓디넓은 정원들로 이루어져 있었고 그 너머로 별도의 커다란 후원이 또 있었다. 후원 한편 깊숙이 은밀한 만남을 원하는 손님들을 위해 내실이 몇 채 마련되어 있었다. 당연히 그곳은 취객들이 접근할 수 없었고 본채 정원과 후원 사이에는 빼곡한 대형 정원수들이 차단막 역할을 했다. 게다가 산천초목처럼 짙게 우거져 있어 내실에서 나누는 밀담은커녕 기녀들의 흥겨운 노랫가락조차 전혀 밖에 새지 않도록 했으니 그야말로 깊은 산중의 외딴 산방과 다름없는 내밀하고 또 내밀한 장소였다.

---

125 중국 사신들이 서울 성안에 들어오기 전에 임시로 묵던 공관.
126 중국 사신을 맞이하기 위해 세웠던 문.
127 중국 사신을 영접한 곳.

지금 후원 내실들 가운데 한 곳에서 불빛이 은은히 새어 나오고 있었다. 노랫소리도 웃음소리도 들리지 않았다. 촛불 심지가 오롯하게 타고 있는 방 안은 오죽(烏竹)으로 만든 거뭇한 발에 의해 양편으로 나뉘어 있었다. 발의 왼편에는 조촐한 주안상을 앞에 둔 채 장백민이 정좌해 있었고 그 옆에 흑도가 있었다. 그리고 발의 오른편에는 차면을 쓴 노선비가 마주 앉아 발 너머의 상대를 찬찬히 살펴보고 있었다.

"인사 올리거라."

"흑도라 하옵니다."

흑도는 절을 올리는 대신 고개만 까닥 숙였다. 기껏 예랍시고 무례한 행동거지에 장백민이 미간을 좁게 찌푸렸다.

발 너머에 좌정한 송기문은 흑도를 잠시 꿰뚫듯 응시했다. 떡 벌어진 어깨와 굵은 허벅지가 시야 가득 들어왔다. 과연 무골다웠다.

"타고난 무재로고…. 관운장(關雲長)[128]과 익덕(益德)[129]을 합하여 놓은 듯허이."

장백민이 얼른 끼어들었다.

"어른께서 시키실 일이 있다 미리 일러두었습니다."

송기문이 손을 들어 장백민의 입을 막고 사뭇 부드러운 어조로 흑도에게 물었다.

---

[128] 중국 삼국시대 촉나라의 장수 관우(關羽)의 자.
[129] 중국 삼국시대 촉나라의 무장 장비(益德)의 자.

"네 눈에 깊은 한이 서려 있구나."

"장황한 사연일 뿐 어른께 고할 만한 것이 못 됩니다."

"털어놓고 싶지 않은 게로구먼."

송기문은 계속해보라는 듯 흑도를 빙긋이 쳐다봤다.

"그나저나 어른께선 소인이 맡아 할 일부터 먼저 일러주시지요."

"허!"

당돌한 대꾸에 곁에서 지켜보던 장백민이 짐짓 뜨악한 표정을 지었다. 그러나 정작 송기문은 큰 소리로 너털웃음을 터트렸다.

"허허허, 네놈 참 사내다워 마음에 드는구나. 내 앞뒤 없이 묻겠다. 무과에 응시할 생각이 없느냐?"

과거라니. 조정 고관 가운데 또 누군가를 죽여달라는 살인 청부 따위가 아니었던가. 예상치 못한 제안에 흑도는 어리둥절 했다.

"과거라니, 가당찮은 말씀이군요. 소인은 일찍부터 장수가 되려는 헛꿈은 접은 지 아주 오래입니다."

"예끼, 이놈아, 누가 네놈더러 장수가 되라 했더냐?"

여전히 웃음기 서린 얼굴로 송기문이 농치듯 답했다.

"하면 무과를 치르라는 말씀은 무엇입니까?"

"더는 묻지 말고 이번 관무재에 응시하여라. 반드시 급제하여야 한다. 물론 네 실력이라면 붙고도 남을 것이지만. 아무튼 다음 일은 이후 차차 일러주도록 하마."

"지금 일러주시지요. 하물며 동네 개 새끼도 사람을 물 때는 제

나름으로 까닭이 있어 무는 법 아닙니까?"

"결국은 사람 목숨 거두는 일이다. 더 알아야 할 게 있느냐?"

"사람을 무는 일입니까?"

"그렇지. 물어도 단단히 물어야 하지. 단번에 숨줄을 끊어놓아야
하는 일이니."

머릿속으로 옥좌에 앉아 있는 효종을 떠올리자 송기문은 저도 모
르게 목소리가 떨렸다. 흑도는 그 낌새를 놓치지 않았다. 목숨을 거
둬야 할 놈은 지난번에 해치운 병조판서보다 훨씬 거물임이 틀림없
었다.

말을 마친 송기문이 눈짓을 주자 장백민이 미리 준비했던 은자
궤짝을 흑도 앞에 내밀었다.

"반을 주겠다. 일을 모두 마치면 그때 나머지 셈을 치르는 것으
로 하고."

궤짝을 열어보니 과연 엄청난 금액이었다. 죽은 자도 일으킬 만한
큰돈이었다. 내색하지 않았지만 흑도는 내심 크게 놀랐다. 대체 누
구의 목숨값이기에 이토록 많은 돈을 선뜻 선금으로 낸단 말인가.

"사내 인생을 십 수 번은 바꿀 만한 돈이군요."

"사내의 인생뿐 아니라 나라의 운명을 바꿀 일이다. 하니 그 정
도로 많다 할 수는 없겠지."

"대체 소인이 물어야 할 놈이 뉘입니까?"

그러나 송기문은 답을 주지 않았다. 그리고 더는 질문을 받지 않

겠다는 듯 자리에서 일어났다.

"행수에게 일러두었으니 여흥을 즐기다 가든지."

"어른!"

흑도가 따라 일어서려 했지만 장백민이 어깨를 얼른 눌러 앉혔다.

"이번 관무재다, 실망시키지 말거라."

방을 나서기 전 잠시 멈춰 송기문이 흑도에게 재차 당부했다.

"어른의 명을 따르겠습니다."

태도를 정한 흑도가 자세를 바로잡았다. 그제야 송기문은 마음이 놓였는지 흡족한 웃음을 지어 보이고는 빠르게 내실을 나섰다. 그러고는 장백민이 이끄는 가마를 타고 어둠속으로 총총히 사라졌다.

송기문이 사라지고 난 뒤 흑도는 행수 기생 조란을 불렀다. 부름을 듣자마자 쪼르르 달려온 그녀에게 흑도는 방금 수연옥을 떠난 노선비에 관해 아는 것이 없는지 물었다.

"오라버니도 참, 난 다 늙은 치에게는 관심 없다니까."

흑도를 만난 반가움에 조란이 살갑게 눈웃음치며 말했다.

"놓치지 말고."

"진짜래도! 오늘 처음 뵌 분이에요."

내내 거뭇한 발 너머로 대화만 주고받았을 뿐 상대가 내실을 떠날 때까지 흑도는 얼굴을 정확히 보지 못했다. 때문에 자신과 맞대면했던 노선비가 서인의 영수 송기문이라고는 꿈에도 생각하지 못했다.

만일 노선비의 정체를 알았다면 어찌 됐을까. 서인이라면 인조 편에 붙어 친누이 강빈을 죽음으로 몰아넣은 장본인들이다. 물론 송기문은 당시 강빈의 사사에 개입할 만한 자리에 있지 않았다. 그러나 뒤늦게라도 서인들의 죄를 묻고자 한다면 당금의 서인 당파의 우두머리로서 그 책임을 피해가기는 어려울 터였다. 그러므로 제 눈앞에 송기문이 앉아 있다는 사실을 알고서 흑도가 망설임 없이 칼을 뽑아 들더라도 하등 이상할 게 없었다. 하지만 다행히도 흑도는 자신에게 일을 명한 노선비의 정체를 전혀 깨닫지 못했다.

"자기가 누구라고 말 안 하덥디까? 오라버니가 직접 한참을 면대했잖우?"

외려 조란 쪽이 궁금증이 동하는지 눈동자를 반짝이며 물어왔다. 이쯤 되면 조란에게 캐물어봤자 더 나올 정보는 없는 셈이었다. 흑도는 노선비의 정체에 대한 호기심을 거뒀다. 그러자 관심이 자연스레 그자가 맡긴 일로 옮겨갔다.

'나라의 운명을 바꿀 일이라….'

더 깊이 생각할 게 없었다. 목적이 같다면 그것으로 족했다. 조선을 바꾸는 것. 이는 흑도의 비원과도 일맥상통했다. 효종을 죽여 누이의 원수를 갚는 것 역시 조선의 운명을 바꾸는 일과 매한가지 아닌가. 노선비가 바꾸려는 방향이 어느 쪽이든 상관없었다. 작금의 조선을 뒤엎는 거라면 기꺼이 몸담을 만한 일이다. 어쨌거나 일단 곧 있을 관무재부터 응시하기로 마음먹었다.

문득 곁에 바짝 붙어 팔짱을 끼고 양 젖가슴을 비벼대는 조란에게 긴히 부탁할 일이 떠올랐다. 칭얼대는 그녀를 살짝 떼어내며 흑도가 입을 열었다.

"란아, 당분간 네가 맡아줘야 할 계집이 있다."

"계집? 기녀로 기르란 말씀하려고?"

"천만에! 잔뜩 배부른 계집을 어찌 기녀로 들이누?"

"그럼 뭐예요? 혹 어디서 계집년 하나 꼬셔다가 오라버니 애라도 배게 한 건 아니겠지, 응?"

조란이 대뜸 눈꼬리를 사납게 치뜨며 따져 물었다.

"넘겨짚기는. 전혀 아니니 마음 놓거라."

흑도가 얼른 손까지 내저으며 부정했지만 조란은 여전히 의심스럽다는 듯 성난 눈을 가늘게 흘겼다.

"하면 누군데? 뭐 하던 년인데?"

"그건 알 필요 없고, 어차피 때가 되면 죽을 년이다."

조란의 어깨를 살포시 감싸 안으며 흑도가 달래듯 말했다.

"때가 되면 죽을 년이라고요?"

조란이 깜짝 놀라 눈을 휘둥그레 떴다. 그러고는 '설마' 하는 표정으로 흑도를 쳐다봤다.

"그래, 죽을 년이고말고. 하니 넌 그 계집을 잘 가둬두고 도망치지 못하도록 한시도 눈길을 거두어서는 안 된다. 알겠느냐?"

"오라버니?"

단호한 어투에 겁을 먹었는지 되묻는 조란의 목소리가 사뭇 떨렸다. 당황한 기색이 역력했다.

"달아나서는 아주 곤란한 계집이거든."

확실히 다짐을 받아내듯 흑도가 조란의 눈을 응시했다. 그러자 조란은 얼굴이 더욱 곤혹스레 일그러지며 얼른 말을 돌렸다.

"그나저나 어머니께는 뭐라 이르려고요?"

"걱정 마라. 그건 숙모님께 내가 따로 말씀드리마."

조란은 앞뒤 영문을 도통 몰라 당혹스럽기만 했다. 눈치를 살피느라 흑도를 말똥말똥 쳐다봤다. 그러자 그가 갑자기 조란의 몸을 당겨 부서져라 품에 꼭 안았다.

"따로 아이를 불러드릴게요, 오라버니."

"굳이 그럴 필요가 있겠느냐. 난 란이 네가 많이 보고 싶었다."

흑도의 가슴에 얼굴을 묻고서도 조란은 기분이 전혀 나아지지 않았다. 대신 불안감만이 먹구름처럼 잔뜩 엄습했다. 혹여 흑도가 자신을 안심시키기 위해 거짓말을 하는 건 아닐까. 자신에게 맡기려는 계집이 새로 마음에 둔 년이 아니라는 보장은 어디에도 없지 않은가. 그년 배 속의 아이는 애초 짐작대로 흑도의 씨일 수도 있지 않은가. 그렇지 않고서야 흑도가 갖은 수고를 무릅쓰고 배부른 계집을 오랫동안 힘들게 끌고 다녔을 리도 없거니와 이곳까지 와 의탁을 부탁할 리도 없다고 생각했다.

"란이 넌 내 시키는 대로만 하면 되느니."

혹도가 일어나 방에서 나가려는 조란을 다시 주저앉히며 말했다. 그러고는 그녀의 옷고름을 거칠게 풀어냈다. 혹도가 그녀의 가슴골 안으로 손을 집어넣고 제법 거칠게 희롱하는 내내 조란은 뇌리 한구석에 꼬리를 물고 일어나는 의심에 마음이 몹시 착잡했다. 이렇게 자신의 몸을 탐하는 행위 또한 그녀를 속이기 위해 벌이는 어색한 연극일 수 있단 생각이 눈앞을 꽉 채웠다. 절로 몸서리가 쳐졌다.

조란이 언급한 어머니는 수연옥의 주인 조미를 가리켰다. 조란의 기생 어미이기도 했던 그녀를 혹도는 어릴 적부터 숙모라 부르며 따랐다.

조미는 본래 청나라 출신 여인이었다. 그녀는 소현세자와 강빈이 심양에 머물 당시 침모[130]로 들어와 이후 소현세자 일행이 귀국할 때에 자청해 조선 땅까지 따라 들어왔고, 인조에 의해 강빈이 사사되고 석견(石堅)[131] 등이 제주도로 유배되면서 그녀 역시 강제로 출궁 당했다. 그러나 그녀는 고국인 청으로 돌아가지 않았다. 소현세자와 강빈의 제사를 모신다는 이유에서였다.

그런 핑계로 조선에 머물며 생계를 모색하던 조미는 홍제원 길목에 작은 술집을 차렸는데 그것이 수연옥의 모태가 됐다. 워낙 장사 수완이 뛰어났던 탓에 조미의 기루는 빠르게 번창했고, 이윽고 조

---

[130] 남의 집에 고용되어 바느질을 도맡아 하는 여인.
[131] 소현세자의 셋째 아들 경안군(慶安君).

선과 청을 오가는 상인이라면 빼놓지 않고 들르는 명소가 되기에
이르렀다.

그러나 이 모든 과정에는 비밀이 숨어 있었다. 조미는 청의 세작
이었다. 애초에 소현세자 부처(夫妻)의 침모로 들어간 것부터 청의
도르곤이 계획하고 꾸민 일이었다. 또한 청의 자금과 지원이 밑바
탕이 되어서 수연옥을 차리고 키울 수 있었다. 때문에 조미의 수연
옥은 화려한 기루의 모습을 띠고 있었지만 실상은 청의 세작이나
끄나풀들의 집합소였으며 청나라 조정과 은밀히 연락을 주고받는
정보 거래소 역할도 했다.

흑도 강무웅과 처음 인연을 맺은 것은 수연옥을 세운 지 얼마 지
나지 않아서였다. 세자빈 강빈의 집안이 적몰될 당시만 해도 조미
는 흑도의 생사는 물론 그의 존재조차 알지 못했다. 그런데 술집을
처음 차리고 반년쯤 지났을 무렵이었다. 어느 날 다부진 체형에 광
기 어린 눈빛을 한 어느 앳된 왈패 하나가 수연옥 안마당까지 쳐들
어오더니 주먹을 휘두르며 행패를 부리기 시작했다. 얼른 봐서는
저자 뒷골목에서 흔히 마주치는 그저 그런 왈패로 여기고 지나쳤을
녀석이었다. 그러나 조미의 안목은 달랐다. 그녀의 예리한 눈썰미
는 아이 주위로 뿜어져 나오는 비범한 기개를 놓치지 않았고 내당
한가운데 떡 버티고 선 아이의 모습을 보고 단박에 강빈의 피붙이
임을 알아보았다.

아이는 눈매며 입 모양새까지 강빈을 죄 빼다 박았다. 강빈의 혈

족 가운데 이복 남동생만이 멸문지화를 피해 목숨을 건졌다는 세간 풍문의 주인공이 목전의 저 아이가 틀림없었다. 그래서 조미는 버선발로 얼른 마당 아래로 내려가 난동을 부리는 혈기 왕성한 아이를 달랬고 안방에 데리고 들어와 차근차근 내력을 따져 물었다.

과연 짐작은 틀리지 않았다. 아이는 조미가 지근에서 모시던 강빈의 이복 남동생 강무웅이 맞았다. 게다가 아이의 소원과 조미의 목표는 한 치도 다르지 않았다. 두 사람은 효종을 죽여 소현세자 부처의 원수를 갚고자 했다. 그날부터 수연옥은 강무웅이 종종 들러 마음 놓고 몸을 의탁할 수 있는 고향 집 같은 곳이 됐다.

조란과 모처럼 운우지정(雲雨之情)을 나눈 흑도는 느지막이 내당에 있는 조미의 침소를 찾았다. 방문을 열고 들어서자 눈매에서 녹록지 않은 기운을 내비치는 예순가량의 노파가 병석에 누워 그를 맞았다. 노쇠한 탓도 있었으나 몇 해 전에 풍까지 맞아 조미는 거동이 몹시 불편한 터였다.

"숙모님, 저 왔습니다."

"이게 누군가요. 그간 야위었습니다."

조미가 뉘었던 몸을 일으키고자 손으로 방바닥을 짚었다.

"그냥 누워 계세요."

"그럴 수야 있나요."

흑도의 만류에도 조미가 억지로 상반신을 일으켜 한쪽 무릎을 세우고 앉았다. 그러고는 흑도의 볼을 쓰다듬더니 한숨을 크게 푹 내쉬었다.

"제 생전에 도련님께서 한 푸시는 모습을 꼭 봐야 할 텐데⋯."

"염려마세요. 곧 그리될 것입니다. 그보다 하나 여쭐 게 있습니다."

"말씀하세요, 도련님"

"조금 전에 노선비 한 분이 이곳 수연옥을 다녀갔습니다. 나랏일을 입에 올리던데 혹여 숙모께서 아시는 분인가 해서요."

"기루야 누구나 드나들 수 있는 곳이니 모두의 신원을 알 수는 없지요. 란이는 뭐라 하던가요?"

"란이도 초면이라 했습니다. 한데 제 느낌으로는 조정에서 힘깨나 쓰는 서인 놈이 아닐까 싶습니다만."

"만일 그 노선비가 서인이라면 도련님께선 어찌하시게요?"

"서인과는 결코 같은 하늘을 이고 살 수 없습니다."

서인이라면 인조와 협잡해 누이를 죽인 자들이었다. 작금의 임금도 죽여 마땅하지만 악랄한 서인 놈들 역시 찢어 죽여도 시원치 않았다.

"도련님, 그리 간단히 생각할 일이 아닙니다."

흑도의 생각을 읽은 조미가 자세를 고쳐 앉으며 말했다.

"이 늙은이가 누워 있어도 세상 돌아가는 사정은 손바닥처럼 제법 꿰뚫어볼 줄 안답니다. 예가 어딥니까? 바로 수연옥 아닙니까?"

"알지요. 한데 서인 놈들에 대해 제가 더 생각해야 할 게 있단 말입니까?"

빙그레 미소 짓는 조미를 보며 흑도가 의아해하며 물었다.

"그렇습니다. 이제 도련님도 조정이 돌아가는 형세를 아셔야 합니다. 지금의 주상은 옥좌에 오를 때 손잡았던 서인들과 이젠 등을 지려는 모양입니다. 우리는 그런 형세를 이용해야겠지요."

"봉림이 서인들과 척을 지다니, 그럴 리가요?"

"북벌 때문입니다. 조선이 청을 치려 한다지 않습니까?"

북벌이란 말에 흑도가 껄껄 웃었다. 가당치도 않은 소리였다.

"봉림 그놈이 미쳐도 제대로 미친 모양입니다."

"이제 상황이 파악되시는지요? 도련님께서 오늘 만난 자가 만일 서인 쪽 사람이라면 도련님께서 모른 척 잠자코 그들이 하자는 대로 하시기만 하면 됩니다."

"모른 척 잠자코요? 노선비는 저더러 무과 시험을 보라고 했습니다. 장차 나라를 바꿀 일이 될 거라면서요."

"글쎄요. 노선비의 속내를 이 늙은이가 어찌 알겠습니까? 아무튼 제 짐작이 맞는다면 아마도 박서 때와 같이 임금의 수족 하나를 더 잘라낼 심산이겠지요."

"숙모님, 제가 몰랐다면 모를까, 만일 그 노선비가 서인이라면…"

흑도가 슬그머니 말끝을 흐렸다. 그러자 조미가 잠시의 숨도 두지 않고 못 박듯 말을 받았다.

"서인일 겁니다. 그것도 우두머리 격일 테지요."

"그럼 숙모님은 그자의 정체를 알고 계시는군요."

조미가 고개를 끄덕이며 다시 빙그레 웃어 보였다.

"도련님, 제가 누굽니까? 바로 이곳 수연옥의 주인 아닙니까?"

그랬다. 조미가 모를 리 없었다. 도성 안팎 조선 돌아가는 사정을 손금 보듯 환히 들여다볼 수 있는 정보 집합소가 수연옥이고 조미는 이곳의 주인이었다. 그런 그녀가 정치 거물 송기문의 성 밖 거동을 놓칠 리 없었고 더구나 수연옥 출입을 몰랐을 리는 없었다. 어쩌면 금일 송기문의 방문은 그녀가 은밀히 설계하는 큰 그림의 어느 작은 시작일 수도 있었다.

"도련님, 어쩌시렵니까? 노선비의 청을 아니 들어주실 겁니까?"

"…"

"노선비가 청한 대로 관무재를 보십시오, 도련님."

"하면 계속 서인의 개가 되란 말씀입니까?"

흑도가 항의하듯 조미에게 되물었다. 그는 모든 상황이 영 마뜩잖았다. 상대가 서인인지 모르고 이제까지 그들의 수족 노릇을 한 셈인지라 심한 자괴감마저 일기 시작했다. 눈치 빠른 조미가 흑도의 심정을 모를 리 없었다. 그녀는 무릎걸음으로 다가가더니 흑도의 두 손을 꼭 부여잡으며 기분을 달랬다.

"적의 적은 동지라고 했습니다. 당분간이겠지만 한 배를 탄 것처럼 보이세요."

일종의 오월동주(鳴越同舟)랄까. 조미는 이편이 충분한 힘을 기를 때까지 서인들의 청을 들어주며 안심시킨 뒤 옥좌를 도적질한 봉림부터 먼저 도모하자며, 서인에 대한 복수는 따로 기회를 살피자고 했다.

흑도는 망설였다. 망설임은 그리 오래가지 않았다. 조미의 제안은 충분히 일리 있었고 여러모로 살펴볼 때 정황상 맞는 말이었다. 이윽고 한참을 돌처럼 굳어 있던 흑도의 고개가 아래위로 천천히 움직였다.

사실 이제까지 흑도는 조미의 뜻이라면 한 번도 어기는 법이 없었다. 조미는 흑도에게 어머니와 다름없는 존재였고 흔들릴 때마다 단단히 붙잡아주는 정신적 지주이기도 했다. 이번에도 마찬가지였다. 조미의 뜻에 따라 흑도는 동요하던 마음을 다잡기로 결심했다.

흑도가 비로소 나아갈 방향을 정했다는 듯 사뭇 결연한 표정을 짓자 조미가 이번엔 걱정스러운 당부를 보냈다.

"참, 도련님께서 금강불괴(金剛不壞)[132]의 신공을 터득했다 들었습니다. 하나 혼자 힘으로는 무리입니다. 절대 경거망동해서는 아니 됩니다."

"경거망동이라니요?"

조미는 흑도가 고지인이 된 자세한 내막까지는 채 알지 못했다. 그저 기연을 만나 불상불사의 무공을 익혔다고만 전해 들었을 뿐이

---

132 금강처럼 단단하여 부서지지 않음.

242

었다. 흑도는 그녀에게 사람의 생혈을 빨아 연명하는 혈귀(血鬼)로 전락해버렸다는 진실은 숨겼다.

"당연히 경거망동이지요. 봉림의 목을 취하려 홀로 궐에 쳐들어갈 생각일랑 마음에서 아예 지워내세요. 내키지 않겠으나 서인들과 손을 잡고 때를 기다려야 합니다."

어릴 적부터 흑도의 성품을 잘 알고 있는 조미이기 때문에 재차 타일렀다.

어쨌거나 조미의 말은 옳았다. 범궐을 해서 뜻한 바를 이루자면 무술이 뛰어난 자로 팔도에서 엄선한 정예 호위대를 뚫어야 했다. 때문에 흑도가 제아무리 금강불괴의 신공을 익혔다 하나 수많은 고수들과 겨루다 보면 위험천만한 상황에 빠질 수 있었다. 행여 흑도의 목을 노리고 달려드는 수많은 칼날 중 하나라도 피하지 못할 시에는 그간 절치부심했던 모든 것이 수포로 돌아갈 수 있었다. 그보다는 영리하게 서인들의 힘을 빌려 봉림 근처에 접근할 수 있는 방도를 모색하는 편이 옳았다.

"놈들 말대로 관무재를 보는 수밖에 없겠습니다."

흑도가 일어서며 시원스레 내뱉고는 호방한 웃음을 터트리며 조미의 방을 나섰다. 밤이 깊어 밖은 캄캄했다. 멀찍이서 취객들의 노랫소리가 어렴풋이 들려왔다. 문득 목청이 메마르며 타는 듯했다. 갈증이었다.

"젠장, 또 때가 되었나 보군."

마른침을 삼킬수록 피 냄새가 더 그리워졌다. 그는 술에 절어 오가는 취객들 가운데 목덜미 내줄 만한 놈을 서둘러 물색해야겠다고 생각했다.

흑도를 방에서 내보낸 뒤 조미는 붓을 들어 서찰을 한 통 쓰기 시작했다. 청 조정으로 보내는 편지였다. 그녀가 생전 마음 깊이 따르던 예친왕 도르곤은 이미 세상을 떠나고 없지만 그의 밀명은 끝까지 지켜야 했다.

'조선은 임금과 조정의 이전투구(泥田鬪狗)로 곧 자멸할 것입니다. 대청 제국에 감히 맞서려는 조선의 임금은….'

조미에게 맡겨진 임무는 조선의 동태를 감시하고 청 조정에 상세히 보고하는 것이었다.

양대 호란 이후 본시 청은 조선의 내정에는 무척 관대한 자세를 취해왔다. 그러나 동진(東進)과 남하(南下)를 거듭하는 러시아의 움직임은 청이 그러한 태도를 계속 유지하기 어렵게 만들었다. 동북아 국제 정세가 이전과는 확연히 달라진 것이다. 목전에 러시아를 두게 된 청은 배후에서 면종복배(面從腹背)[133]의 애매한 입장을 취하는 조선을 확실하게 묶어둘 필요가 있었다. 이를 위한 공작이 수연옥의 조미에게 맡겨진 일이었다.

---

133 겉으로는 복종하는 체하면서 내심으로는 배반함.

벌써 러시아는 흑룡강[134] 일대까지 진출해 진지를 구축하고 각종 자원을 캐가는 등 이미 오래전부터 청과 갈등을 빚고 있었다. 뿐만 아니라 그 영역을 차츰 더 넓혀가더니 우수리강[135] 하구를 거쳐 송화강[136] 일대까지 남하해 점령해버렸다. 물론 그러는 동안 청이 가만두고 보았던 것은 아니었다. 대규모 군사를 동원해 단숨에 러시아군을 격퇴하려 했다. 하지만 청군은 격퇴는커녕 도리어 총포로 무장한 러시아군에 연패하고 말았다.

청은 자존심이 상했지만 임진왜란 이후 조총 부대를 운영하는 조선에 총병(銃兵)을 요청했다. 이에 조선은 함경도 병마우후[137] 변급(邊岌)[138]과 함께 조총군 백 명과 초관(哨官)[139] 오십 명을 지원군으로 파견했다.

그런데 조선 조총 부대의 위력은 청의 예상과 기대를 초월했다. 조선 조총군은 무단강[140] 상류의 영고탑[141]에서 삼천여 명의 청군 병력과 합세한 뒤 곧바로 북상하여 혼동강(混同江)[142] 유역에 버티

---

134 러시아 시베리아 남동부에서 발원하여 오호츠크 해로 흘러드는 강.

135 중국 둥베이 지방 동쪽과 러시아 공화국 사이에 있는 국경 하천.

136 중국 둥베이의 지린, 헤이룽장 두 성을 관류하는 하천.

137 정3품, 종3품 무관 벼슬로 세조 12년에 병마도절제사도진무를 고친 것.

138 나선정벌에 출전하여 러시아군을 크게 격파한 무신.

139 한 초(哨)를 거느리던 종9품 무관.

140 중국 동북부를 흐르는 송화강 최대의 지류.

141 중국 헤이룽장성 닝안현성의 청나라 때 지명.

142 송화강 중류.

고 있던 러시아군과 교전을 벌인 지 불과 이레 만에 러시아군을 패퇴시켰다. 이것이 바로 제1차 나선정벌이었다.

하지만 청은 러시아를 격퇴한 사실에 즐거워할 수만은 없었다. 조선군의 도움을 받아 러시아군을 물리치긴 했으나 조선 조총군의 위력을 처음으로 실감했고, 조선에 대해 내심 긴장할 수밖에 없었다. 청은 이제까지 조선 임금이 공공연히 떠들어대는 북벌을 왕권 강화에 필요한 정치 강령 정도로 가볍게 여겨왔다. 그러나 나선정벌 과정에서 조총 부대의 위력을 직접 경험한 뒤부터는 이야기가 달랐다. 조선의 군사력이 청의 안보에 잠재 위협이 될 수 있다고 판단했다. 또 러시아와의 전쟁에서 조선의 총구가 청의 뒤통수를 겨눌 공산도 없지 않았다. 따라서 배후를 안정시키고 장차 있을 러시아와의 대결에 집중하자면 조선의 임금을 확실히 믿을 만한 인물, 즉 친청 성향 인사로 바꿀 필요가 있었다. 분별없이 북벌을 맹종하는 자를 이대로 임금 자리에 놓아두기는 아무래도 껄끄러운 게 사실이었다.

이와 같은 이유로 조선 임금 효종과 서인 당파 간에 벌어지는 작금의 대결 구도는 청으로서는 무척 반가워하며 두고 볼 만했다. 청의 무력 개입 없이 조선이 자중지란(自中之亂)을 일으켜 자연스럽게 임금이 바뀐다면 더할 나위 없이 좋은 각본이라고 봤기 때문이다. 세작으로 박아둔 조미가 할 일은 각본이 매끄럽게 진행되도록 도와주는 것뿐이었다. 마침 흑도까지 끼어들었으니 녀석이 제 역할만 기대대로 다 해준다면 일의 진행이 예상보다 빨라질 듯싶었다. 그리되면 조미에게 주어진 길고 긴 임무도 끝날 터였다.

서찰을 단단히 봉하는 동안 조미의 입가에는 미소가 조용히 번졌다. 가슴 한구석에 이미 목표를 이룬 듯한 뿌듯함이 일었다. 하지만 방심하기에는 너무도 이르다. 이제 시작일 뿐, 날 밝는 대로 란이를 불러 은밀히 청나라 연경(燕京)에 다녀올 사람부터 서둘러 물색하라고 시켜야 했다.

송기문을 태운 사인교(四人轎)가 도성 문을 지나 어느덧 집 가까이 다다랐다. 가마 곁을 따르던 수하 장백민은 오는 내내 궁금했다. 대체 무슨 까닭으로 자신이 아닌 흑도 같은 놈에게 과거를 권하셨단 말인가. 칼 솜씨야 한가락한다지만 흑도는 천하디천한 놈이 아닌가. 궁금함에 입이 자꾸 근질거렸지만 가마꾼들의 눈과 귀가 있어 대놓고 여쭐 수가 없었다. 송기문이 사랑채에 들 무렵이 되어서야 비로소 물을 수 있었다.

"그게 그리 궁금하였더냐?"

장백민의 물음에 심정을 이미 헤아리고 있었다는 듯 송기문이 빙긋이 웃으며 되받았다.

"물론 어른께서 그러실 만한 이유가 있겠지요. 하나 천한 놈입니다."

"설마하니 내가 그놈이 장수가 되길 바라서였겠느냐?"

"소인도 그리 여기지는 않습니다만, 소인의 주책없는 호기심이 자꾸 고개를 쳐들어대기에…. 아무튼 어른의 깊으신 생각이 궁금합니다요."

"허허허."

송기문이 갑자기 너털웃음을 터트렸다. 이어 수염을 쓸어내리며 밤하늘에 박힌 달을 천천히 올려다보았다.

"주상이 곧 관무재를 연다. 난 그 기회를 빌려 흑도 그놈을 주상 옆에 들일 것이야. 그놈의 출신이 천하다고 하나 무예만큼은 출중하지 않느냐. 분명 어렵지 않게 주상의 호련대에 낄 수 있을 게야."

"호련대요?"

"그래, 어떠냐. 설명이 더 필요하겠느냐?"

과연 송기문다운 묘안이었다. 효종이 자신의 친위 무력을 증강할 계산으로 마련한 관무재를 도리어 역이용해 살수를 심어놓겠다는 무서운 계략! 효종의 암살을 도모하자고 여럿이 궁궐 담을 뛰어넘는 소란을 벌이느니 임금의 신임을 받는 근접 경호 부대에 단 한 명의 솜씨 좋은 살수를 감쪽같이 섞어놓는 편이 훨씬 안전하고 확실했다. 방심한 효종의 등짝에 칼을 찔러 넣는 것은 식은 죽 먹기보다 쉬울 터였다.

게다가 임무를 완수한 뒤 살수는 경호 부대의 칼과 활 세례에 그 자리에서 죽을 것이 십중팔구이므로 배후를 캐낼 염려도 그만큼 적었다. 설사 생포되어 배후를 토설해봤자 놈의 자백을 뒷받침할 증

좌도 없거니와 또 서인들이 장악한 조정에서 놈의 말을 믿어주겠다고 나설 리도 만무했다.

남은 건 거사 시점을 면밀히 따져보는 일뿐, 송기문이 심중에 두고 있는 거사일은 효종이 장릉에 제사를 다녀오는 날이었다. 장릉을 출발한 주상의 어가 행렬이 노량진에서 치러질 열무식에 참관하기 위해 이동하는 도중에 암살을 시도할 것이다.

김포의 장릉에서 노량진까지 이르는 경로는 한강변을 끼고 수차례 고개를 오르내려야 하는 험한 길이었다. 어가 행렬이 몇 번에 걸쳐 고개를 지나다 보면 자연스레 선두와 후미가 벌어져 앞뒤가 벌어지고 경호 부대 행렬도 이완될 게 뻔했다. 게다가 주상은 대규모 열무식에 마음이 잔뜩 들떠 방심할 테고, 금군을 비롯한 경호 부대 역시 탁 트인 주변 풍경과 산들거리며 불어오는 강바람에 경계심을 늦출 게 뻔했다. 송기문은 흑도로 하여금 바로 그 틈을 노리도록 할 작정이었다. 호련대에 몰래 잠입해 있던 흑도가 비호처럼 수레 위의 주상을 덮치고 칼을 뽑아 목덜미를 찌를 것이었다.

결국 주상은 스스로 키운 호랑이에게 잡아먹히는 꼴이 될 것이고, 국왕 시해의 모든 책임은 전적으로 오군영의 무신들이 뒤집어쓸 것이다. 즉, 이완이니 원두표니 눈엣가시들을 모두 한꺼번에 날려버릴 좋은 기회도 된다.

어느 모로 보나 송기문의 계획은 완벽했다. 하지만 요는 흑도란 놈에게 달려 있었다.

"행여 생포되어 죄를 불지 않을까 걱정입니다."

"사로잡힐 리 없을 것이다. 임금을 시해한 자이니 그 자리에서 참살될 테지."

임금의 어가에 뛰어오른 살수를 내금위 궁사들과 겸사복의 기병들이 생포할 리는 없었다. 주상의 목숨을 앗는 순간 동시에 살수인 흑도 역시 빗발치는 화살 세례에 고슴도치가 되거나 머리가 몸통에서 떨어져나갈 게 틀림없다고 생각했다.

"과연 놈이 하겠다고 나설까요?"

"그럼 넌 놈이 아니 할 거라고 보느냐?"

"칼을 겨눠야 할 목표가 임금인 걸 알게 된다면 아무래도…."

장백민이 자신 없이 말끝을 희미하게 흐리자 송기문이 언성을 높였다.

"일을 맡으면 묻지도 따지지도 않고 반드시 이루는 놈이라 네 장담하지 않았더냐?"

"그야 물론 그렇지만 상대가 상대이니만큼…. 아무래도 나라님 암살을 도모하는 일이라서요."

"염려할 것 없다. 어떤 식으로든 옴짝달싹 못하게 얽어놓을 것이니."

말은 사뭇 여유 있게 했지만 속내까지 그렇지는 못했다. 솔직히 돈만으로는 부족했다. 흑도를 꼼짝없이 옭아맬 구실을 더 만들어내야 했다. 송기문은 첫 만남에서 범상치 않은 놈의 한을 읽어낼 수 있었다. 놈과 만날 장소로 수연옥을 정하면서 조미로부터 받은 일전의 서찰 내용이 뇌리에 떠올랐다.

"제 아들과 같은 아이입니다. 하나 어른께서 원대로 부릴 수 있는 좋은 칼이 될 수도 있겠지요. 예전에 그 아이가 빼앗긴 것을 되돌려줄 것이라 약조만 하실 수 있다면요."

빼앗긴 것이라, 필시 돈 따위는 아닐 테고 그 이상의 무엇이겠지. 송기문은 흑도에 대해 뭔가 더 알아낼 필요를 느꼈다. 놈이 품은 한의 근원을 캐야 했다. 아마 열쇠는 조미가 쥐고 있을 게 분명했다. 관무재 이전에 놈에게 거사를 몰아붙일 적당한 이유를 만들어내야 했다. 시간이 얼마 없었다.

"놈에 대해서 좀 더 알아봐야겠다."

송기문은 장백민의 눈을 뚫어져라 쳐다봤다. 사랑채 문을 조용히 닫고 나오며 장백민은 아무래도 어른의 마지막 말씀이 자신에게 떨어진 엄명 같아 저도 모르게 몸서리를 쳤다.

(2권으로 이어집니다.)

고지인 ❶

1판 1쇄 인쇄 2016년 4월 8일
1판 1쇄 발행 2016년 4월 15일

지은이 | 최지영
펴낸이 | 김영곤
펴낸곳 | (주)북이십일 아르테
문학출판사업본부장 | 신우섭
미디어믹스팀장 | 장선영
편집 | 김성현 이상화
미디어믹스팀 | 임세은
문학영업마케팅팀장 | 권장규
문학영업마케팅팀 김한성 최소라 엄관식 김선영

출판등록 | 2000년 5월 6일 제406-2003-061호
주소 | (우 10881) 경기도 파주시 회동길 201(문발동)
대표전화 | 031-955-2100 **팩스** | 031-955-2177 **이메일** | book21@book21.co.kr
홈페이지 | www.book21.com **블로그** | arte.kro.kr
페이스북 | facebook.com/21arte **인스타그램** | instagram.com/21_arte

아르테는 (주)북이십일의 문학브랜드입니다.

ISBN 978-89-509-6428-3 04810

책값은 뒤표지에 있습니다.